CHIPIE À TOUT PRIX

CALI KEYS & DEAR CAROLINE

CHIPIE À TOUT PRIX

EDITIONS | PRISMA

Responsable éditoriale : Ambre Rouvière
Assistante éditoriale : Laure Rognon
Composition : Nord Compo Multimédia
Couverture : Agence Point 11
Illustration de couverture : Daria Piromalli chez Marie Bastille

ISBN : 978-2-8104-2707-9

PEFC
10-31-1601
Certifié PEFC
pefc-france.org

Depuis 2009, Prisma Media met en place une politique d'achat éco-responsable. Ainsi, près de 100 % du papier de nos magazines est certifié PEFC (gestion durable des forêts). La fabrication des livres des Éditions Prisma s'inscrit également dans cette démarche.

Chapitre 1
Pourquoi moi ?

Septembre 2012

Couchée sur mon lit, les yeux rivés au plafond, j'essuie la larme qui roule le long de ma joue.

« Ce n'est pas parce que tu es jolie qu'on va te faire une faveur ».

J'ai tellement mal au ventre que j'ai envie de vomir. Depuis que l'école est devenue mon enfer, je ne veux plus y mettre les pieds. Pourtant, même s'il s'agit d'un deuxième choix, j'aime bien ma formation à la Haute École des arts visuels de Genève. J'ai même réussi à me persuader que je pouvais y apprendre des choses intéressantes. *Vive l'autopersuasion Angie, t'es trop forte*.

Ce que je veux réellement est complètement différent. Moi, j'ai un rêve.

Enfin, j'avais un rêve. Un grand rêve avant de me rendre compte que la vie réelle ne se passe jamais comme dans un film. J'ai mis mes aspirations de côtés pour le moment. Mon seul but ? Tenir encore une année. Ensuite, j'aurai mon diplôme et je pourrai voler de mes propres ailes.

Il est sept heures trente, soit le temps de quitter ma chambre douillette pour partir en cours mais mon corps semble peser plus de cent kilos et mes muscles refusent de bouger. Cling ! La sonnerie de mon portable m'annonce l'arrivée d'un message et j'allonge le bras pour saisir le smartphone sur ma table de nuit en bois blanc. J'en profite pour attraper un mouchoir et éponger délicatement les dernières larmes qui perlent au coin de mes longs cils noirs avant de me moucher. Pas besoin de me poser la question, je sais qui m'envoie ce message.

Une seule personne m'écrit.

T'es réveillée ma Pépite ? Je suis prêt à affronter avec toi les « petits monstres qui se la pètent » de la plus merveilleuse école du monde ! Tu verras, la journée passera super vite malgré ton cours avec Madame Crache-ton-venin…

Je serai devant chez toi dans quinze minutes.

Bisous

Je souris et lève les yeux au ciel. Antho. Il n'y a que lui qui arrive à me faire sourire ces temps. Pourtant mon ventre se serre à nouveau dans une nouvelle crampe qui me force à me plier en quatre pour ne pas gémir. La simple évocation de Madame Crachin me tord l'estomac. Ma mémoire, étrangement sélective quand il s'agit de ma prof, me joue des tours et j'avais complètement oublié que j'allais la revoir ce matin. Madame Crachin nous enseigne l'écriture de scénario et même si j'adore cette matière, dire que je ne m'entends pas avec elle est un doux euphémisme.

Je retire mon petit pull et enfile un vieux tee-shirt gris si ample qu'il me fait ressembler à un fantôme.

Si je le pouvais, je me mettrais carrément un drap sur la tête pour passer inaperçue. Remarquez, se balader avec un drap sur la tête et hurler des « bouh » en pleine ville de Genève n'est peut-être pas la meilleure idée pour se faire discrète…

Un coup d'œil à mon téléphone et je réalise que je suis en retard !

Il faut encore que je retire le maquillage que je viens pourtant d'appliquer. Que j'enlève le mascara qui me fait de trop longs cils.

Gommer toute trace de féminité.

Rester invisible.

S'effacer pour ne plus être remarquée.

Devant le miroir, je frotte mes yeux tellement fort qu'ils en deviennent rouges. Bravo Angie, maintenant tu ne ressembles plus à une fille, tu ressembles à un écureuil dépressif. Pourtant, ma silhouette fine, mes cheveux ondulés et mes yeux verts m'ont souvent valu des compliments sur mon physique. Je n'avais pas idée combien être mignonne pouvait également s'avérer difficile. Une fragilité. Une malédiction.

Je m'attache les cheveux d'un geste précis et rapide, attrape mon sac, sors de ma chambre et gagne le salon en espérant éviter le regard scrutateur de ma mère. Elle n'est au courant de rien pour l'école et j'espère bien garder le secret jusqu'à la fin de l'année scolaire. Ou pour toujours. Les deux mains posées sur le plan de travail, elle se mord la lèvre d'un air inquiet avant de me demander :

– Ma chérie, tu as pris ton petit-déjeuner ?

– Maman, est-ce que tu m'as vue dans la cuisine depuis que tu es debout ? Parce qu'à moins que je ne sois sujette à un dédoublement de mon corps (ce qui pourrait être un pouvoir plutôt marrant entre nous), je n'ai pas mis les pieds ici.

Elle m'observe avec des yeux tristes et me tend le fruit qu'elle vient de saisir dans la coupelle posée sur le plan de travail :

– Prends au moins une banane avec toi !

La seule chose que j'aimerais faire avec cette banane, c'est l'enfoncer dans le nez de Madame Crachin pour qu'elle s'étouffe avec et qu'elle me laisse enfin tranquille ! On me surnommerait « la tueuse à la banane » et je serais enfin célèbre. Je laisse de côté mes plans machiavéliques, saisis la banane que je glisse dans mon sac pour faire plaisir à ma mère et enfile mes baskets avant de lui dire au revoir et de claquer la porte.

Une fois en bas des escaliers, je pousse un long soupir et ferme les yeux pour calmer mon cœur qui se prend pour le tambour d'une fanfare. Avant même d'arriver à l'école, je suis déjà sous stress. Je tente de contrôler le tremblement de mes mains sans succès. Mes poumons semblent s'être tellement rétrécis que j'ai l'impression de ne plus avoir assez d'air. Je me hâte de sortir pour avaler une grande bouffée d'air frais (et de gaz d'échappement mais c'est moins glamour).

– Youhou !

Une masse grande et maigre me saute dessus et m'entoure de ses bras. Une vague de chaleur me réchauffe et je cligne des paupières pour apercevoir la tête d'Antho à quelques centimètres de la mienne. Il n'y a que lui pour hurler des « youhou » enthousiastes alors qu'il n'est même pas huit heures du matin. Si nous pouvions échanger quelques gènes pour que je lui pique un peu de sa bonne humeur, je ne dirais pas non. Je lui rends son étreinte et l'observe quelques secondes. Perché sur des jambes aussi fines que des échasses, Anthony est le prototype du geek. Teint blanc, cheveux trop longs, silhouette maigrichonne et humour ravageur, il porte un jean usé et une chemise à carreaux bleus et rouges trop grande pour lui. Je l'adore et s'il n'était pas là, j'aurais craqué depuis longtemps.

Il me fixe d'un œil perçant, me pince les joues et fait la moue :

– Voilà, tu auras meilleure mine avec les joues rouges ! T'as dormi ?

– Comme un cadavre.

Il gronde :

– Angie, t'es pas drôle ! Tu as plutôt une tête à avoir passé ta nuit devant tous les *Conjuring* à la suite.

– Exactement. Et j'ai même revu *The Ring*. Du coup, je mets un point d'honneur à ressembler à la petite fille qui sort du puits !

Je mets mes cheveux devant mes yeux et mes bras en avant puis avance dans la rue en imitant un zombie.

– Vraiment effrayant, rigole Antho.

– Ne te moque pas, maintenant tu vas mourir dans sept jours !

Nous nous regardons et éclatons de rire. Il me rattrape, passe son bras sous le mien puis penche sa tête près de la mienne comme un conspirateur avant de murmurer :

– Alors, tu l'as fait ?

Mon cœur se remet à battre la chamade mais pas du tout pour les mêmes raisons qu'avant. J'écarquille les yeux, rattrapée par une trouille monstrueuse, et gronde :

– Malheureux, n'en parle pas à haute voix !

– Pourquoi, tu as peur qu'on te pique ton idée ?

– Pas du tout. J'ai juste l'impression que ça la rend terriblement réelle. Et je n'ose pas vraiment y croire ou même y penser…

Il soupire et lève les yeux au ciel comme pour me signifier « Angie est ridicule, Angie est aveugle. Bref, Angie est vraiment grave ». Heureusement pour lui, il ajoute en me serrant un peu plus fort contre lui :

– Tu as du talent Angie. C'est dommage que tu ne t'en rendes pas compte.

Cause toujours, ça m'intéresse. J'ai autant de talent qu'une fourmi qui aimerait devenir championne de natation. Autant dire que je suis capable de tout réaliser... mais seulement dans ma tête.

– Peut-être qu'un jour, j'oserai enfin me lancer.

Dans une autre vie. Ou avec un autre cerveau. Un cerveau où la peur n'existerait pas. En fait mon autre ambition est légèrement reliée à mon grand rêve mais elle semble tout de même plus réaliste. Comment ça, j'évite le sujet ? Antho n'a pas dit son dernier mot :

– C'est sûr que tu y arriveras. Tu sais pourquoi ?

Je lève les yeux vers lui et réponds :

– Parce que tu as trouvé une potion magique « anti-timidité » et tu attends le brevet officiel pour devenir riche ?

– T'es bête ma Pépite. Non, c'est juste que je crois en toi et que je te ficherai des coups de pied aux fesses jusqu'à ce que tu te décides !

Mine de rien, sa phrase résonne en moi comme des milliers de petites bulles d'espoir. Si seulement j'osais. Malheureusement pour moi, j'aperçois les grands bâtiments gris de l'école et mon ventre se serre à nouveau douloureusement. J'ai envie de vomir.

« Va plutôt faire Miss Suisse ».

Un jour, je leur montrerai. Un jour j'y arriverai.

Le problème ? Pour le moment, j'ai dix-neuf ans, j'ai peur et je ne me sens pas assez forte pour me lancer dans un tel projet comme si les derniers mois m'avaient tellement fragilisée qu'un seul coup supplémentaire me ferait sombrer dans un gouffre abyssal. Sans même m'en rendre compte, j'ai ralenti le pas. Je traîne. Je marche si lentement qu'on dirait un escargot.

– Je suis une limace.

Merde, j'ai vraiment dit ça à haute voix ?

C'est en regardant l'expression d'Antho que je me rends compte que oui. Et d'après sa tête, il doit hésiter entre éclater de rire ou m'interner d'urgence.

– Et moi je suis un phasme. Ils doivent certainement bien s'entendre les deux dans leur forêt, non ?

Il bouge ses longs bras de manière désarticulée ce qui me fait éclater de rire :

– Tu es aussi taré que moi, tu le sais ça ?

Il acquiesce et m'embrasse sur le dessus du crâne.

– C'est pour ça qu'on s'entend si bien. Tu verras, ça va aller.

Je lui jette un coup d'œil, pas vraiment convaincue. Voyant ma mine déconfite, il ajoute :

– En plus, vous tournez ton court-métrage demain, non ? Tu dois te réjouir ! Ce sont tes premiers pas en tant que productrice-réalisatrice et scénariste ! C'est la classe !

– Je m'en réjouis au moins autant qu'avant une épilation intégrale où on m'arracherait les poils un à un avec une pince de jardin.

Demain, nous tournons mon premier court-métrage avec ma classe. Je travaille sur ce projet depuis des mois et j'ai passé mon été à peaufiner les détails pour que tout soit parfait. Le sujet lui-même me tient à cœur car il exprime une myriade de sentiments que j'ai pu ressentir avec ma mère. J'ai su que j'allais travailler sur la relation mère-fille et la notion de liberté dès que la prof nous a permis de choisir notre sujet.

Quand j'arrive dans la classe de Madame Crachin, la plupart des élèves sont déjà installés. Les têtes se tournent sur mon passage, des murmures s'élèvent et j'ai l'impression que je viens de plonger dans un lac gelé. Je sens des millions de piqûres me transpercer la peau jusqu'au cœur, j'ai l'impression que mon corps se referme, se resserre, se renferme, se digère. Vous savez ce qui me faisait rêver dans Harry Potter ? Pas les bonbons magiques, ni les repas gargantuesques dans la grande salle et encore moins le Quidditch. Non, moi je rêvais de la cape d'invisibilité. Et c'est encore plus vrai aujourd'hui.

Je fixe le sol et baisse la tête, me concentrant sur le chemin qui me mène au fond de la classe puis je m'effondre sur une chaise, aussi épuisée que si j'avais parcouru un marathon en portant Antho sur mon dos. J'inspire profondément, réalisant que ma respiration s'est bloquée à l'instant même où j'ai pénétré dans la classe puis jette un coup d'œil circulaire sur mes compagnons de cours (compagnons que j'aurais plutôt envie d'écrire en deux mots...) : dix garçons et deux filles à la carrure si robuste qu'on devine leur genre uniquement à leurs cheveux longs pourtant toujours attachés. Des filles cons. Je souris à ma blague pourrie.

La porte s'ouvre dans un courant d'air et Madame Crachin apparaît dans l'encadrement. Une veste de tailleur gris, une coupe au carré, un nez massif et des petits yeux méchants et enfoncés dans leurs orbites, Madame Crachin a la quarantaine et enseigne depuis plus de quinze ans. À mon avis, elle a raté sa carrière de dictateur ou de sorcière. Comme personne n'a jamais dû lui donner l'attention qu'elle attendait, elle se venge sur moi.

En voyant cette apparition, je frissonne comme si je venais de voir apparaître le Diable avec une fourche, prêt à me faire brûler vive devant les villageois en liesse. Je l'imagine avec des cornes rouges et une queue fourchue ! J'aurais peut-être dû prendre de l'eau bénite avec moi pour faire sortir le démon qui la possède. Super idée Angie, demain tu passes dans une église et tu piques l'eau dans le bénitier !

Absorbée par mes délires, je n'ai pas remarqué que Madame Crachin a gagné son bureau et fixe la classe d'un air sadique. Ses doigts tapotent la surface lisse dans un cliquetis qui me fait penser au bruit d'un film d'horreur, vous savez ces quelques secondes juste avant qu'on ne sursaute ? Elle semble réfléchir intensément, certainement à la meilleure manière de me terroriser, et finit par dire, un rictus au coin de sa petite bouche :

– Demain, nous allons donc travailler sur le court-métrage de Mademoiselle Decker…

Elle marque une pause, plisse les yeux et tente de me repérer dans la salle. Je me recroqueville sur ma chaise et prie pour me trouver juste au-dessus d'une faille de la croûte terrestre. Si elle pouvait s'écarter et m'engloutir dans les trois prochaines secondes cela m'arrangerait. Dans ma tête, je glisse, je glisse tellement que je termine sous la table pour me cacher et disparaître sous terre. Je m'imagine avec des lutins qui cherchent des pierres précieuses tout en conversant avec des vers de terre. Un rire nerveux s'empare de moi et un ricanement m'échappe. Flûte !

– Mademoiselle Decker, voulez-vous bien partager ce qui vous fait ricaner avec le reste de la classe ? Étant donné votre niveau plutôt misérable, j'éviterai de paraître aussi sûre de moi. Votre physique ne vous sera d'aucun secours cette fois-ci, j'espère que vous en êtes consciente. Je ne vous apprends rien en vous confirmant qu'il ne compte pas beaucoup quand on passe derrière la caméra…

Sa tirade provoque des ricanements qui se propagent comme un grondement, comme une menace. Je la hais. Pourtant, malgré ses remarques acerbes, j'ai confiance dans mon projet. J'ai travaillé dur dessus, j'ai choisi chaque mot, j'ai sélectionné minutieusement les lieux pour la mise en scène, j'ai imaginé comment retranscrire au mieux les émotions *via* chaque plan, *via* chaque image. Je me sens prête. Ce projet revêt une importance capitale pour moi pour réussir l'impensable : obtenir l'une des trois places de réalisateur, la réalisation est l'option la plus célèbre du second semestre. Pour mettre toutes les chances de mon côté, j'ai réussi à convaincre Simon, le meilleur caméraman de l'école qui est en dernière année, de tourner avec nous.

Je ne peux pas me permettre de rater cet examen.

Je ne réponds rien à sa provocation. J'ai déjà essayé par le passé mais à part un bégaiement ridicule, je n'avais rien dit de pertinent. Le reste du cours, je tente de me concentrer sur la finalisation de mon plan pour le lendemain. Chaque élève a un rôle précis à tenir : le caméraman, le teneur de perche, l'éclairagiste, le scripte, le preneur de son, le responsable des raccords, celui des accessoires… tout est millimétré, préparé, réfléchi.

Pourtant, une angoisse sourde s'empare de moi. J'ai un mauvais pressentiment.

Une fois le cours terminé, je quitte la salle en balbutiant un « au revoir » auquel personne ne répond et me rends au cours suivant.

À la fin de la journée, je me sens vidée, épuisée. Une vraie larve. Heureusement, j'ai un remède miracle pour me remonter le moral ! Ni une ni deux, je jette de furtifs coups d'œil à droite et à gauche dans le couloir et me rapproche de la salle de gym. Je sais qu'il n'y a personne à partir de dix-sept heures et que je peux l'utiliser sans risquer de me faire prendre.

Je pénètre dans la pièce, claque la porte derrière moi et ferme les yeux un instant pour me recentrer. Une larme roule le long de ma joue et s'écrase sur mes lèvres, laissant un goût salé sur ma langue. Merde. Je l'essuie rageusement et reprends mon souffle, je refuse de me laisser envahir par ce flot d'émotions négatives. Je serre les dents et rouvre les yeux pour sélectionner une chanson sur mon portable. Une chanson entraînante, une chanson qui bouge. Quand les premières notes s'élèvent, j'ai l'impression de sentir mon corps se détendre. Ces notes me prennent aux tripes, me transcendent. Je lève les bras et commence à bouger, lentement d'abord puis de plus en plus vite. Peu à peu la mélodie m'envahit, me transporte. Mon corps se détend, chaque parcelle de mon être se libère. Je me balance lascivement sur mes jambes, je bouge de plus en plus vite, les hanches, les fesses, les bras. Je ferme les yeux, je saute, je cours, je vole ! Si je vole c'est que je suis toujours vivante. Si je peux sentir mon corps, c'est que je ne suis pas encore morte. Je danse jusqu'à en perdre haleine. Pour me vider la tête. Pour ne pas m'effondrer. Pour ne pas les laisser gagner.

La salle tout entière m'appartient, je la possède, je la contrôle, je l'envahis. Je détache mes cheveux qui tombent en cascade sur mes épaules puis prends appui sur mes cuisses, les jambes écartées pour secouer ma tête de haut en bas comme un chanteur de rock.

Je me défoule. Je me défie.

Je suis une fille.

Je suis une femme.

Et j'ai le droit d'exister.

Trente minutes plus tard, je suis vidée. Le corps en sueur, je me sens mieux. Les tensions qui m'ont habitée toute la journée s'en sont allées et je me sens prête à affronter la soirée, je me sens prête à rentrer et à retrouver ma mère.

Sur le chemin du retour, j'espère de toutes mes forces qu'elle sera seule et que nous pourrons souper tranquillement en tête à tête à se faire des confidences sur nos rêves, sur nos espoirs, sur notre futur. Juste nous deux.

Mais mon rêve s'effondre dès que je franchis la porte de l'appartement. Des gloussements et des rires étouffés me parviennent du salon. Oh non ! Je n'ai même pas besoin d'avancer davantage, je sais ce qui m'attend. Prudemment, je gagne la pièce centrale de l'appartement, espérant de toutes mes forces que je me trompe. Peut-être qu'elle regarde juste un film ? Peut-être qu'elle mate une vidéo de chat sur Facebook et que ça la fait marrer ? Ah non, ça, c'est moi qui le fais. Les gloussements s'arrêtent net quand j'arrive. J'imagine que voir la tête de sa fille se pointer alors qu'on est sur le point de passer à l'action, ça peut déstabiliser.

Moi en tout cas, si je voyais ma mère juste avant de faire un câlin à mon copain (hypothétique le copain hein, je suis plus célibataire qu'une méduse), ça calmerait mes ardeurs directement !

Le prétendant cesse d'embrasser ma mère qui, du coup, se redresse dans un mouvement brusque. Elle tente de réajuster maladroitement son pull et me fait un sourire, pas gênée pour un sou. Moi tout ce que j'ai en tête à ce moment-là, c'est « mais où est ma banane » ? Finalement, elle pourrait très bien servir aussi pour assommer ce type et l'étouffer par la suite en lui glissant la peau dans les narines ! J'ai une grande carrière de serial killer devant moi. Il y a déjà deux personnes sur ma liste (si on évite de compter tous mes camarades de classe).

– Ma chérie, tu es déjà rentrée ?

Si on émet l'hypothèse que mon corps physique se trouve bien dans l'appartement, je crois qu'on peut dire que oui. À moins que j'aie des pouvoirs cachés !

– Il est dix-neuf heures maman. Si tu veux que je passe la nuit dehors, tu n'as qu'à me le dire. Il doit y avoir des ponts confortables à Genève.

– Ne le prends pas comme ça mon Angie chérie. Je te présente Robert. Robert, voici ma fille adorée. N'est-elle pas magnifique ?

Pour moi, ils se ressemblent tous. Robert n'a pas l'air très grand ni très musclé. Il a ces physiques rassurants d'ours bruns, un peu trop ronds, un peu trop fades. Là, l'image fixe de Robert avec la peau de banane dans les narines me traverse l'esprit à nouveau.

– Aussi belle que sa mère, répond Robert en l'embrassant dans le cou et en laissant sa main descendre sur ses fesses d'une manière libidineuse.

Il me dégoûte. Ma mère me dégoûte. Pourtant, je sais ce qu'elle a vécu, je sais ce qui l'a abîmée. Lassée par ce triste spectacle, je tente un repli stratégique vers ma chambre et m'éclipse le plus rapidement possible. Mais ma mère, aussi rapide qu'un kangourou sous caféine bondit du canapé et me rejoint avant que j'atteigne ma porte. Elle se penche vers moi tout sourire et chuchote, les yeux pétillants :

– Cette fois, je crois que c'est le bon ma chérie !

– Tu dis ça à chaque fois, maman…

– Mais cette fois-ci, c'est vrai ! Il est tellement adorable !

– Qu'est-ce que tu trouves adorable ? Son crâne à moitié chauve ou son petit ventre confortable ? On dirait un nounours ! Remarque, s'il a autant de poils qu'une peluche, il doit être tout doux…

Elle pouffe et moi, j'ai envie de hurler. Ma mère est pire que Cendrillon ! Elle a beau avoir cinquante ans, elle croit toujours au Prince Charmant. Et elle se fait avoir à chaque fois.

Je lui claque la porte au nez avant de m'affaler sur mon lit et de saisir mon ordinateur. Je me relève pour fouiller dans mon sac et en sortir la fameuse banane que j'engloutirai pour le souper puis positionne des coussins derrière mon dos et me connecte à Internet. Le dos bien calé, je m'apprête à m'adonner à l'une de mes activités favorites.

Hop, je fonce sur YouTube et lance la dernière vidéo d'Aurélie Leclair, une Parisienne qui a créé la chaîne « Aurélie Jolie ». Intitulée « dix tenues de filles parfaites pour aller en cours », la vidéo montre la jolie jeune femme expliquer les raisons de ses choix. Blonde, maquillée comme une actrice, la YouTubeuse rayonne devant la caméra. Une image du bonheur qui me fait envie tant elle illustre mes désirs profonds : être une fille, avoir le droit de se sentir jolie, papoter entre amies, se sentir vivante et surtout être acceptée telle que l'on est. Des centaines de commentaires réagissant au contenu sont déjà postés sous la vidéo. J'en rédige un moi aussi, ce qui me donne l'impression de participer à une discussion entre copines, et poursuis le visionnage des dernières vidéos postées sur mes chaînes préférées. Je me sens moins seule, comme si ce monde pourtant virtuel était un monde protégé des agressions extérieures, un monde dans lequel on a le droit d'être soi-même. Et l'envie que j'ai eue il y a quelques mois devient encore plus pressante. Et si j'osais pour de bon… ?

Je me tourne vers la photo encadrée et posée sur ma table de nuit et fixe le portrait d'un air nostalgique.

– Hein, qu'est-ce que tu en penses toi ? Je devrais le faire ?

Je souris tristement, regrettant presque que l'image ne puisse pas me parler, et retourne à mon visionnage. Attentive aux conseils de Mary, une autre de mes YouTubeuses favorites, sur la confiance en soi, je sursaute en sentant mon téléphone vibrer à côté de moi. Une fois la vidéo mise sur pause, je saisis mon téléphone, fais glisser mon doigt sur l'écran et lis le message d'Antho sur WhatsApp :

Tu fais quoi Pépite ?

Je souris et tape rapidement sur le clavier :

Je rêve de fourrer ma peau de banane dans les narines de Robert !

Deux secondes plus tard, je reçois sa réponse :

??? T'as fumé ton tapis de douche ?

Je m'esclaffe et lui confie :

Plus sérieusement, je rêve d'une vie meilleure ! Une vie où Madame Crachin ressemblerait à un Bisounours bleu ciel et où ma mère ne ramènerait pas de type appelé Robert à la maison. Et je mate des vidéos sur YouTube. Ces filles sont vraiment géniales, je te jure ! Elles, elles osent être elles-mêmes...

Je vois qu'il est en train de me répondre et garde les yeux fixés sur l'écran. L'appartement est désormais silencieux et je me demande si ma mère et Robert ont quitté les lieux ou s'ils « dorment » dans sa chambre. Quelques secondes plus tard, je lis sa réponse :

Et toi, tu es aussi géniale qu'elles ! Quand est-ce que tu le réaliseras ? Si jamais, on fait une soirée à l'appart demain, tu viens après ton tournage ? Je t'ai acheté tes chips préférées, les dégueulasses au vinaigre que tu es la seule à manger, donc tu es obligée de venir.

Je souris mais malgré sa motivation, je n'ai pas vraiment le cœur à faire la fête. Je m'apprête à lui faire part de mes réticences à me retrouver dans une foule avec mes tendances agoraphobes quand je vois qu'il m'a envoyé un autre message :

Il y aura seulement les colocs alors ne me ressors pas tes arguments sur ton agoraphobie passagère ! Et si tu me dis non, je viendrai te chercher moi-même, je t'enfermerai dans mon sac à dos (menue comme tu es, ça ne poserait pas de problème) et je t'emmènerai de force !

Je souris, ramène mon duvet jusque sous mon menton et tapote :

Comme je suis encore plus claustrophobe qu'agoraphobe, je te promets de faire un saut. Je n'ai pas envie de me retrouver enfermée dans ton sac à dos qui pue les chips au vinaigre. À demain mon Antho.

À demain ma Pépite, fais de beaux rêves.

Après avoir visionné la fin de ma vidéo, j'éteins la lumière dans l'espoir de me reposer avant la longue journée de demain. En fermant les yeux, je pense au tournage qui m'attend et me prends à espérer une chose complètement folle étant donné mon karma maudit : que tout se passe bien…

Chapitre 2
Un tournage qui ne tourne pas rond…

Je suis un zombie. Ce matin, j'ai l'impression de m'être transformée pendant la nuit : j'ai les yeux cernés comme un panda, les cheveux qui se barrent pour faire « coucou » au plafond et une mine qui ferait peur aux morts-vivants de *The Walking Dead*.

Si je pouvais rester dans mon lit et prétendre être malade, je n'hésiterais pas. Sauf que c'est le jour J. Et que je n'ai pas fermé l'œil de la nuit.

Je retrouve Antho devant chez moi, avec son éternelle chemise trop grande et son jean bleu. Il m'attend, la tête plongée dans *La Tribune de Genève*, le journal de la région, avec une mine étrangement sérieuse. Dès qu'il m'aperçoit, il brandit une page en la secouant comme s'il voulait en faire des confettis, me sourit et son visage s'illumine :

– Pépite ! Regarde !

Il a l'air aussi excité que s'il avait découvert un nouveau programme informatique lui permettant de pirater le système de l'école et de se mettre des bonnes notes. Il me fourre l'article si près du nez que je louche.

– Qu'est-ce qui te met de si bonne humeur ? Il est trop tôt pour le bonheur Antho.

– Regarde je te dis ! Michaël Perez va tourner son prochain film à Genève et il cherche des figurants !

– Michaël Perez ? Tu rigoles ? Et tu veux te lancer dans une carrière de cinéma pour devenir le nouveau Clint Eastwood ?

– Clint Eastwood ? T'as pas septante ans, c'est quoi ces références ? C'est pour toi que je dis ça !

Petit rapport à mon plus grand rêve que j'évoquais au début. Grand rêve qui implique des caméras, des tournages, des films de fous et… moi comme actrice. Ne riez pas, je vous avais prévenus que c'était irréalisable ! Il poursuit :

– Ah bon, tu n'es pas sensible au charme et à la sexytude du plus canon réalisateur suisse ? Le seul et l'unique à avoir réussi une carrière internationale de cette ampleur alors qu'il a à peine vingt-quatre ans ?

Je fixe Antho et lève un sourcil devant sa tirade enthousiaste puis j'en profite pour jeter un nouveau coup d'œil à la photo de l'homme qui s'affiche sur l'article. Il faut le reconnaître, il est canon. Des yeux noirs intenses, des cheveux bruns et un grain de beauté juste au-dessus de lèvres pulpeuses. Malgré son air torturé, une assurance presque bestiale se dégage de lui. Antho vient perturber ma contemplation en ajoutant :

– Angie, c'est une opportunité pour toi, tu pourrais découvrir comment se déroule un tournage de cette importance. C'est une chance qui ne se produit qu'une fois dans une vie ! Il faut envoyer un dossier d'ici une semaine avec des photos.

– Je le fais à une condition…

Il plisse les yeux, l'air suspicieux :

– Tu vas me demander de te remaquiller comme au Nouvel An ? Tu as oublié à quel point ça a été une catastrophe et à quel point tu ressemblais à un Gremlin avec du mascara ?

Je le regarde comme s'il s'était transformé en chihuahua portant un sombrero devant moi. Devant mon expression ahurie, il ajoute en me pointant avec un doigt accusateur :

– Toi, tu vas encore me faire un sale coup.

– Mais nan, ce n'est pas du tout mon genre, tu me connais !

– La blague !

Je lui donne une tape sur le bras et il fait mine de mourir de douleur avant de répliquer :

– Alors, c'est quoi ta condition ?

– Tu le fais avec moi !

– Angiiiie, mais nooooon !

Je gronde de ma voix la plus grave :

– Antho…

Il soupire, lève les yeux au ciel puis repose son regard sur moi. Il a ce regard bienveillant, ce regard empli de tendresse qui me réchauffe le cœur à chaque fois, et je sais à cet instant qu'il ne refusera pas parce que c'est tout simplement mon meilleur ami :

– OK, OK mais quand je serai célèbre et que toutes les femmes se jetteront sur moi en hurlant mon nom et en me balançant des culottes en dentelle orange, tu ne diras pas que c'est grâce à toi !

Je l'observe et parviens à garder mon sérieux une demi-seconde avant de me prendre un fou rire monumental. Mon corps tout entier est secoué de spasmes et je parviens à peine à respirer tellement je ris. Tout ce que j'arrive à dire entre mes larmes et mes hoquets, c'est :

– De la dentelle… orange ?

– Ben quoi, j'ai toujours trouvé ça sexy.

Une fois arrivés à l'école, nous nous séparons pour retrouver nos classes respectives. Le vieux sentiment d'angoisse que je connais si bien réapparaît et je dois réfréner mon envie de faire demi-tour et de courir chez moi pour me glisser sous mon duvet.

J'atteins la classe de Madame Crachin plusieurs minutes avant la sonnerie, ce qui me laisse le temps de refaire le point sur le matériel de tournage que j'ai déjà déposé sur le parquet dans un coin de la pièce et de vérifier que tout y est.

Puis, les élèves arrivent et s'installent en tirant leurs chaises qui raclent le sol dans un boucan d'enfer, sans un regard pour moi, et je me sens à nouveau invisible, inexistante. Madame Crachin, par contre, n'arbore pas son habituelle expression de perverse professionnelle. C'est curieux. A-t-elle pris son pied hier soir ? S'est-elle enfin autorisée à répondre aux avances du concierge (qui doit être aveugle et sourd pour l'apprécier autant et venir lui parler entre chaque pause) ? Sa voix criarde me tire de mes rêveries. Apparemment, le suspense ne durera pas longtemps.

– J'ai une grande nouvelle à vous annoncer !

– Vous avez enfin trouvé l'amour à Abidjan, il vous a promis un héritage de deux millions et vous allez partir pour toujours dès demain matin ?

Mon rêve ! Évidemment, je n'ai pas dit ça.

Il est de notoriété publique que Madame Crachin est une vieille célibataire aigrie qui possède trois chats et six poissons rouges. Ce qui, entre nous, ne m'étonne pas du tout vu son caractère de cochon. Je crois que je n'ai jamais vu ses yeux briller comme ça (enfin sauf quand elle me fait des remarques acerbes, la sadique). La classe devient silencieuse et tout le monde attend avec impatience l'annonce de la prof.

– Nous allons accueillir un nouvel intervenant dès la semaine prochaine !

Un murmure intéressé se propage parmi les élèves, des noms sont évoqués, des sourires pleins d'espoir s'affichent sur les visages. Moi, j'attends. Je n'espère plus grand-chose de cette enseignante. Mais quand elle prononce enfin le nom, mon estomac se tord délicieusement.

– Je suis ravie de vous annoncer que le célèbre réalisateur Michaël Perez vous donnera des cours de cinéma.

Non ? Il va venir ici ! J'assisterai à ses cours ! Je pourrai échanger avec lui sur notre passion commune. C'est incroyable !

La semaine prochaine, Michaël Perez débarque à Genève. Pendant quelques merveilleuses secondes, mon angoisse liée au tournage s'envole et je respire à nouveau. Dans ma tête, je revois son sourire énigmatique, ses lèvres et son charisme. Enfin, jusqu'au moment où j'entends Madame Crachin ajouter :

– J'espère que vous vous montrerez digne de son enseignement.

Elle marque une pause puis, comme à son habitude, redevient le petit roquet qui montre les dents et m'interpelle en crachant mon nom d'un ton dédaigneux :

– Mademoiselle Decker, il me semble que vous avez du travail. Il serait bon d'arrêter de rêver et de vous atteler à la tâche. À vous de gérer votre tournage, la classe est à vous.

Elle croise les bras sur sa poitrine, un rictus au coin des lèvres et le regard empli d'animosité tandis que des ricanements s'élèvent. Ma gorge se serre, mon ventre se noue comme s'il avait diminué de moitié et mon pouls s'accélère. Pourtant je me force à me lever, saisis la feuille de route avec toutes les instructions que j'ai préparées et commence à la distribuer. *Pense à la place de réalisateur Angie ! Tu peux le faire. Ton projet est bon. Tu mérites ta chance comme n'importe qui d'autre.*

– Bonjour à tous, nous allons donc commencer par tourner à l'extérieur comme je vous l'ai expliqué par mail. Simon, notre caméraman aujourd'hui, nous attend déjà près de la rivière pour la première scène avec les deux comédiens.

C'est là que j'entends la première remarque sans parvenir à voir qui vient de chuchoter :

– Oh là là, près d'une rivière ? Mais elle ne pourra jamais faire ça, elle va se salir.

De nouveaux rires résonnent. Mon assurance est en train de se barrer dans un coin lointain, genre sous un palmier en Guadeloupe avec un bon cocktail à l'ananas, et je sens tout mon être se contracter comme si je venais de recevoir un coup de poing dans l'estomac. *Ils n'auront pas la satisfaction de te voir pleurer. Retiens-toi. Sois forte.*

Je fais comme si je n'avais rien entendu et parviens finalement à faire bouger les élèves de leurs chaises et à motiver tout ce petit monde à se rendre sur le lieu prévu. Simon, un grand blond aux yeux bleus et au sourire éclatant nous attend près de la petite rivière qui coule derrière l'école. Il a déjà installé la caméra sur son trépied et parle avec les comédiens tandis que je rappelle les rôles de chacun.

– Léna, pourrais-tu tenir la perche pour la prise de son juste au-dessus des acteurs et Julien, pourrais-tu te mettre là sur le côté pour gérer l'éclairage ?

Je lui indique sa place et il soupire avant de se positionner à l'endroit indiqué, les bras mollement serrés autour de la lampe tungstène que j'ai apportée et branchée grâce à un petit groupe électrogène. Je me retourne ensuite vers Thibaut, qui est en grande conversation avec Simon et lui demande :

– Thibaut, est-ce que tu as apporté les batteries pour la caméra ?

Il ne me répond pas alors qu'il m'a manifestement entendu.

– Thibaut ?

Après trois secondes, il se retourne enfin vers moi, l'air agacé, et me répond d'un ton agressif :

– Pourquoi est-ce que je les aurais prises ?

– Parce que c'est toi le responsable comme je l'ai écrit sur la feuille de route.

– Dommage, je ne les ai pas emmenées.

Ma gorge se serre et je dois me mordre les lèvres jusqu'au sang pour éviter de le traiter de tous les noms de mollusques qui me passent par la tête. Simon jette un regard à Thibaut puis à moi, l'air de se demander ce qu'il fait au milieu de ce bordel. Julien ricane juste à côté et lance à haute et intelligible voix :

– Si tu étais plus professionnelle, cela ne se passerait pas comme ça Angie.

Un éclat de rire général vient saluer sa remarque assassine et je suis incapable de prononcer un mot supplémentaire pour me défendre. Tout ce que je ressens, c'est une immense tristesse qui découle de cette injustice me pourrir les entrailles. Simon met fin à ma lapidation publique en se raclant la gorge et en haussant la voix :

– Ce n'est pas grave pour la batterie, celle que j'ai devrait nous permettre de commencer le tournage et de travailler quelques heures. Angie, tu pourras aller chercher des recharges pendant la pause de midi si cela te convient. On s'y met ?

Toujours sous le choc des remarques de mes camarades, j'acquiesce et déglutis péniblement avant de saisir mon clap et de m'en servir pour lancer le tournage du premier plan.

La journée me semble interminable.

Après m'être battue huit heures de suite, je suis vidée. Épuisée. Triste, comme si un trou sans fond s'était formé dans mon corps et dans mon cœur. Je suis au bord du gouffre. Mes camarades quittent le lieu du tournage dès que dix-sept heures sonnent, laissant tout en plan sur le sol. Pas un seul ne m'aide à ramener le matériel à l'école. Pas un seul ne me dit un mot. J'intercepte tout de même Julien avant qu'il ne déguerpisse en suivant Léna, respire un bon coup pour me donner le courage de lui parler et finis par lui demander :

– Julien, je peux savoir pourquoi vous vous comportez comme ça ?

– Parce que tu ne mérites pas cette place de réalisateur et la seule raison pour laquelle Simon a décidé de tourner pour toi c'est parce qu'il espère te mettre dans son lit.

Après avoir prononcé ces mots blessants comme un tir de mitraillette, il se retourne et rattrape les autres sur le chemin de l'école. Alors que je me retrouve seule avec le bruit de l'eau derrière moi et le vrombissement des voitures au loin, je les sens monter du plus profond de mon âme. Je me frotte le nez comme pour les réfréner mais il est déjà trop tard et les larmes que je retenais depuis le matin se mettent à rouler sur mes joues. Secouée de sanglots, je pleure de rage, de déception, de frustration. Je n'en peux plus, je ne supporte plus cette méchanceté gratuite, cette mise à l'écart.

Pourtant, je dois encore tout ranger et vu le bordel qui s'étale un peu partout, j'en ai pour au moins deux heures. Comme je n'ai pas le choix, je m'attelle à la tâche et entame le premier trajet, chargée comme un dromadaire pour une traversée du désert. Je pense encore aux longues heures de montage qui m'attendent les jours suivants pour rendre mon court-métrage à temps étant donné que Madame Crachin réunit le jury vendredi pour désigner les trois gagnants. Mon portable vibre dans ma poche et me tire de mes réflexions. C'est Antho.

Alors ma Pépite, ça s'est bien passé ton tournage ? Je me réjouis de te voir ! Tes chips au vinaigre t'attendent dans un bol vert (je n'avais pas de rose) et les mojitos sont presque prêts.

Oh non, j'avais oublié. Tout ce que je souhaite à ce moment-là, c'est m'isoler de ce monde horrible et cruel et de me réfugier avec une tonne de bonbons, de la crème chantilly en bombonne et un pot de beurre de cacahuètes sous mon duvet et regarder mes chaînes YouTube. Le plan ? Rester planquer sous mon duvet jusqu'à ce qu'une mort lente due à l'overdose de sucre, de gras et au manque d'hydratation survienne. Je finirai toute desséchée, on m'appellera la momie de Genève et l'histoire de mon décès deviendra un mythe et je… je délire ! Je ne peux évidemment pas faire un faux plan à Antho, je lui ai promis de venir. C'est le seul être humain que je n'ai pas envie de torturer et d'étouffer avec une peau de banane jusqu'à ce qu'il suffoque et meurte dans d'atroces douleurs.

Le seul petit souci ? Je suis encore en larmes quand j'arrive en bas de chez lui. Je les essuie avec la manche de mon gros pull et me frotte les joues avant d'entrer dans l'immeuble puis me mouche. Trois fois. Malgré tout, je sursaute quand je vois mon reflet dans le miroir de l'ascenseur. Je ressemble à Tic et Tac qui viendraient de subir une opération de chirurgie esthétique ! Mais la totale hein, pas seulement une pauvre injection de botox. J'ai les yeux enflés, les joues plus rouges que les fesses d'un macaque, le nez irrité et les lèvres gonflées. Merveilleux, on dirait E. T. qui sort du lit ! Je pense au mélange entre des écureuils botoxés et E. T. et retiens un rire hystérique. T'es vraiment pas net Angie !

Arrivée au troisième étage, j'entends des rires et de la musique s'échapper de l'appartement et sonne à contrecœur chez Antho. Si je lui dis que je suis en train de me transformer en écureuil, est-ce qu'il me laissera partir ?

La porte s'ouvre sur un Antho qui porte un de ces petits chapeaux pointus de fête que l'on utilise pour les anniversaires et une guirlande de fleurs en plastique autour du cou. Il lance d'une voix forte :

– Aloha !

– Je suis en train de me transformer en écureuil !

– Hein ?

Il m'observe un instant comme pour vérifier que je ne me transforme pas vraiment en rongeur et, une fois rassuré de ne pas voir de poils roux me sortir des oreilles, reprend contenance :

– En tout cas, ça ne se voit pas !

On doit vraiment nous prendre pour des fous parfois. Il m'invite à entrer dans un geste impérieux et me fait une bise avant de m'indiquer la direction du salon. Quand j'y arrive, je retrouve les colocs de mon meilleur ami en grande discussion, Yvan un petit brun qui fait des études de sport à l'uni de Genève, Bastien un grand blond aux cheveux courts qui étudie les sciences politiques et Sonia, une jolie rousse au regard doux qui veut devenir photographe. Je les salue de la main et file m'isoler sur le canapé où je ramène mes genoux sur ma poitrine. Antho me rejoint et s'assied à mes côtés, le sourire aux lèvres. Il a l'air heureux et je l'envie tandis qu'il me montre du doigt le petit buffet qu'ils ont dressé dans un coin du salon où trônent fièrement plusieurs bouteilles d'alcool, des chips, du pain, de la viande séchée et du fromage.

– Alors, qu'est-ce que tu veux ?

– Je veux juste faire le loukoum.

– Le loukoum ? Hey, on a besoin d'un mojito par ici ! C'est une urgence !

– T'as pas plutôt de la vodka pure que je me saoule plus vite ? Ou de l'alcool à 90° ?

– Pourquoi pas du désinfectant pendant que tu y es ?

Je le regarde avec une lueur d'espoir et réponds avec un peu trop d'enthousiasme à son goût :

– Tu en as ?

Il me lance un regard plein de reproches :

– Mmmh non, mais je peux te proposer un shot de Tequila avant le cocktail.

Il se rend vers le buffet, nous sert deux petits verres et revient avec du sel et du citron. Et un bol de chips au vinaigre qu'il pose sur la table basse en osier.

– Saaaan'… hey !

Trop tard, j'ai déjà avalé le shot et je fonce bras en avant vers la bouteille pour me resservir. J'avale cul sec une rasade du liquide qui me brûle la gorge et reviens m'installer près d'Antho qui me regarde d'un air inquiet :

– C'était aussi horrible que ça ?

Je renifle et serre la bouteille contre moi en hochant la tête de haut en bas.

– Encore pire que ça.

– Ce sont tous des cons.

Je retiens un sanglot et ravale mes larmes pour lui expliquer ma journée mais ma gorge se serre et ce n'est qu'un mince filet d'air qui parvient à franchir mes lèvres. On dirait un ballon qui se dégonfle.

– Ils ont passé la journée à tout foutre en l'air Antho. C'était horrible, un vrai cauchemar. Pourquoi sont-ils aussi méchants avec moi ?

– Ils sont juste jaloux...

Je bois une nouvelle gorgée. Enfin plutôt cinq, très vite. Antho tente de m'arracher la bouteille des mains mais je grogne et lui balance une chips au vinaigre dessus. Je visais le nez mais elle atterrit sur le côté de sa tête, au-dessus de son oreille gauche. Il grimace et s'essuie les cheveux d'un air dégoûté. Pour faire diversion, je tente d'enfourner un maximum de chips dans ma bouche (faut croire que les écureuils m'inspirent vraiment). Tandis que je me concentre pour répondre, je postillonne des petits morceaux de chips sur le canapé et accessoirement sur la chemise à fleurs d'Antho qui se retient de s'essuyer :

– Jaloux de quoi ? Je n'ai rien. J'habite avec ma mère, je ne sais même pas qui est mon père, je me démène pour faire mes études mais ils me détestent. Et ils ne me connaissent même pas !

Je m'enfonce encore un peu plus dans le canapé, avale les chips avec de la Tequila et me sens envahie par une chaleur bienfaisante.

– Ils sont comme des hyènes. Ils ont senti ta fragilité et comme la cheffe de la meute t'a pris en grippe, je parle de Madame Crachin hein, ils achèvent leur proie. Tu vois, ils te tournent autour comme ça (il fait de grands gestes avec ses bras), puis ils se ruent sur toi, ils t'attaquent et ils te bouffent !

– Tu es en train de me dire que je vais finir dévorée par mes camarades de classe ?

– C'est une image Angie !

– Merci, je suis vraiment rassurée. Tu es vraiment le meilleur pote dont puisse rêver une fille dépressive.

Nous nous regardons et éclatons de rire. Antho se contorsionne alors pour saisir quelque chose à côté du canapé, attrape le sachet de chapeaux pointus et colorés et m'en attache un sur la tête avant de se lever et de lancer d'un ton guilleret :

– Viens, on va mettre de la bonne humeur dans tout Genève !

Voilà qu'Antho a pété les plombs. Cette fois, c'est moi qui le regarde les yeux écarquillés.

– Tu te prends pour Schtroumpf Joyeux tout à coup ?

Il me tend la main pour m'aider à me relever du canapé mais je le vois vaciller légèrement et lui demande en souriant :

– Tu as bu combien de mojitos en m'attendant ?

Je le vois compter sur ses doigts. Un, deux, trois, quatre… puis il s'arrête et me fixe, il a l'air d'un illuminé :

– Oh, bien assez pour répandre la joie et la bonne parole !

J'éclate de rire et saisis sa main pour quitter le tissu doux et moelleux dans lequel je me voyais pourtant bien passer la nuit. Ou toute mon existence, tiens. Que la vie doit être douce dans un canapé.

Après avoir mis nos chaussures et nos manteaux, nous sortons de l'appartement pour remplir notre mission. Une fois dehors, je resserre le foulard autour de mon cou et sens la piqûre du froid mordre ma peau. Nous portons toujours nos chapeaux sur la tête, ce qui nous donne l'air de joyeux illuminés. Antho a d'ailleurs pris le paquet avec lui. Il me le montre et lance en écarquillant les yeux :

– Viens, nous allons les distribuer à tous les passants qu'on trouvera dans la rue !

– Chiche !

Nous sommes aussi fous l'un que l'autre et nous nous élançons en courant sur le trottoir sous le regard effaré des quelques personnes se trouvant là. Je suis la première à piocher dans le paquet de chapeaux pour en offrir à une petite vieille dame qui promène son chien.

– Madaaaame, je peux faire un cadeau à votre chien ?

Antho pouffe sous le regard de la dame âgée qui m'observe comme si je m'apprêtais à cuire son chien sur une broche et à le manger avec une sauce barbecue. Elle acquiesce pourtant, l'air un peu effrayé, et je positionne le chapeau sur la tête du chien en ajustant l'élastique sous sa gueule.

– Regarde-moi !

Antho a sorti son téléphone et me mitraille tandis que je pose avec le chien au chapeau. Nous rions comme des baleines sous l'œil toujours sceptique de la dame. Pourtant, elle finit par nous sourire et je la remercie avant de continuer notre chemin.

– Làààà, hurle Antho en pointant du doigt quelque chose.

– Antho, c'est un poteau !

Il ignore ma remarque et fonce vers son poteau en balançant les bras d'avant en arrière comme un singe. Je le rejoins en courant et immortalise son portrait avec le poteau en fer dorénavant orné d'un chapeau rouge et jaune. Je m'esclaffe en appuyant à nouveau sur le déclencheur du smartphone :

– Vous êtes beaux !

Nous distribuons encore quelques chapeaux pointus à un jeune couple, à un sapin, à un policier (qui a failli nous emmener pour ivresse sur la voie publique) puis à un pigeon. La plus récalcitrante de nos rencontres d'ailleurs ! Et nous n'avons pas manqué de faire des photos de nous avec eux à chaque fois. C'est pour cette raison qu'Antho s'arrête net dans la rue, comme frappé par une idée merveilleuse :

– J'ai une idée trop merveilleuse !

Je le connais trop bien. J'attends qu'il me la révèle, mon bras sous le sien. Il sort son téléphone, sélectionne les images de la soirée et pianote sur son clavier. Il m'inquiète. Très logiquement, je lui demande donc :

– Tu fais quoiiii ?

– Voilà, c'est fait !

– C'est fait « quoi » ?

– Notre dossier !

Je ne comprends pas un traître mot de ce qu'il veut dire. J'avance ma main et me mets sur la pointe des pieds pour toucher son front, fronce les sourcils et pose mon diagnostic :

– C'est bien ce que je pensais, tu as de la fièvre !

– Mais non, je l'ai fait ! J'ai envoyé notre dossier de candidature pour la figuration pour le film de Michaël Perez. Je suis sûre qu'ils vont adorer la photo de toi avec le pigeon !

Je pouffe et Antho me regarde en souriant, apparemment fier de son coup.

Il me raccompagne ensuite à mon appartement et je m'effondre dans mon lit, épuisée par l'intensité de la journée et les difficultés du tournage.

Lundi matin, je me sens comme un marshmallow qui fond sur un feu de camp. Vêtue d'un pantalon trop large et d'un pull noir qui cache mes formes, je traîne les pieds pour aller en cours quand je me rappelle d'une chose super importante : Madame Crachin va donner les résultats concernant les trois places de réalisateur ce matin. Je hâte le pas, comme poussée par une nouvelle énergie et arrive à l'école juste avant la masse d'étudiants.

Peut-être que… ?

Avec un peu de chance, Madame Crachin se sera enfin rendu compte que j'ai du talent ?

L'espoir qui naît en moi me revigore et je me surprends à sourire dans les couloirs alors que je marche en direction de la salle de classe. Peut-être que je fais partie des trois gagnants ? Peut-être que mon travail sera enfin reconnu ?

L'ambiance de ce matin semble chargée d'électricité. Les élèves s'agitent, les bavardages vont bon train, le stress des étudiants les plus ambitieux est palpable comme s'il flottait dans l'air.

Ces places revêtent une importance primordiale pour nos futures carrières et nous en sommes tous conscients.

À la sonnerie, tout le monde se tait, et des dizaines de paires d'yeux fixent Madame Crachin d'un air implorant. Je crois qu'elle n'a jamais reçu autant d'attention parce que je la vois jubiler intérieurement, ses petits yeux porcins et son sourire déformé par le pouvoir. Elle me donne envie de vomir. Pourtant, moi aussi je suis suspendue à ses lèvres. Elle le remarque et visse son regard au mien d'un air mauvais, je sens le coup sadique à plein nez mais tente de me persuader qu'en tant que prof et en tant qu'adulte, elle ne se conduira pas comme une gamine de trois ans à qui on a piqué son doudou. Il faut croire que ma foi en l'être humain n'est pas tout à fait morte. Et il faut croire que j'ai tort puisque Madame Crachin n'hésite pas à cracher une nouvelle fois son venin :

– Comme Mademoiselle Decker était la dernière à réaliser son film, nous avons les résultats et sommes en mesure de vous annoncer que les trois places de réalisateurs pour le second semestre ont été attribuées à…

Dis mon nom, vas-y dis-le ! Diiiiiis-le ! Angiiiie, c'est facile ! Angiiieee !

J'écarquille les yeux comme si j'avais le pouvoir de l'hypnotiser et de lui faire dire ce que je souhaite. Peut-être que si je les ouvre encore plus grand ? Question à moi-même, les yeux peuvent-ils sortir de leurs orbites si on écarte trop les paupières ? Je suis vraiment dérangée !

C'est dans ces moments que je rêverais de me transformer en Harry Potter et de pouvoir lancer le sortilège de l'imperium. Bam ! Le verdict tombe enfin.

– ... Julien, Léna et Thibaut ! Félicitations ! Ne me regardez pas comme ça Mademoiselle Decker. Votre projet n'était pas si mauvais mais il n'était pas à la hauteur des autres. Ces séquences longues et visuelles, vos dialogues trop tristes et pathétiques et votre traitement de la relation mère-fille complètement fantasmée et caricaturale ne m'ont pas du tout convaincue. Mais ne vous découragez pas, vous pourrez faire autre chose au dernier semestre. Assistante pour les rangements par exemple. On a toujours besoin de petites mains sur un tournage.

Ses remarques déclenchent une nouvelle fois un éclat de rire général et je parviens même à entendre parmi le brouhaha « pour aller chercher les cafés par exemple ? ».

Complètement sciée par ses nouvelles attaques, je m'enfonce dans ma chaise et fais profil bas, comme d'habitude. À quoi cela servirait-il que je réplique ? Madame Crachin n'attend que ça pour m'envoyer chez le proviseur, pour me coller en retenue ou pour me faire virer de sa classe, ce qui me ferait perdre la mention de « scénariste » sur mon futur diplôme. Il est hors de question qu'elle gagne.

La classe rit encore quand une voix grave s'élève dans la pièce et rétablit le silence.

– Je serai curieux de voir ce court-métrage qui semble déchaîner les foules et engendrer des réactions aussi vives…

Personne n'a entendu entrer l'homme qui s'exprime avec aisance devant un parterre médusé. Madame Crachin tourne la tête vers la porte et son teint prend une teinte verdâtre, elle ressemble à un colvert qui aurait avalé une algue de travers. Ses joues rougissent, ce qui donne un mélange de couleurs digne d'une peinture impressionniste, et elle se lève de sa chaise maladroitement pour reprendre contenance.

Les têtes des élèves tournent dans un même mouvement et c'est là que je l'aperçois. Il est là, pour de vrai, dans ma classe. Et il est encore plus impressionnant en chair et en os.

Michaël Perez.

Conscient de l'effet qu'il produit sur nous, il nous observe en silence, un sourire en coin avant de reprendre la parole :

– Comme j'avais quelques minutes d'avance, je me suis permis d'entrer pour faire connaissance avec mes futurs élèves. J'espère que cela ne vous dérange pas.

On dirait qu'il est sur le point de rire, ce qui le rend encore plus mignon.

– Pppp… pas du tout !

Encore un peu et Madame Crachin s'étouffait avec sa propre langue. Flûte ! En reculant sa chaise, elle a manqué de peu de faire tomber son pot de fleurs en équilibre sur le meuble derrière elle. Elle lisse son pull, se racle la gorge puis nous présente officiellement notre nouvel intervenant :

– Pour ceux qui ne le connaissent pas encore, voici Michaël Perez (et qui doivent donc vivre dans une grotte, je pense). Il vous donnera des cours de réalisation jusqu'à la fin de l'année scolaire. Comme vous avez pu le voir, il tourne actuellement son dernier film à Genève et le voilà ici, avec nous.

Oh mon Dieu, on dirait qu'elle va lui sauter dessus pour lui lécher l'oreille tant elle a l'air admirative. Une fois le cours terminé, j'attends comme à chaque fois que la classe se vide mais la présence de Michaël a modifié les habitudes de mes petits camarades. Tous les élèves se pressent autour de lui pour lui poser mille questions sur sa carrière ou sur son film. Je profite du mouvement pour ramasser mes affaires et mon café dans un gobelet (ma petite habitude du matin), peinarde pour une fois, et me rapproche de la porte pour sortir en douce. Alors que je m'apprête à franchir le seuil, j'entends du bruit et sens une présence derrière moi. Puis, j'entends la voix de Michaël résonner dans mes oreilles et je m'arrête net :

– Mademoiselle, attendez !

Chapitre 3
Mes premières vidéos

Je me retourne au ralenti, mes cheveux volent derrière moi façon pub pour shampoing, nos yeux se croisent et là, il me dit :

– Je n'ai jamais vu une femme comme toi…

Non. Évidemment, la scène ne s'est pas vraiment déroulée comme ça. Je reprends. Je ne me retourne pas au ralenti du tout, même l'inverse, je me retourne beaucoup trop vite. Résultat ? Grâce à la force centrifuge, le reste de café dans mon gobelet décide de se faire la malle et d'aller voir si l'herbe est plus verte ailleurs. Ou si le pull de Michaël Perez est plus doux que le fond en carton. À cause de moi, une magnifique giclée brune s'étale dorénavant sur son vêtement certainement hors de prix et je suis… mortifiée ! Je m'exclame :

– Je suis vraiment désolée !

Au lieu de s'énerver, il me fixe de son regard intense et je frissonne, puis il sourit. C'est là que je remarque qu'il tient une carte dans sa main, une carte de visite qu'il me tend :

– J'aimerais vraiment voir votre court-métrage.

Je saisis le bristol où s'affichent ses coordonnées complètes, y compris son numéro de portable, et reste sans voix tandis qu'il retourne près des autres élèves (un peu ébahis par la scène qui vient de se dérouler sous leurs yeux) et de Madame Crachin. Je range la carte dans la poche de mon pantalon et rejoins la cour pour la pause de dix heures.

Vendredi soir, alors que je passe la soirée seule à l'appartement, ma mère étant sortie avec Jean ou avec Étienne (ou était-ce André ou Renaud), je ne sais plus, je me sens vide, j'ai froid, plus rien n'a de sens ici. Je m'installe dans mon lit et, comme d'habitude, passe des heures sur YouTube à regarder les vidéos de ces filles que j'admire et que j'envie pour leur liberté. Elles sont Américaines ou Françaises et semblent si fières d'elles-mêmes, si bien dans leur peau. Envahie par une vague de tristesse, je repense au fiasco de mon tournage, aux réactions de mes camarades de classe, au harcèlement incessant de Madame Crachin et à ma profonde solitude. Qu'est-ce que j'aimerais pouvoir appeler une copine pour parler de la vie, pour papoter de tout et de rien, pour rire à propos des garçons ou pour se plaindre de l'école et de nos parents. Mais je n'ai personne avec qui partager la dureté de la vie et la difficulté d'être une femme qui souhaite s'assumer. Je sais, il y a Antho et je l'adore mais ce n'est pas pareil.

Je sens que je suis sur le point de craquer, de tout laisser tomber, de sombrer tout simplement. Il faut que je rebondisse, que je trouve une raison de vivre dans tout ce chaos. Il faut que je me sauve.

Et, je ne vois qu'une seule manière de le faire. Je lance à la photo sur ma table de nuit :

– Tu penses que j'en suis capable ?

Je fais comme si le portrait m'avait répondu puis acquiesce en ajoutant :

– Moi aussi !

Comme mue par une nouvelle force, je me lève, m'installe à ma petite coiffeuse, sors ma trousse de maquillage et commence par appliquer une crème hydratante et un fond de teint sur mon visage puis un coup de poudre et de blush pour terminer. Je pose ensuite du mascara sur mes longs cils et dessine un trait d'eye-liner sur mes yeux. Je fixe mon reflet dans le miroir et suis frappée par une évidence : je suis une fille. Et pas trop moche avec ça ! Aie un peu confiance en toi ma bichette, merde !

Je me déplace à mon bureau, empile des livres et installe la petite caméra que je me suis offerte au début de mes études en audiovisuel dessus. Comme je connais l'importance de la lumière, j'allume ma lampe et la positionne pour qu'elle m'éclaire au maximum et m'installe face à la caméra en réalisant que, après tout, ça fait des mois que j'y pense.

Vais-je oser ? Qu'est-ce que je vais dire ?

Et pire ! Comment vais-je nommer ma chaîne ?

Vive les filles ? Trop nunuche. Introduire le mot « make-up » dedans ? Certaines YouTubeuses que j'adore le font déjà et je ne souhaite pas me limiter au maquillage. J'aimerais qu'il y ait dans ce titre un petit côté intime, j'aimerais qu'il évoque l'idée d'un café entre copines pour créer une ambiance bienveillante. Le monde de… pourquoi est-ce que mon cerveau malade pense à Némo (superbes références cinématographiques hein) ? Pourquoi pas « Le monde d'Angie » ? Après tout, ce nom me permet d'évoquer des sujets variés sans me limiter tout en instaurant ce climat doux que je recherche, cette bulle dans laquelle je peux être moi tout simplement. J'inscris donc le titre de ma future chaîne YouTube sur un bout de papier et sens une nouvelle énergie me traverser. Ce projet commence à peine qu'il me fait déjà du bien.

Mais mon sourire s'efface quand je réalise que le plus difficile est à venir : la première vidéo ! Qu'est-ce que je vais bien pouvoir tourner ?

Après avoir cogité un peu mais pas trop (sinon, c'est bien connu, on ne fait rien), je décide d'allumer ma caméra et d'expliquer tout simplement ce que je souhaite faire sur ma chaîne. Ma chaîîîîne ! Rien que de réaliser que ce projet est en train de se concrétiser, j'ai envie de sauter au plafond. Angie, concentre-toi sinon tu vas bafouiller et passer pour une cruche incapable de s'exprimer.

J'appuie sur le bouton et le voyant rouge s'allume. Pourquoi mon cœur bat la chamade ? Respire. Pourquoi ai-je la bouche aussi sèche ? Respiiiiire sinon tu vas t'étouffer ou mourir parce que tu n'auras plus d'oxygène dans le corps. C'est parti.

Bienvenue sur ma chaîne. Je m'appelle Angie et je voulais mettre au clair certaines choses avant de commencer tout le tralala. Tout d'abord, je voulais vous expliquer pourquoi j'ai décidé de faire mes vidéos en français et non en anglais. Il n'y a pas énormément de YouTubeuses qui travaillent dans cette langue et même si je regarde beaucoup de chaînes créées par des Américaines, je suis toujours avec beaucoup d'intérêt quelques Françaises. Je regarde Enjoy Phoenix, elle est tellement chou avec ses grands yeux bleus, j'adore ses vidéos. Celle que je regarde le plus, c'est Natamélie, elle est également suisse et elle est vraiment adorable, elle a un caractère que j'apprécie énormément.

Comme je vais vous parler, entre autres, de produits de maquillage par exemple, il faut que vous puissiez les trouver chez vous et que je vous en parle en français, sinon ce n'est pas logique vous en conviendrez. Comme je suis en Suisse, je dois pouvoir vous parler de produits que vous pourrez facilement acheter dans le commerce.

Qu'est-ce que vous pourrez trouver sur ma chaîne ? Des tutos beauté, des haul, des trucs de filles évidemment mais je ne souhaite pas me limiter à ça, j'aimerais avoir des discussions avec vous, des discussions sur des sujets que vous choisirez. Dites-moi ce que vous souhaitez voir et je créerai des vidéos sur vos thématiques ! D'accord ?

Voilà, c'est tout pour cette première vidéo (je pousse un petit soupir), on a fini !

Complètement shootée à l'adrénaline, j'éteins la caméra, les doigts tremblants et le cœur en liesse. Je me sens presque euphorique après cette montée de stress. La question que je me pose maintenant, c'est : vais-je oser poster ça ? Il faut que je demande à Antho de visionner la vidéo et de me donner un avis sincère sur ma performance. Malgré l'heure tardive, je lui écris sur WhatsApp :

Antho, j'ai besoin de toi, c'est urgent !

Toujours prompt à m'aider, mon meilleur ami me répond quelques minutes plus tard :

Ne me dis pas que tu as encore essayé de porter ce jean en cuir trop petit et que tu as besoin de moi pour venir t'aider à le remonter dans les toilettes d'une boîte de nuit ?

Je tape le plus vite possible :

Je te signale qu'il avait rétréci À CAUSE DE LA MOUSSE utilisée dans la soirée ! Ce n'était pas de ma faute !

Nouveau « cling » annonçant sa réponse :

Quoi qu'il en soit, je ne suis pas prêt à te ramener en bus en petite culotte ! Grandis un peu et mets un pantalon à ta taille pour sortir ! Ah et évite les soirées mousse !

J'éclate de rire et le stoppe dans son délire (et non, vous ne verrez jamais mon pantalon en cuir ni la culotte à pois rouge que je portais dessous… suffisamment de monde l'a vue dans les transports publics ce fameux soir) en écrivant :

ANTHO ! Arrête, ça n'a rien à voir ! Je suis chez moi et je l'ai fait ! J'ai besoin de ton avis.

Mais Antho, malgré son soutien indéfectible, n'est pas aussi facile à convaincre quand il traîne chez lui bien confortablement installé dans son canapé et il m'envoie encore :

Tu as fait quoi ? Tu as enfin remis ta mère à sa place en lui avouant son irresponsabilité ? Tu as écrit à l'école pour envoyer Madame Crachin dans un zoo (dans la cage des macaques ou des lions, tiens) ? Ou tu as vraiment fait ce que je crois que tu as fait ? THE truc dont on parle depuis des mois mais que tu n'as jamais osé faire ? Est-ce que c'est bien de cela dont il est question ?

Je trépigne, souris et tapote :

Ouiiiiiii !

Le message que j'attendais arrive enfin :

Je suis chez toi dans quinze minutes !

Antho est assis sur mon lit et attend impatiemment que je daigne enfin lui remettre la caméra pour qu'il puisse visionner ma première vidéo. Le seul petit problème ? Je la tiens toujours fermement entre mes doigts, serrée contre moi comme s'il s'agissait d'un bébé chat que je ne voulais pas donner. En fait, je suis en pleine hésitation. Devrais-je plutôt la brûler ou la noyer pour effacer les traces et les preuves ? Antho perturbe mes réflexions en soupirant :

– Tu sais que si tu ne me la donnes pas, je vais te la prendre de force et vu mes bras musclés, tu risques de souffrir.

Je lui jette un coup d'œil méfiant et me tourne contre le mur comme un enfant qui boude, resserrant davantage mon étreinte autour de l'objet. Il gronde en riant à moitié :

– Angie.

– Mais je…

– Angie !

– Bon OK, OK !

Je capitule et lui remets enfin la petite caméra qu'il s'empresse de saisir et d'enclencher. Moi, je cache mes yeux avec mes doigts comme s'il s'agissait du pire film d'horreur que je n'ai jamais vu. C'est de la pure torture. En plus, j'entends ma voix qui s'élève de l'appareil et qui emplit la pièce et je déteste ça, j'ai l'impression d'entendre une autre personne s'exprimer et ça me perturbe.

Au lieu de regarder la vidéo, j'observe la tête d'Antho, ses sourires, son froncement de sourcils, ses micro-expressions devant ma toute première prestation. Quand le film se termine, j'ai la gorge sèche et je n'ose pas lui demander son avis. Il tourne la tête vers moi, la mine bien trop sérieuse et je m'attends à un déluge de critiques. Évidemment, comment ai-je pu croire une seule seconde que je pouvais être douée pour passer à l'écran ? Pauvre fille.

Mais le hurlement d'Antho met fin à mon autoflagellation en me faisant sursauter :

– Angiiiie, tu es trop chou !

– Je… hein ?

– Elles vont toutes fondre et t'adorer. Tu as un petit côté touchant et fragile à la fois qui est juste craquant. Bon, tu parles tout doucement et tu cherches parfois tes mots mais c'est normal, c'est le début. Mais tu vas tout déchirer, crois-moi, tu passes trop bien à l'écran !

Il s'approche de moi pour me serrer fort dans ses bras et ajoute :

– Tu es géniale !

Je souris et sens au fond de moi une chaleur bienfaisante se répandre, un vrai bonheur, une sérénité intérieure. Enfin ça, c'était avant qu'Antho ne se redresse comme s'il s'était fait électrocuter et me lance :

– Oh et j'ai oublié de te dire la bonne nouvelle ! On a été pris !

– On a été pris ? Pour quoi ?

– Mais pour la figuration dans la dernière production de Michaël Perez bien sûr ! On tourne dimanche à la gare Cornavin. Je pense que l'équipe du film a été grandement séduite par ta photo avec le pigeon.

– Ce dimanche ?

Il acquiesce. Oh non, j'avais complètement oublié cette histoire. Si je pouvais éviter Michaël Perez à tout jamais, cela m'arrangerait. Les souvenirs de la tache de café et de son regard intense refont surface et je sens mes joues s'enflammer. Antho continue de parler et de s'enthousiasmer pour cette expérience à venir mais il m'a perdue en route. Moi, je repense aux lèvres de Michaël, à son sourire malicieux, à ses yeux et à son expression déterminée et mon ventre se serre délicieusement.

Puis, je repense à sa carte de visite et au fait que je ne lui ai toujours pas écrit pour lui montrer mon court-métrage.

Après avoir créé ma chaîne sur YouTube et posté ma première vidéo sans trop d'espoir ni d'attente, je dis au revoir à Antho et file me coucher. À trois heures du matin, j'entends ma mère rentrer et glousser dans le salon en prononçant des « chuuuut » pas très discrets à l'homme qui l'accompagne, il s'agit de Robert d'après ce que je comprends. Je pousse un profond soupir, relève mon duvet sur ma tête et plaque mes mains sur mes oreilles pour ne pas entendre les bruits et les gémissements qui s'échappent du salon. Demain matin, je resterai cloîtrée dans ma chambre pour faire semblant que cette scène n'est jamais arrivée, pour faire semblant que tout va bien, pour faire semblant que ma mère n'a pas encore ramené son nouvel « homme de sa vie » à la maison.

Comme la régularité est primordiale quand on se lance dans l'aventure YouTube, je décide de consacrer une partie de mon samedi au tournage d'une autre vidéo. Ça me fera une petite réserve pour mes débuts. En plus, je sais déjà sur quelle thématique me lancer : un tag « j'adore l'automne ». Il s'agit d'un sujet que j'ai déjà visionné plusieurs fois chez d'autres YouTubeuses et où il suffit de répondre à une suite de questions sur l'automne. Comme le mois de septembre touche à sa fin, c'est le moment idéal pour m'y atteler. Je prépare ma table de maquillage et les produits dont j'ai envie de parler afin qu'ils soient à portée de main durant le tournage et m'installe devant ma caméra, le cœur battant la chamade.

Après avoir répondu aux questions « quel est mon vernis préféré », je m'attelle à la suivante : « quel est mon rouge à lèvres préféré pour l'automne ».

Il s'agit d'un rouge intense qu'on peut appliquer en tapotant ou de manière plus appuyée en délinant le contour des lèvres… (je lève les yeux au ciel, hésitant sur le mot que je viens d'utiliser puis reviens sur la caméra). Pour bien déliner, ça se dit ? Non (je ris franchement en réalisant que j'invente des mots avant de reprendre mes explications) ! Pour l'automne, je préfère effectuer un maquillage des yeux plus léger et accentuer davantage la bouche.

Je présente ensuite ma bougie préférée puis réponds à la question concernant mon accessoire fétiche, une écharpe H&M brune avec des motifs en forme de plumes que j'enroule autour de mon cou. Je m'exécute face caméra puis poursuis :

Ce que je préfère manger en automne ? Les marrons chauds évidemment ! J'en achète pratiquement tous les jours en rentrant des cours, c'est vraiment trop bon.

Ce que je préfère de l'automne ? Les habits ! Les bonnets, les petites vestes celles qui ne sont pas encore trop chaudes et puis surtout... on se rapproche de Noël, des cadeaux, des bons repas. Je vais terminer cette vidéo en taguant d'autres YouTubeuses : Natamélie, Enjoy Phoenix, Elsa makeup...

N'hésitez pas à répondre également aux questions et à écrire vos remarques en commentaires !

Je termine cette seconde vidéo avec le sourire, toujours emplie de la même chaleur intérieure et de ce bonheur de réaliser enfin quelque chose qui me ressemble, quelque chose dans lequel je me retrouve.

Je pense ensuite à mon programme du dimanche et sens un pincement au cœur et une pointe de stress se répandre dans mon ventre. Demain, c'est le jour J, le jour du tournage avec l'équipe du film de Michaël Perez à la gare de Genève.

Je bondis de ma chaise, ouvre mon armoire en grand et contemple les vêtements qui s'entassent. Mais… qu'est-ce que je vais porter pour ce jour si important ?

J'attrape mon téléphone, tiraillée par cette question existentielle qui requiert l'aide d'Antho et lui envoie donc :

Tu vas porter quoi demain ? Je ne sais pas quoi choisir, c'est l'horreur !

Les yeux toujours rivés sur mon dressing, j'évalue les tenues potentielles dans ma tête en attendant sa réponse. Réponse qui ne tarde pas et que je peux lire quelques minutes plus tard :

Dans le mail, ils ont demandé aux figurants de mettre des vêtements urbains…

En même temps, je me demande pourquoi je pose la question à Antho puisque je devine ce qu'il va se mettre sur le dos. Je le vois continuer à écrire mais je tape plus vite que mon ombre, devinant déjà ses prochains mots :

Ne me dis pas « un jean et une chemise à carreaux » !

Je reçois presque instantanément :

Un jean et une chemise à carreaux.

Je lui envoie le smiley qui éclate de rire. Et il répond :

Pourquoi tu rigoles ?

Je tapote et clique sur « envoyer » :

Parce que je t'adore !

Mes yeux passent de mon armoire ouverte à mon écran de téléphone mais je n'ai toujours pas la solution pour demain. Une jupe ? Des talons ? Des bottes ? Le cling qui annonce un nouveau message d'Antho me sort de ma réflexion :

Mouais, je ne suis pas convaincu. Pourquoi tu ne mettrais pas ton jean légèrement élimé avec ton perfecto ? Ça donne un look branché sans en faire trop.

Surprise par sa perspicacité, je réponds :

Qui êtes-vous et qu'avez-vous fait à mon Antho ?

Les yeux ronds et le sourire aux lèvres, je lis la suite de notre conversation :

Contrairement à ce que tu crois, je suis capable de discernement en matière de vêtements quand il ne s'agit pas de moi !

Le pire c'est qu'il a raison. Je le remercie et sors les habits mentionnés pour les poser sur ma chaise de bureau. Avec un joli maquillage, des baskets et un tee-shirt simple, le look sera parfait. Ce problème résolu, je peux m'atteler au suivant. Comment éviter Michaël Perez pendant trois heures ? Pour cette préoccupation, je n'ai pas de réponse.

Me teindre les cheveux ? Porter une perruque ? Mettre un bas sur la tête comme les braqueurs et trafiquer ma voix pour qu'elle ressemble à celle de Sylvester Stalone ? Me déguiser en mec et piquer la chemise à carreaux d'Antho ?

Le lendemain, je n'ai toujours pas de solution à mon épineux problème. Antho m'attend devant chez moi pour que nous prenions le bus ensemble afin de rejoindre la gare.

Une fois sur place, nous sommes accueillis par une jeune femme blonde au look négligé-branché, une dégaine savamment étudiée pour prouver sa « coolitude », qui nous hurle déjà dessus :

– Salut tout le monde ! Comme notre journée est planifiée à la minute, nous allons commencer directement. Pour la première scène dans le hall, j'ai besoin de tout le monde.

Elle regarde sa liste et débite des noms en indiquant aux figurants leur emplacement et pointe du doigt les lieux où nous devons nous rendre. Elle continue en levant les yeux :

– Angela Decker et Anthony Messerli, vous allez vous installer à un distributeur pour faire semblant de prendre un billet de train.

C'est là que je le vois arriver. Michaël Perez dans toute sa splendeur, ses fesses moulées dans un jean et ses pectoraux qu'on devine sous un simple tee-shirt blanc, salue la foule et l'équipe puis attend que son assistante ait terminé de parcourir sa liste.

Mon petit-déjeuner fait un looping dans mon estomac et je fais un bond digne d'un impala pour me cacher derrière Antho. Mon meilleur ami me demande très logiquement :

– Qu'est-ce que tu fais ?

– Je me cache, c'est évident non ?

– Mmmh, j'aimerais bien te répondre oui pour te faire plaisir… mais en fait, ça ne l'est pas !

– Ilestlàetjeveuxpasquilmevoie !

– Hein ?

Je chuchote un peu plus fort en faisant un geste de la tête en direction de Michaël :

– Il est là et je ne veux pas qu'il me voie !

– Ooooh ! Rapport à la tache de café ?

Évidemment, je lui avais raconté l'incident.

– Ça et le fait que je ne lui ai toujours pas envoyé mon court-métrage.

Heureusement Michaël est rapidement appelé ailleurs et quitte le plateau alors que l'assistante nous jette un regard glacial et plein de reproches. Nous nous taisons et rejoignons notre distributeur de billets sous son œil mauvais. Moi, je ne l'aime déjà pas. Je partage mon sentiment avec Antho dès qu'elle nous tourne le dos et murmure en me penchant vers lui :

– Elle, je ne l'aime pas.

Simple et précis.

– Pourquoi ? Parce qu'elle nous parle comme à de la merde ou parce qu'elle peut coller Michaël à longueur de journée ?

– Mais, je…

– Tu crois que je ne vois pas la manière dont tu le regardes ? Je ne suis pas aveugle !

Pourquoi est-ce que je sens une pointe d'agacement mêlée à une pointe de tristesse dans sa voix ?

La première heure de tournage se passe sans encombre si ce n'est que nous devons refaire la scène plus d'une dizaine de fois. Puis, arrive la pause-café et Antho me délaisse pour faire un tour aux toilettes. Comme une biche apeurée, j'observe la foule pour repérer Michaël. Si je l'ai dans mon champ de vision, je me barre ! Je traîne vers la table où sont disposés des thermos de café et des viennoiseries quand mon attention est attirée par une voix grave à quelques mètres de moi.

Merde, il est là !

Vite je me penche et file à quatre pattes sous la table. Ni vu ni connu. Mon Dieu, qu'est-ce que je suis obligée de faire pour l'éviter ! Mon cœur bat à cent kilomètres-heure et je me recroqueville pour que mes pieds ne dépassent pas. Je suis trop forte en camouflage. Je pouffe avant de me dire que je dois vraiment avoir un grain.

Quand Antho revient près du petit buffet, il me cherche et je toque sous la table pour attirer son attention mais ça ne marche pas. Du coup, je change de tactique :

– Pssst ! Pssst !

Il fronce les sourcils, regarde à droite et à gauche puis soupire quand il réalise d'où provient le bruit. D'une voix affligée, il me dit en se penchant pour me regarder sous la table :

– Angie, qu'est-ce que tu fiches ici, t'es malade ?

– Ça se pourrait !

Je me racle la gorge et tente de me justifier en sortant (après avoir vérifié que le réalisateur ne traînait plus dans les parages) :

– En fait, mon donut m'a glissé des mains et pour le ramasser, j'ai été obligée de plonger sur le sol, tu vois ? Je ne voulais pas salir la gare, elle est trop belle et trop propre.

Il lève un sourcil et me laisse me dépatouiller avec mes explications foireuses avant de me prendre par le bras et de m'entraîner vers le plateau où nous devons tourner la scène suivante.

Trois heures plus tard, notre mission est terminée et je pousse un soupir de soulagement. J'ai réussi à éviter Michaël ! Antho qui doit rejoindre ses colocs pour faire des courses me serre dans ses bras avant de partir et je reste cinq minutes de plus pour observer le tournage. Les caméras, l'effervescence, la concentration, les acteurs, le fourmillement incessant et l'excitation me font tourner la tête. Là, en plein milieu de ce milieu, je me sens bien.

Il suffit d'une minute d'inattention pour que Michaël réapparaisse à quelques mètres de moi. Je rêve où il vient de me regarder ? Il plisse les yeux et fronce les sourcils en accélérant le pas dans ma direction. Oh non ! Hop, ni une ni deux, je me glisse derrière un distributeur et plaque mon dos contre la surface froide, le souffle court et le cœur battant la chamade. Il s'en est fallu de peu cette fois-ci pour que je sois grillée !

Une minute plus tard, je décide de quitter ma cachette, je fais un pas en avant et me heurte à quelque chose de dur. Un corps ! Merde, il est là. Ma tactique pourtant efficace durant des heures a lamentablement échoué et je me retrouve face à lui, si près que je peux sentir l'odeur de son parfum, une odeur fraîche et poivrée qui m'enivre. Il me fixe et garde le silence quelques secondes avant de me lancer, une lueur d'amusement dans les yeux :

– Est-ce que je suis fou ou est-ce que vous passez votre temps à m'éviter Mademoiselle Decker ?

– Vous êtes fou, ça me semble évident !

Ses yeux sombres et son regard intense me font frémir mais derrière sa façade sérieuse, je décèle un léger sourire. Il est si près. Il me perturbe ! Une voix résonne derrière nous, probablement son assistante blonde et collante qui hurle :

– Michaël !

– Je crois qu'on m'appelle.

– Il semblerait, oui.

– Je vous vois demain Mademoiselle Decker.

Il s'écarte de moi et fait quelques pas dans la direction opposée puis s'arrête et fait volte-face pour ajouter avec un sourcil levé :

– Oh et pensez à m'envoyer un lien pour visionner votre court-métrage ce soir. J'y tiens vraiment.

Incapable de prononcer un mot, j'acquiesce et le vois tourner les talons et rejoindre son assistante. Mon cœur, lui, se prend toujours pour une maraca folle.

Chapitre 4
Réactions en chaîne

Des bruits de vaisselle, un fredonnement discret et mélodieux et une odeur de café me sortent de mon sommeil en ce nouveau lundi matin. Je m'étire de tout mon long comme un chat, cligne des yeux plusieurs fois et hésite à faire grève et à rester au lit pour sécher les cours et éviter Madame Crachin. Je fixe le portait qui semble m'observer lui aussi, m'attarde sur les traits délicats, sur le sourire, sur l'expression joyeuse, et murmure dans un souffle :

– Bonjour petit ange. Si tu savais comme tu me manques…

Puis, un souvenir m'assaille et je me revois hier soir, les yeux rivés à mon écran d'ordinateur, pile au moment de cliquer sur « envoyer » et de transférer le lien de mon court-métrage à Michaël Perez. Merde. Je me frappe la tête du plat de la main en poussant un gémissement. Il va me trouver nulle ! Raison de plus pour rester au lit. Pour toujours.

– Angie, ma chérie, tu es réveillée ?

Ma mère vient de toquer doucement à ma porte et de contrecarrer mes plans. Je grogne et rabats le duvet sur ma tête :

– Je suis malade maman. Je pense que j'ai attrapé la fièvre jaune ou un truc comme ça… je sens des fourmillements dans mes membres, j'ai la tête qui tourne et je pense sérieusement que je vais mourir d'ici quelques heures.

Ma mère entre dans ma chambre et avance vers mon lit, le regard inquiet. Elle s'assied près de moi, me découvre la tête et passe tendrement sa main dans mes cheveux. J'ai beau être malade à en crever (oh, laissez-moi m'en persuader), je souris malgré moi. Elle pose sa paume fraîche sur mon front puis me caresse doucement le visage comme quand j'étais enfant en me souriant. Comme un étrange réflexe, ma respiration ralentit, je ferme les yeux et écoute la musique qui s'échappe du salon, profitant de cette accalmie avant la longue journée qui m'attend. Ma mère allume souvent la radio le matin quand elle est seule. J'en déduis que Robert n'est pas dans les parages et pousse un soupir de soulagement. Mais une fois qu'elle a constaté que je n'avais pas de température, ma mère se relève, fait quelques pas en direction du salon et me lance d'un ton rassuré :

– Tu n'as pas de fièvre ma chérie. Allez, lève-toi, je t'ai préparé des tartines et du café !

J'hésite à lui dire qu'à dix-neuf ans je suis capable de beurrer mes tartines toute seule mais ses efforts pour s'occuper au mieux de moi me touchent. Et plus qu'elle ne le pense.

Je finis par me lever, m'habiller et la rejoindre alors qu'elle avale une bouchée de tartine à la confiture de fraise avec le même sourire qu'une gamine de dix ans. Je sirote mon café brûlant en l'observant et me demande bien comment elle a pu survivre aux épreuves qui ont jalonné sa vie. Après réflexion, elle ne s'en sort pas si mal.

Je ne m'en sors pas si mal non plus d'ailleurs.

Mon portable sonne et mes yeux sont tout de suite attirés par le message d'Antho qui s'affiche sur l'écran :

Tu as vu, tu as vu, tu as vu ???

On dirait que son cerveau a buggé et qu'il a copié-collé son message sans le faire exprès. En tentant d'ignorer ma mère qui fronce les sourcils de désapprobation, je tape :

Mais de quoi tu parles ?

– Angie, pose ce téléphone. Nous sommes à table et tu sais que la lumière bleue des écrans est nocive.

Quand son côté mère poule ressort, elle en fait des tonnes.

– La lumière bleue est nocive quand on veut dormir parce qu'elle nous fait produire des hormones pour qu'on reste éveillé. J'ai bien tenté de rester à la maison pour dormir mais tu m'as dit de me lever maman ! J'essaie juste de ne pas fermer les yeux, la lumière de l'écran m'aide dans cette mission difficile.

Je vois qu'elle tente de rester sérieuse mais ses yeux pétillent et le coin de ses lèvres se soulève.

– Tu as toujours le dernier mot, n'est-ce pas ?

– Ça se pourrait…

Nous nous sourions derrière nos tasses de café dans ce moment de complicité si rare dans notre relation. Du coup, j'en oublie Antho et son message copié-collé. De toute façon, je le retrouverai dans trente minutes devant chez moi.

À sept heures trente, Antho m'attend devant les boîtes aux lettres grises sur lesquelles des traces d'autocollants ont dessiné des traînées blanches, absorbé par son téléphone. Je lui lance en tentant de prendre une voix sérieuse et du ton le plus pédagogue dont je suis capable :

– Tu sais que la lumière bleue des écrans est nocive ?

Il relève la tête et me sourit :

– Mmmh, ça, ça sent le sermon maternel et matinal. Je me trompe ? C'est pour cette raison que tu n'as pas répondu à mon message de tout à l'heure ?

– Je croyais que c'était une erreur puisque tu avais écrit trois fois la même chose.

– Ma stratégie a échoué alors ! Je voulais provoquer un suspens si insoutenable que tu m'aurais appelé tout de suite pour savoir ce qui se passait. J'aurais pu t'apprendre la bonne nouvelle puisque, de toute évidence, tu n'as rien vu !

– Vu quoi ?

Il trifouille sur son téléphone puis le tourne vers moi pour me montrer quelque chose.

– Qu'est-ce que je dois regarder exactement ?

– Angie, tu le fais exprès ?

La lumière bleue ne m'a de toute évidence pas suffisamment réveillée et je plisse les yeux pour me concentrer sur l'écran. Antho a affiché ma chaîne YouTube mais il est trop tôt pour que j'accepte d'écouter ma voix et de me voir bafouiller en chair et en os. Je gémis. Devant ma mine dépitée,

Antho pousse un soupir et agite les bras dans tous les sens :

– Tu es pire qu'une petite vieille, tu ne vois rien ? Regarde le nombre de vues et les commentaires !

Mon cerveau percute enfin et je cherche des yeux les informations.

Non. Haha, c'est une blague. Certainement une erreur de YouTube. Ce n'est pas possible autrement. Je lève les yeux vers Antho et le pointe du doigt presque suspicieuse :

– Tu as trafiqué quelque chose ? Tu as trouvé un moyen de créer des centaines de comptes et d'écrire des commentaires automatiques ?

Il se marre.

– Je ne suis pas un hacker suffisamment talentueux pour faire ce genre de chose. Et puis, j'ai autre chose à faire de mes journées. Non, tu as réussi à réaliser ça toute seule ma Pépite.

J'écarquille les yeux et regarde une nouvelle fois le nombre de vues de mes premières vidéos ainsi que le nombre de commentaires. Plus de cinq mille visionnages et trois cents commentaires en moins d'un week-end, c'est dingue ! Antho me tire de ce qui semble être une hallucination en ajoutant :

– Tu as remarqué le commentaire ? Devrais-je dire THE commentaire ?

– Il y en a tellement que je n'arrive pas à tout lire d'un coup !

Excité comme si on lui avait dit que Noël était avancé à demain matin, il me montre l'un des premiers commentaires.

– Aurélie, ça ne te dit rien ?

– Aurélie ? De la chaîne Aurélie Jolie ? La chaîne que je regarde depuis des mois ? LA Aurélie ? Pour de vrai ?

Coucou Angie, j'adore tes premières vidéos (et ton écharpe H&M) ! Tu es magnifique, drôle et pétillante. Je me réjouis de visionner tes prochaines aventures. Continue comme ça et bienvenue sur YouTube !

Je relis le message une bonne dizaine de fois pour en assimiler chaque mot. Je n'arrive pas à réaliser ce qui se passe, comme si ce que j'avais sous les yeux et les sentiments que cela provoquait en moi n'étaient pas réels. Comme si tout ça se déroulait dans un univers parallèle mais pas dans ce monde, pas dans mon monde. Ce genre de chose ne m'arrive pas à moi.

Je souris béatement en regardant Antho.

– C'est complètement dingue, non ?

Antho fait semblant de réfléchir tout en me prenant par le bras pour m'entraîner en direction de l'école.

– Ben en fait, ça ne l'est pas vraiment. Enfin, si on considère que tu maîtrises un tournage, les lumières, le montage, tu as tout de même de sacrés atouts pour lancer une chaîne de manière professionnelle. Et tu ne ressembles pas totalement à un laideron donc…

Je lui balance un petit coup dans les côtes.

– Pas totalement ? Et je dois prendre ça comme un compliment ?

– Pourquoi les femmes ne se focalisent que sur le physique hein ? J'ai pointé un bon nombre de tes compétences techniques et toi, tu tiques quand je parle de tout ça.

Il fait des moulinets avec son index en m'observant. Nous nous regardons et éclatons de rire avant de poursuivre notre chemin dans le froid matinal.

Une fois arrivée devant la classe de Madame Crachin, j'hésite avant d'entrer. Pour une fois, ce n'est pas à cause d'elle mais à cause de Michaël. Je réalise que ce qu'il pense de mon court-métrage compte beaucoup pour moi pas seulement parce que j'admire son travail mais parce que l'homme derrière le réalisateur me plaît. Un peu trop peut-être. Heureusement, il n'est pas encore là ce qui me permet de m'installer en douce au fond de la classe pour passer inaperçue, pour m'effacer, pour être tranquille. Comme d'habitude, personne ne me salue malgré certains regards que je sens peser sur moi.

Michaël n'est toujours pas là quand la sonnerie résonne et que Madame Crachin pénètre dans la classe, la mine renfrognée, les épaules rentrées et les lèvres pincées. Sa posture n'indique rien de bon et je m'enfonce un peu plus sur ma chaise comme si je sentais la menace gronder. Le cou rentré dans mon gros pull gris, je fixe la prof comme si du feu allait sortir de sa bouche et de la fumée de ses oreilles. Tout le monde a remarqué que Madame Crachin était d'une humeur massacrante et le silence qui règne dans la salle est presque palpable. Mon téléphone choisit évidemment ce moment-là pour émettre un bip reconnaissable entre tous : un bip annonçant l'arrivée d'un message. D'un mouvement brusque et saccadé qui me rappelle une poule, l'enseignante (devrais-je dire le dragon ?), tourne la tête vers moi en plissant les yeux. Merde. Saisissant ce prétexte futile pour fondre sur sa proie, elle hurle comme si j'avais osé l'insulter et lui cracher dessus devant mes chers camarades :

– Mademoiselle Decker, on vous dérange dans vos SMS ? Vous savez quoi ? J'en ai plus que marre de votre attitude hautaine. Les règles de l'école s'appliquent également aux pseudo-Miss Suisse qui se pensent au-dessus des autres simplement parce qu'elles ne sont pas trop laides. Mais laissez-moi vous dire ce que je pense réellement de vous Mademoiselle Decker. Vous n'avez aucun talent, vous avez intégré cette école uniquement parce que le directeur a eu pitié de vous à cause de votre histoire familiale. Votre dossier était mauvais, votre court-métrage était mauvais... vous n'êtes pas douée. Il faut vous faire une raison et changer de voie. Une pléthore de possibilités s'offre à vous : photos modèles, maquilleuse, coiffeuse. Mais cessez de croire que l'écriture de scénario, la réalisation ou la production sont faites pour vous. Ils demandent une grande sensibilité créative, un investissement, une passion, des concessions...

J'ai le souffle coupé, je n'arrive plus à respirer face à ce déversement de violence. Même les autres élèves semblent choqués, ce qui est suffisamment rare pour le mentionner. Madame Crachin balance sa haine, sa jalousie, son poison et sa méchanceté m'atteint de plein fouet, comme si je venais de recevoir une boule de béton en plein ventre.

C'est à cet instant que la porte s'ouvre sur Michaël Perez. Le réalisateur écarquille les yeux, observe la scène et constate le silence de mort qui règne dorénavant dans la classe. Son regard passe de la prof à moi plusieurs fois alors qu'il tente de comprendre dans quel bourbier il vient de mettre les pieds :

– J'arrive au mauvais moment ?

Madame Crachin, les yeux exorbités, s'arrête net et cligne des paupières comme si le démon qui l'habitait venait de quitter son corps et lui sourit. Elle sourit cette peau de vache ! Je n'en reviens pas ! Moi, je suis en état de choc. J'ai l'impression d'avoir été battue. J'ai du mal à reprendre mon souffle, mes yeux sont humides des larmes qui ne demandent qu'à couler, ma mâchoire est serrée tout comme mes poings et si on me demandait mon prénom à ce moment, je serais capable de répondre Robert. Insensible à mon état, Madame Crachin prend sa voix mielleuse pour répondre à Michaël, lisse sa blouse des deux mains et fait quelques pas dans sa direction :

– Pas du tout mon cher Michaël, je remettais une élève en place car son téléphone a sonné en plein cours. Mademoiselle Decker, veuillez me donner l'objet du délit, vous pourrez venir le récupérer à la fin de la journée.

Elle saisit mon téléphone et le glisse dans le tiroir de son bureau tandis que Michaël fronce les sourcils. Il prend une profonde inspiration pour répondre :

– Il me semble que ce genre d'incident ne justifie pas qu'on soutienne à une élève qu'elle n'est pas faite pour travailler dans le domaine de l'audiovisuel et qu'elle devrait se tourner vers une carrière de coiffeuse.

Madame Crachin devient livide. Un petit rire ridicule fuse de sa gorge, ses narines palpitent alors qu'elle balbutie :

– Ce n'est pas vraiment ce que je voulais dire… je…

Il la coupe pour ajouter :

– D'autant plus que j'ai visionné une bonne partie des courts-métrages de la classe ces derniers jours pour me faire une idée du niveau général de vos élèves et je peux vous dire que celui de Mademoiselle Decker est sans aucun doute l'un des meilleurs. Son travail sur la lumière et sur les dialogues apporte un éclairage intéressant et subtil sur le lien mère-fille. Si vous ne l'avez pas remarqué, c'est peut-être vous qui devriez changer de métier.

Oh mon Dieu, oh mon Dieu ! Même dans mes rêves les plus fous je n'aurais jamais espéré assister à une scène pareille. Madame Crachin ne sait plus où se mettre, ses joues sont passées du blanc cadavérique au rouge tomate et elle semble au bord de la syncope. Tout ce qu'elle fait, c'est de tirer la chaise de son bureau près de la première rangée pour s'asseoir afin de laisser le tableau noir à Michaël.

S'il pense vraiment ce qu'il a dit, cela signifie que j'ai au moins un peu de talent. Le seul problème c'est que je paierai cher ses compliments une fois qu'il aura terminé de donner son cours. Madame Crachin me fera payer son humiliation à partir de la seconde où Michaël ne sera plus dans les parages.

La sonnerie caractéristique retentit et indique la fin du cours, Michaël et Madame Crachin en profitent pour débuter une discussion afin de régler leur petite altercation à mon sujet et j'en profite pour filer le plus vite possible. Michaël, qui se tient dos à la fenêtre, cesse quelques secondes de se concentrer sur Madame Crachin et me fixe intensément de ses yeux sombres alors que je m'apprête à sortir. Le temps se suspend. Mon souffle s'accélère instantanément et je soutiens son regard le plus longtemps possible avant de rompre ce contact, complètement chamboulée par les récents événements. Inutile de vous dire que cet homme me perturbe toujours autant.

La journée terminée, je sens mon corps fourmiller, je sens que mes émotions sont sur le point de me submerger, je sens ce besoin de me défouler pour ne pas craquer. Un petit tour à la salle de gym s'impose mais cette fois-ci, je ne compte pas y aller seule. J'aperçois Antho dans le couloir en train de ranger des classeurs dans son casier et me précipite vers lui pour lui raconter tout ce qui s'est passé ce matin. Une fois à l'abri des oreilles indiscrètes bien au chaud dans la salle de gym, je lui fais le récit détaillé des événements.

– Noooon, elle t'a vraiment balancé tout ça ? Et Michaël t'a défendu ?

– Il ne m'a pas défendu moi, il a défendu mon travail. C'était incroyable, tu aurais dû voir ça. Je n'arrivais pas à réaliser tout ce qui se passait devant moi. On aurait dit une scène de film. Et l'un des points le plus important c'est que… je ne suis pas si nulle !

– C'est ce que je n'arrête pas de te dire Angela.

Je lève un sourcil quand il prononce mon prénom. Il m'appelle toujours par mon diminutif, qu'est-ce qui cloche ? Avant que j'aie le temps de creuser le sujet, il enclenche la Macarena et m'entraîne au milieu de la grande pièce pour danser. Il me faut un moment pour décrocher et me mettre à bouger sans réfléchir. Apparemment, Antho aussi a besoin de se défouler, il bouge dans tous les sens, ses bras au-dessus de la tête, les yeux fermés, il se balance d'une jambe à l'autre en suivant le rythme de la musique. On dirait un grand pantin désarticulé. Quand il ouvre les yeux, il remarque que je l'observe et que je me suis arrêtée. Il rit :

– Quoi ?

– Rien, je t'adore, tu le sais ça ?

– Rhaaa, on ne doit pas réfléchir quand on est ici. On ne doit pas parler en dansant sinon l'utilité du truc disparaît ! Allez viens ma Pépite, danse !

Il me prend par la main et me fait tournoyer dans tous les sens. Nous faisons les cons pendant près d'une demi-heure avant qu'Antho ne me quitte pour aller souper avec ses colocataires. Il me fait une bise sur le front et un signe de la main en quittant la salle de gym. Moi, j'ai encore des tensions à éliminer, je reste dans la salle et cherche mon téléphone dans mon sac avant de réaliser qu'il est toujours dans le tiroir de Madame Crachin. Je n'ai pas de téléphone et donc pas de musique ! Qu'à cela ne tienne, j'ai trop besoin de bouger. Je vais danser en silence et tant pis si j'ai l'air ridicule. Je me lance donc dans de larges mouvements qui doivent certainement ressembler à ceux de la danse contemporaine et bouge de plus en plus vite, investissant la totalité de l'espace qui s'offre à moi. J'ai l'impression d'être un animal et me lance dans une imitation du gorille, je marche près du sol et dans un élan de motivation, frappe ma poitrine de mes petits poings en hurlant. Ah, j'adore ! Je sens mon corps se détendre, je ferme les yeux et poursuis mes exercices.

Allez, un dernier tour et je m'en vais. Je sautille dans tous les sens quand j'entends un bruit derrière moi, un léger grincement qui me rappelle étrangement le bruit de la porte de la salle de gym. Haha, non, je dois rêver, il n'y a plus personne à l'école à cette heure-ci.

Normalement.

Et c'est bien là le problème.

Quand un raclement de gorge gêné retentit, je me fige.

Je me retourne, terrifiée à l'idée que quelqu'un ait pu assister au triste spectacle que je viens de donner. En gros, moi, imitant un gorille dans une salle de gym déserte, sans musique. La voix grave de Michaël Perez retentit en emplissant la salle désormais silencieuse :

– Je suis désolé, je ne voulais pas t'interrompre dans ton… ta…

Prise de court, la seule chose que je suis capable de répondre est un pitoyable :

– Je faisais le gorille.

Il acquiesce comme si c'était une évidence.

– Le gorille… bien sûr. J'aurais dû m'en douter.

Une lueur malicieuse danse dans ses yeux et je ne peux m'empêcher de me mordre la lèvre. Nous semblons tous les deux retenir notre souffle, nos regards accrochés l'un à l'autre. Mais cela ne dure pas et nous éclatons de rire. C'est là que je prends conscience que je partage un moment de complicité avec un garçon de ma génération avec lequel j'ai une passion commune. Ce n'est pas mon professeur, pas un mentor, pas un être inaccessible et différent. Avec son parcours et son charisme, j'ai tendance à oublier que nous avons presque le même âge.

Après avoir repris son souffle, il s'approche de moi, ses yeux toujours rivés aux miens, sort quelque chose de la poche de son jean et me tend mon téléphone :

– J'imagine que tu vas en avoir besoin ce soir.

– Merci. J'espère que vous n'avez pas eu de problèmes avec Madame Crachin à cause de moi…

Après quelques secondes de silence pendant lesquelles il a l'air de réfléchir intensément, il me répond :

– Madame Crachin est une enseignante aigrie. Et tutoie-moi s'il te plaît, ce vouvoiement me fait passer pour un vieux prof. Tu sais, on m'a aussi dit que j'étais nul et que je n'y arriverai jamais. Chez moi, c'était mon père qui ne croyait pas en moi. Il voulait que je devienne charpentier, comme lui, que je travaille avec mes mains, que je fasse un « vrai métier ». La créativité représentait une notion plutôt abstraite pour lui. Mais moi, j'avais besoin d'imaginer, de créer autre chose que ce monde dysfonctionnel dans lequel nous vivons. Du coup, j'ai dû faire des cours du soir en douce pour qu'il ne se doute de rien, j'ai tout appris grâce à des professeurs formidables et passionnés. Je prétextais que j'allais chez un copain pour réviser mon apprentissage alors que je passais des heures sur mes premiers courts-métrages. Ensuite, tout est allé très vite. Les projets, les rencontres, le succès. Il ne m'adresse plus la parole depuis que je travaille pour le cinéma et la télévision. Bref, tout ce que je veux te dire c'est… crois en toi, aime ce que tu fais. Tu as cette flamme en toi qui brillera pour toujours. C'est tellement précieux Angela. Ne la laisse jamais s'éteindre. Surtout pas à cause de gens qui n'en valent pas la peine. D'accord ?

Submergée par l'émotion, je fais ce que j'ai l'habitude de faire dans de telles circonstances (c'est-à-dire quand je n'arrive pas à gérer mes sentiments) : je fuis. Après lui avoir dit un simple et rapide « merci », je range mon téléphone dans mon sac, les doigts tremblants, et m'apprête à partir en direction de la porte quand il m'attrape par la main, doucement, presque tendrement et réitère sa demande :

– Tu m'as bien compris ?

Son regard triste me surprend et me fend le cœur tant je lis de la souffrance dans ses beaux yeux. Alors, je réponds dans un souffle :

– Je vous… je t'ai bien compris, oui.

Je frémis à ce contact. Quand je quitte la salle, j'ai encore l'impression de sentir les doigts de Michaël entrelacés aux miens.

Dans ma chambre, l'ordinateur sur les genoux, je suis encore chamboulée par la manière dont Michaël m'a regardée, retournée par ses mots, par cette fragilité que j'ai vue pour la première fois chez lui. Et ce contact, mon Dieu ce contact ! Je frissonne rien que d'y penser. Ce mec me déstabilise comme je ne l'ai encore jamais été. Il se fraie un chemin jusqu'à mon cœur que je pensais barricadé à tout jamais. La vie m'a déjà bien trop blessée.

Je soupire, tourne la tête vers le portrait pour lui demander doucement :

– Qu'est-ce que je dois faire ?

Après une seconde de réflexion, je fais comme si l'image m'avait répondu :

– Tu as raison, je vais me concentrer sur mes projets. Je vais d'ailleurs répondre aux commentaires que j'ai reçus sur mes vidéos. Tu as vu ? Les gens aiment bien ce que je fais, c'est dingue.

Après plusieurs heures passées à écrire, je clique sur le gentil mot envoyé par Aurélie Jolie pour la remercier puis décide de lui envoyer un mail plus personnalisé.

Hello Aurélie,

Je voulais te dire j'ai été très touchée que tu regardes mes premières vidéos et que tu les apprécies. Je dois t'avouer que j'adore ta chaîne et que je te suis depuis le début de ton aventure sur YouTube.

Tu fais partie de ces femmes que j'admire et qui m'inspirent dans mon quotidien. Je ne compte pas les fois où je me sentais triste, déprimée, si perdue dans ma vie et où tes vidéos m'ont fait sourire et m'ont redonné le moral.

Alors merci infiniment d'être la fille géniale que tu es.

Amitiés,

Angie

Je suis tellement absorbée par mon mail que je ne remarque pas que ma mère m'observe, appuyée contre le cadre de la porte. Sa voix me tire de mes pensées alors que je viens de cliquer pour envoyer mon message.

– Ma chérie, tu as reçu mon SMS de ce matin ? Je t'ai préparé ton plat préféré : poulet au curry rouge avec des petits légumes et du riz parfumé.

C'était donc son texto qui m'avait valu les attaques verbales de Madame Crachin puis ce moment de complicité avec Michaël. Le pire comme le meilleur, c'est ma mère tout craché. Je passe tout ça sous silence et me contente de lui demander :

– Et que me vaut cet honneur ?

– Je t'aime, c'est tout.

Un silence gêné suit cet aveu. Nous ne nous épanchons pas beaucoup sur nos sentiments dans la famille d'habitude. Elle doit sentir ma gêne car elle rougit légèrement et rompt le silence en ajoutant :

– Tu viens manger ?

Pas besoin de me le dire deux fois, le parfum de curry, de poulet et de riz qui s'échappe de la cuisine suffit à me faire bondir du lit. J'avale deux portions de tout, ce qui est suffisamment rare pour que je le mentionne, et m'avachis dans ma chaise en attendant qu'elle termine son assiette. Une fois la vaisselle rangée, je me retranche dans mon coin, prête à rejoindre ma chambre mais m'arrête devant ma porte et me retourne pour lui confier :

– Merci maman, c'était délicieux.

Elle a cet air triste. Cet air que je lui connais quand elle repense à lui. Nous avons tout fait pour nous soutenir dans la douleur mais je n'ai pas le pouvoir de la guérir. Je ne l'aurai jamais.

– Maman ?

Elle tourne la tête :

– Moi aussi je t'aime.

Chapitre 5
Un mensonge de trop ?

Vendredi soir, après avoir passé une semaine bien remplie par mes cours, je réfléchis à une nouvelle idée de vidéo, affalée sur mon lit. Comme je n'ai pas envie de me contenter de parler de maquillage ni de créer du contenu trop formaté, je réfléchis à une manière d'être plus créative. Et comme j'ai toujours voulu être actrice, l'idée de « jouer » davantage me parle beaucoup. Mais comment m'y prendre ? Si je créais un personnage et que je faisais comme si nous étions deux filles à parler ? Pourquoi pas après tout ? La seule chose que je risque, c'est d'être complètement ridicule. Je suis encore en train d'y réfléchir quand mon téléphone vibre. Sûrement Antho.

J'attrape le smartphone, fais glisser mon doigt sur l'écran et réalise qu'il ne s'agit pas d'un texto mais d'un mail. Un mail ? Sûrement une énième publicité pour un site de vente en ligne. Distraitement, je clique dessus, m'attendant à voir s'afficher devant mes yeux des dizaines de paires de chaussures en solde. Les doigts au-dessus des touches, je suis prête à effacer le message tout de suite sans autre forme de procès. Clic, c'est fait, directement à la poubelle. Pourtant, après réflexion, il ne me semble pas que…

Sauf erreur de ma part, il n'y avait pas de baskets, ni d'escarpins, ni de ballerines à l'écran. Juste quelques lignes de texte.

Et le… non !

Mon cerveau a apparemment enregistré plus de choses que je m'y attendais. Où est ce fichu mail ? Dans la poubelle, je sais, merci. Le cœur battant la chamade, je vais le rechercher et lis les lignes qui s'affichent devant moi tellement vite que je dois manquer la moitié.

Revenir-tournage-samedi-équipe-Michaël.

Hein ??? Je cligne des yeux plusieurs fois et m'intime l'ordre de me calmer sinon il se pourrait bien que j'explose. Je reprends la lecture après avoirs respiré profondément trois fois de suite.

Hello Angela,

Est-ce que cela te tenterait de revenir sur le tournage samedi vers 9 heures et que je te présente l'équipe du film ? Si tu le souhaites, tu pourrais également jouer quelques scènes. On cherche une silhouette pour une vendeuse en boulangerie. C'est un tout petit rôle pour lequel tu devrais juste dire quelques phrases.

J'espère que tu accepteras, ça me ferait plaisir. Mais si tu es trop occupée, je comprendrai parfaitement. D'autant plus que je t'écris vendredi (je ne suis même pas certain que tu liras ce mail à temps). On sera à la gare comme la dernière fois.

Peut-être à demain ?

Michaël

Boum. Ça, c'est le bruit de mon cœur et de mon cerveau qui viennent d'exploser. Je suis tellement contente que je me renverse sur mon lit et que j'agite les pieds en l'air tout en serrant un coussin contre moi et en poussant des cris qui ressemblent à ceux d'un bébé loutre. Je relis le mail une dizaine de fois pour m'assurer qu'il ne s'agit pas d'un rêve. Mais non. Apparemment, je suis bien réveillée.

Une fois calmée, je reprends l'ordinateur pour lui répondre. Tout ce que je suis capable de produire avec mon esprit tout retourné, c'est :

Parfait. Génial. Merci, hâte, serai là. Incroyable. Tu es le meilleur.

Si je pouvais en faire une phrase à la syntaxe correcte, ce serait mieux. Je parviens finalement à la rédiger et envoie le mail (j'ai tout de même évité d'écrire « tu es le meilleur », c'était too much).

En me rendant à la gare le samedi matin, j'ai peur de m'être trompée et de réaliser que je me suis fait des films (haha, j'ai un humour de merde). Et s'il avait voulu envoyer son message à un autre destinataire ? Une autre Angela ? C'est tout à fait probable, ne soupirez pas en levant les yeux au ciel. En même temps, je serai rapidement fixée. Si Michaël me regarde comme si j'étais un insecte géant juste là pour faire du bruit et manger tous les donuts du buffet, c'est que je ne suis pas la bienvenue.

J'aperçois les caméras et mon cœur se serre quand je repère Michaël assis sur une chaise, la mine sérieuse et les yeux fixés sur les images qui sont en train d'être tournées. Sourcils froncés, il observe avec concentration tout ce qui se déroule devant lui, analysant chaque détail, chaque micro-expression.

La magnifique comédienne aux cheveux noirs et à la ligne incroyablement svelte traverse le hall en courant pour rejoindre l'acteur principal et le gifler avant de l'embrasser. J'adore ! Les deux acteurs recommencent la scène au moins neuf fois à cause des remarques ou des suggestions de Michaël. Il veut pouvoir choisir entre des émotions différentes, des expressions différentes. Il est exigeant avec son équipe, il sait ce qu'il veut, ce qui transparaîtra à l'image, ce que le public attend. Il me fascine.

Une fois qu'il est satisfait, une pause est annoncée et tout le monde paraît soulagé comme si la pression retombait. Michaël reste seul un instant et passe une nouvelle fois la scène pour la visionner. Je me dirige vers le buffet avec le reste de l'équipe et me retrouve devant la machine à café à côté de l'actrice et d'un assistant boutonneux qui semble en totale admiration devant la jeune femme. Il saisit un panier de viennoiseries et le tend gentiment vers la belle :

– Tu veux un donut Donatella ?

Elle écarquille les yeux, dégoûtée, comme s'il venait de lui proposer de lécher le sol de la gare pour la nettoyer.

– Des donuts ? Tu m'as bien regardé Kevin ? Si je mangeais des donuts, tu penses que j'aurais cette taille et ces fesses ?

Il rougit, le pauvre.

– Non, non bien sûr que non, je suis con.

Elle acquiesce en lançant un « pfff » dédaigneux et tourne les talons en faisant voler sa longue chevelure dans son dos. Moi, je pouffe dans mon coin en plaignant le pauvre Kevin. Une voix grave résonne derrière moi et m'empêche d'aller consoler le jeune assistant (et accessoirement de dévorer tous les donuts) :

– À quoi tu penses ?

– Moi, je pense que je ne me priverai jamais de donuts pour avoir de jolies fesses.

Je me retourne pour me retrouver nez à nez avec Michaël. Et là, je réalise que j'ai parlé à haute voix. Je viens vraiment de lui dire ça ? Mon expression doit refléter mon dépit. Heureusement, il éclate de rire et je lui souris piteusement. Sans attendre, il me tend une feuille de scripte où je peux lire un dialogue entre Donatella et une boulangère. Haha. Il n'était pas sérieux dans son mail quand il me proposait d'aligner trois phrases à l'écran ? Parce qu'avec le stress, les yeux de toute l'équipe braqués sur moi et Michaël qui épie le moindre de mes faits et gestes, je pense que le seul mot que je pourrais prononcer sans bafouiller serait : mrrrpfff.

– Tu viens ? On va te donner d'autres vêtements pour que tu puisses te changer. On va tourner la scène dans quinze minutes. Tu verras, c'est un dialogue basique, tu l'apprendras pendant qu'on te fera les retouches maquillage.

Michaël s'est déjà mis en mouvement et avance d'un pas rapide. Moi, je ne sais plus où je suis. Pourtant, j'essaie de me concentrer et de lire le dialogue tout en le suivant (ce qui est déjà épique en soi) mais j'ai l'impression que les mots que j'ai sous les yeux n'ont pas de sens une fois mis ensemble. J'ai cinq ans et je ne sais plus lire ! Je dois lui avouer que je suis en pleine régression ?

Michaël explique à une assistante qui je suis et pourquoi je suis là et je la vois acquiescer avant de disparaître derrière un portant puis revenir avec un uniforme de boulangère. Michaël sourit et je fonds en le regardant. Il a un petit côté fragile malgré l'assurance qui se dégage de lui et ses deux faces me perturbent autant qu'elles me plaisent. Il revient vers moi l'air heureux et me tend les vêtements en haussant les sourcils l'air de dire « tadam, je suis un magicien et tu vas sortir de mon chapeau transformé en cochon d'Inde ». Peu sûre de moi, à ce stade j'hésite à repartir en courant et en lui disant de se déguiser en boulangère lui-même, je tends machinalement le bras vers lui et saisis le cintre.

– Tu peux te changer dans la cabine qu'on a installée là-bas.

– OK, merci.

Je suis toujours sous le choc. Cette matinée est irréaliste. J'observe mon costume comme si je n'avais jamais vu de vêtements. Ce qui est faux, évidemment, vous vous en doutez. La voix de Michaël me tire une nouvelle fois de mes pensées tandis que je me demande si je vais vraiment enfiler ces habits.

– Angela ?

Je lève les yeux vers lui et nos regards se croisent.

– Je suis content que tu sois là.

Mon estomac vient de faire un bond. Il est content que je sois là ? Avant que j'aie le temps de lui répondre que moi, je suis surtout contente de le voir lui, il est déjà reparti sur le plateau de tournage. Je souris béatement avant de réaliser qu'il me reste dix minutes pour m'habiller et apprendre le texte par cœur. Là, je panique. Et quand je panique, je fais n'importe quoi. Je baisse mon pantalon avant d'avoir enlevé mes bottes et je tente de retirer mon pull alors que j'ai toujours ma veste.

Après les retouches maquillages, je retourne en cabine pour vérifier ma tenue.

Dix minutes plus tard, Kevin vient me chercher et il bafouille en ouvrant le rideau de la cabine. Je peux comprendre que le spectacle, moi les joues rouges et le souffle court en train de me débattre avec le filet de boulangère genre charlotte pour tenter de faire entrer des mèches rebelles de cheveux à l'intérieur, puisse le perturber. Quand je le vois, je m'arrête et fais mine que la scène qui se déroule sous ses yeux est parfaitement normale.

– Salut Kevin, ça va ?

Il rougit, le pauvre (bis).

– Euh, bonjour. Vous êtes prête ? Tout le monde vous attend pour tourner.

Fichue mèche, tu vas rentrer oui ? Parce que, soyons honnêtes, je ressemble à une fille qui aurait une méduse morte sur la tête. Je pousse un soupir et lui grogne en faisait une dernière tentative désespérée :

– Ça, tu vois, c'est une précision dont je n'avais pas besoin.

Je laisse tomber mes mèches et finis par le suivre en évitant de jeter un dernier coup d'œil au miroir sinon je partirai en courant pour sortir de la gare et plonger directement dans le lac pour que la méduse retrouve ses potes les poissons.

Quand Michaël me voit arriver, il me fait un grand sourire – un sourire franc pas un sourire moqueur – et ses yeux affichent une lueur bienveillante. Dois-je lui dire que je n'ai pas un animal marin (et mort) sur la tête ? Il me fait un signe pour m'indiquer ma place, derrière un comptoir de stand avec une vitrine derrière laquelle des croissants, des parts de tartes et des sandwichs s'étalent. Mon cœur s'emballe, ma gorge devient sèche et j'ai l'impression que l'air ne circule plus jusqu'à mes poumons. Ce serait con de mourir alors que je m'apprête à jouer dans un film pour la première fois de ma vie. Angie, ne meurs pas, je te l'interdis ! Les caméras sont prêtes à tourner, les lumières sont allumées et éclairent la scène, malgré cette luminosité qui m'éblouit, j'aperçois l'actrice trépigner alors qu'elle est hors champ. Dès que le mot « action » résonnera, elle avancera dans ma direction pour jouer le plan 6 de la scène 8. Heureusement, j'ai encore deux minutes pour…

– Action !

Quoi ? Mais non, je ne suis pas prête !

Vous connaissez cette sensation, quand vous savez que vous foncez dans un mur mais que vous y allez quand même ? C'est exactement ce que je ressens. Je suis une voiture qui fonce à deux cents kilomètres-heure contre une paroi en béton. Avant que j'aie le temps de dire « pouf, pouf », Donatella est devant moi et fronce les sourcils dans un air des plus concentrés en regardant les produits sous ses yeux. Une fois qu'elle semble avoir fait son choix, elle lève les yeux vers moi pour passer sa commande. Elle va prendre un sandwich au jambon et une salade de fruits.

Non, je ne suis pas devin et je ne lis pas dans les pensées (même si j'aimerais bien).

C'était écrit dans le script.

– Bonjour.

Dans un souffle, je parviens à balbutier un petit :

– Une boisson avec ça ?

Merde, j'aurais dû dire bonjour d'abord. Évidemment ! Une boisson avec un « bonjour », ça ne veut rien dire. Angie, arrête de dire n'importe quoi et de perdre tes moyens. Tu es capable de le faire, tu es capable de jouer ce rôle bien mieux que ça. Ça fait dix-neuf ans que tu t'exerces dans ta chambre et devant le miroir de la salle de bains en créant des scènes imaginaires. Alors, reprends-toi ! Maintenant !

Michaël hurle :

– Coupez. On reprend.

Son regard intense se pose sur moi pendant plusieurs secondes et je ressens une violente brûlure dans mon estomac. Il cligne rapidement des yeux et acquiesce très légèrement comme pour me dire « respire, tu peux le faire, j'ai confiance en toi ». Aussi curieux que cela puisse paraître, je sens une chaleur se répandre dans tout mon corps. Je pourrais mettre ma main au feu que c'est exactement ce qu'il a pensé.

Donatella soupire, me fait une moue de dégoût en me regardant de la tête aux pieds et se retourne pour rejoindre son point de départ d'un pas rapide.

Rassérénée par l'énergie de Michaël, je respire très lentement, ferme les yeux un instant et me concentre. Dans ma tête, je vois tous nos dialogues aussi clairement que si je les avais sous les yeux. Je les connais, j'en connais chaque ligne, chaque mot. Quand j'ouvre les yeux, je me sens apaisée, calmée et je sais que je vais tourner cette scène du mieux possible. Donatella arrive et tout recommence.

– Bonjour.

Je souris à l'actrice, détendue. Je suis une vendeuse en boulangerie et j'adore l'odeur du pain chaud.

– Bonjour !

– Je vais vous prendre un sandwich au jambon et une salade de fruits, s'il vous plaît.

– Volontiers. Pain blanc ou pain complet (elle montre le pain complet) ? Une boisson avec ça ?

Elle regarde derrière moi pour juger le choix de jus et de sodas rangés dans le frigidaire avant d'ajouter :

– Un jus d'orange.

Je m'active pour mettre sa commande dans un sachet, contrôle le très léger tremblement de mes mains, et lui souris en lui tendant le tout.

– Voilà madame, bonne journée et bon appétit !

– Merci, au revoir.

Elle range son repas dans son sac et me sourit avant de tourner les talons et de repartir hors champ.

– Coupez, c'était super, merci ! On va la refaire pour avoir le choix.

Moi qui croyais que nous allions naïvement la tourner une seule fois, nous l'avons refaite huit fois. À la fin, je ne savais plus comment varier mon intonation sur les « bonjour ». Kevin m'a dit que c'était tout à fait normal pour un film de tourner la scène plus d'une dizaine de fois pour que le réalisateur ait exactement les émotions qu'il souhaite retransmettre à l'écran.

J'aurais aimé rester avec l'équipe et surtout avec Michaël mais il est déjà tard et si je souhaite produire une nouvelle vidéo pour ma chaîne YouTube ce week-end, il faut que je travaille sur ma prochaine idée.

Alors que je grimpe dans le bus en fin d'après-midi, je sors enfin mon téléphone de mon sac. Je n'ai pas eu le temps de le regarder avant. Là, je frissonne en remarquant les notifications sur l'écran.

Dix appels en absence.

C'est là qu'une évidence me frappe l'esprit.

Non, je n'ai pas fait ça ? Dites-moi que je n'ai pas fait ça ?

Mon cœur s'emballe, mes doigts se mettent à trembler tandis que je glisse l'index sur la surface froide pour lire le message que j'ai reçu ce matin à dix heures.

Ben alors, tu es où ? T'es toujours au lit ? Parce que je te signale que tu m'as déjà fait le coup de la demi-heure de retard quand tu avais passé la nuit à regarder le téléthon. Le téléthon Angie ! Tu es trop jeune pour passer autant d'heures devant ce programme ! C'est pour les vieux qui n'ont plus de dents. Toi, tu as encore les tiennes ! Bref, je t'attends au café.

Ce n'est pas possible. J'ai oublié Antho ! J'ai oublié mon rendez-vous avec Antho pour passer la journée avec Michaël. J'ai laissé mon meilleur ami poireauter dans un café sans lui donner de nouvelles pendant des heures pour jouer une boulangère et dire « bonjour » de neuf manières différentes. Il m'en voudra à mort si je lui avoue la vérité.

Comment m'excuser ? Quelle explication plausible puis-je trouver ? En attendant d'être frappée par une lumineuse idée, je m'enfonce dans mon siège et je remonte mon écharpe sur mon nez pour éviter de croiser quelqu'un que je connais, genre Antho.

J'ai honte et je me sens terriblement mal. C'est simple, je suis rongée par la culpabilité. Et je ne veux surtout pas blesser la seule personne au monde qui a toujours été là pour moi.

La seule justification qui me semble pardonnable, c'est une urgence. Et cela pourrait également expliquer pourquoi je n'avais pas mon téléphone sur moi. C'est ainsi que sans avoir vraiment réfléchi aux conséquences de mon acte, je me retrouve à tapoter sur mon téléphone.

Antho, excuse-moi pour mon silence. Ma mère a fait un malaise et je l'ai accompagnée à l'hôpital.

Elle va bien alors ne t'inquiète pas. Dans la précipitation, j'ai oublié de prendre mon téléphone avec moi. Je suis désolée de t'avoir laissé m'attendre au café si longtemps. Pardon, pardon, pardon ! On se voit demain pour rattraper ce rendez-vous manqué ?

Une minute plus tard, mon écran clignote et je lis le prénom d'Antho. Mais, prisonnière de mon mensonge, je ne lui réponds pas. Qu'est-ce que je pourrais bien lui raconter ? De plus, il risquerait d'entendre la voix électronique du bus annoncer le prochain arrêt et je serai grillée. Il est tellement prévenant qu'il m'écrit directement après sa tentative infructueuse pour m'entendre :

Oh mon Dieu, mais elle va bien ? Qu'est-ce qui s'est passé ? Et toi, ça va ? Tu m'as fait une de ces peurs, j'ai passé l'après-midi à m'angoisser. Remarque, ce n'est pas mieux maintenant que je sais ce qui s'est passé. Tu veux que je vienne te voir maintenant ? Tu sais que tu peux toujours compter sur moi, à n'importe quelle heure du jour ou de la nuit.

J'étouffe un gémissement dans mon écharpe. Je suis une merde et lui, il est adorable.

Une fois arrivée chez moi, je fais les cent pas dans ma chambre en me rongeant les ongles. La meilleure façon d'arrêter de cogiter sur mon horrible mensonge, c'est de me mettre au travail. Mon esprit doit se focaliser sur une tâche concrète à effectuer sinon je vais devenir folle.

Je saisis mon carnet, m'assieds en tailleur sur mon couvre-lit beige et l'ouvre pour me mettre à rédiger. Comme je souhaite tenter autre chose, je décide d'écrire une partie de ma chronique, du moins les grandes lignes pour avoir une structure claire, pour définir mes plans et pour filmer mes personnages.

Oh, je ne vous ai pas encore tout dit. J'ai reçu une palette de pinceaux de la marque Dream que je vais tester pour en faire une revue make-up. Pour cette vidéo, je vais mettre en scène un personnage : Anastasia, vingt-trois ans, une sorte de contrôleuse de mon travail de chroniqueuse. Je lui ferai un look de prof avec des lunettes strictes et un chignon et je la ferai s'exprimer d'une manière un peu précieuse. Il y aura donc mon vrai « moi » et un « moi en version inspectrice coincée » ! Je suis certaine que je vais bien rigoler. C'est une première évolution de ma chaîne pour aller vers des vidéos plus travaillées, plus scénarisées dans lesquelles je m'amuse et je me diversifie en jouant des rôles et en intégrant l'humour comme ingrédient clé.

Après avoir rédigé mon script, je me sens mieux et j'ai déjà hâte de tourner la vidéo demain matin.

Ce soir, bien au chaud dans mon lit, mon esprit divague et je me prends à rêver. Et si je pouvais en faire ma vie ? Écrire, créer, jouer, partager ? Je souris en fermant les yeux. Un jour peut-être…

Chapitre 6
Pas que du make-up !

Quand j'ouvre les yeux dimanche matin, je réalise que je suis toujours Angie. Angie, la petite Genevoise de dix-neuf ans que personne ne connaît et que tout le monde déteste.

Sauf ma mère. Et Antho.

Enfin, pour le moment parce qu'il ignore que je lui ai menti.

Merde.

Après avoir bâillé et m'être étirée de tout mon long comme un chat, je m'assieds en tailleur et me cale contre plusieurs oreilles. Pour me remonter le moral, j'allume mon ordinateur et me connecte à ma chaîne. Dès que je me sens déprimée, j'ouvre mon petit monde à moi et je me sens tout de suite mieux, comme si ce projet était mon trésor, mon unique richesse, mon refuge.

D'ailleurs, ma chaîne commence à décoller. J'ai désormais plus de 7 000 abonnées et le chiffre ne cesse de grimper. J'ai même reçu ma première demande de partenariat pour parler d'un produit. Pour se faire, je viens de recevoir un kit de pinceaux dont je vais parler dans ma prochaine vidéo (celui dont je vous parlais plus haut). C'est incroyable.

En arrivant sur ma page YouTube, je remarque que mon nombre de followers a fait un bond durant la nuit. C'est curieux car je n'ai rien posté depuis plus d'une semaine. Pourquoi cet engouement ? Il me suffit de me connecter à ma boîte mail pour comprendre les raisons de ce soudain intérêt. J'écarquille les yeux en lisant le message que je viens de recevoir.

Coucou Angie,

Merci pour ton adorable mail, je suis très touchée que tu apprécies autant mon travail !

J'ai adoré la dernière vidéo que tu as postée. Du coup, je me suis permis de la partager sur ma page Facebook. J'espère que cela t'apportera un peu plus de visibilité et de nouveaux abonnés. Je croise les doigts !

Des bisous de Paris,

Aurélie

Oh mon Dieu ! Ma YouTubeuse fétiche, l'un de mes modèles, vient de partager ma vidéo ? Comme je n'arrive pas à y croire, je me pince le bras très fort. Aïe ! Voilà, j'ai mal, ce n'est donc pas un rêve, ce mail est réel, ce qui m'arrive est réel. Je ne risque pas de me réveiller et de me dire qu'il ne s'agissait que d'une chimère.

Encore plus motivée suite à ce succès, je me prépare, me maquille et relis mon texte une dernière fois avant d'installer la caméra. Je vais d'abord tourner les scènes où je suis « moi-même » avant de m'atteler à celles où je joue Anastasia. Même si le montage sera évidemment plus long que pour mes précédentes vidéos, je suis contente de l'évolution de mon travail.

Après des heures de boulot, l'après-midi touche à sa fin et je finalise la bande-son avant de visionner la revue en entier. Voilà le résultat.

Hello tout le monde, alors aujourd'hui je vais vous faire ma petite revue sur les pinceaux Dream. Moi je ne les connaissais pas du tout avant de les recevoir, je n'en avais jamais entendu parler. Je ne pensais pas que vous étiez aussi nombreuses à connaître cette marque mais je suis ravie d'avoir pu tester ces pinceaux et de pouvoir vous en parler vu que, apparemment, ça vous intéresse. Alors, commençons.

– Eh bien merci !

– Pardon ?

– Merci de m'avoir présentée !

– Donc voici…

– Non, non, non. Je vais le faire moi-même, merci. Anastasia, vingt-trois ans, vérificatrice de make-up bien faite.

– Voilà, t'es contente ?

– Oui !

– Alors…

– Non, non, non, c'est moi qui pose les questions. Angie, peux-tu nous parler de la marque Dream ?

Je m'exécute puis présente les différents types de pinceaux pour l'eye-liner, le fard à paupières, l'anticerne, le fond de teint. Et même si j'ai fourché sur le mot pinceau en le prononçant « pincheau », je décide de garder la séquence pour montrer que je ne suis pas parfaite et pour faire rire mes followers.

Quand la vidéo se termine, je reste quelques secondes sans bouger. Comme ça me fait bizarre de me voir ! Je crois que je pourrais me trouver tous les défauts du monde. Diction imparfaite, look curieux, jeu trop poussé, voix mal posée. Je n'arrive pas à avoir suffisamment de recul pour savoir si ce que je viens de produire est une pure catastrophe ou si, au contraire, c'est plutôt marrant. Il me faut un avis extérieur. À part Antho et malgré le succès naissant de ma chaîne, je n'ai parlé à personne de ce que je fais. J'ai l'impression que c'est une sorte de plaisir coupable, comme si je mangeais une boîte de macarons en pleine période de régime.

Malgré la culpabilité qui me tord le ventre, j'écris un message à Antho pour qu'il passe me voir, son avis et sa présence me manquent.

Une heure plus tard, il sonne à la porte.

Malgré ma rapidité fulgurante qui pourrait s'apparenter à un guépard coursant une antilope ou à un caméléon attrapant une mouche avec sa langue (il faut croire que la savane et la jungle m'inspirent ce dimanche), je ne suis pas suffisamment rapide pour arriver à la porte en une seconde et ce que je craignais arrive : c'est ma mère qui lui ouvre. Noooon ! Il ne faut pas qu'ils se rencontrent et qu'ils se parlent. Antho risquerait d'aborder la pseudo-visite aux urgences.

J'entends la voix de ma mère me parvenir depuis l'entrée.

– Anthony, quelle bonne surprise ! Viens, entre. Tu vas bien ?

Antho entre et sa voix résonne dans le couloir. Ce serait bien qu'il ait une extinction de voix là, maintenant et qu'il ne puisse plus parler ! Pouf, envolée sa voix.

– C'est plutôt à vous que je dois poser la questi…

Merde, il peut parler ! Je n'ai vraiment pas de chance. Je lève les yeux au ciel comme pour engueuler le vieux barbu assis sur son nuage (ou toute autre puissance supérieure) et accélère encore le mouvement. Je cours, je négocie au mieux l'angle de ma porte puis le canapé du salon et bondis entre eux au moment où je vois ma mère froncer les sourcils. Tout essoufflée, je fais comme si de rien n'était et je pose ma main sur ma taille pour soulager mon point de côté avant de dire :

– Salut Antho ! Tu viens ? Il faut absolument que je te montre quelque chose !

C'était moins une. Il me sourit, hausse légèrement les épaules à l'intention de ma mère l'air de dire « elle est un peu folle mais c'est pour ça qu'on l'aime », et me suit jusque dans ma chambre. Je m'empresse de fermer la porte au cas où ma mère nous aurait suivis et pousse un soupir de soulagement.

Ouf, catastrophe évitée de justesse. Je me retourne d'un coup, espérant toujours le miracle suivant : qu'Antho ait effacé de sa mémoire l'événement d'hier. Oui, je suis une grande rêveuse. Il s'assied sur mon lit et me regarde d'un air pensif :

– Elle va bien ta mère ?

Merde, encore raté.

– Oui, oui, elle va beaucoup mieux. En fait elle a eu…

Elle a eu quoi ? Vite Angie, trouve un truc ! Une angine ? Un choc anaphylactique ? Une crise de dissociation mentale ?

– Une chute de pression.

Hein ? Je tente vainement de broder, imaginant une scène dans ma tête.

– Elle est tombée en se levant du canapé et elle avait la tête qui tournait. Comme on ne savait pas les causes de son malaise, j'ai préféré aller aux urgences. Elle aurait pu se faire vraiment mal à la tête. Heureusement, ils nous ont laissées partir après avoir fait quelques examens.

– Oh merde, tu as dû avoir peur.

– Sur le moment oui mais après les médecins nous ont rassurées et lui ont donné des médicaments pour la pression.

Tais-toi Angie, tu en as assez fait ! Alors pourquoi est-ce que je continue à parler ?

– Tu comprends, si elle a une pression trop basse, elle peut tomber à tout moment et se blesser gravement, genre s'ouvrir le crâne et perdre son cerveau. Il faut qu'elle fasse attention.

Perdre son cerveau ? Je raconte vraiment n'importe quoi. Je me racle la gorge et m'excuse encore pour mon attitude :

– Je suis vraiment désolée de t'avoir laissé patienter tout seul dans ce café. Je m'en suis voulu terriblement !

– Ce n'est pas grave. En plus, Sonia, tu sais ma coloc, m'a rejoint, elle était dans le coin. Elle est vraiment sympa en fait. On a discuté de tout un tas de trucs. Elle fait de la photo et elle m'a montré des images de Genève qu'elle a prises en noir et blanc. Elle est vraiment douée, tu devrais voir ! Elle aimerait bien trouver une galerie pour exposer ses œuvres…

Il a l'air tellement enthousiaste que je ressens un violent pincement au cœur. Mais qu'est-ce qui m'arrive ?

– C'est chouette. La prochaine fois que je passerai à l'appart, tu me montreras tout ça, hein. Dis, ça t'embêterait de visionner ma dernière vidéo et de me dire sincèrement ce que tu en penses ?

Il me sourit en acquiesçant, saisit l'ordinateur que je lui tends, ouvre l'écran et se cale contre le mur. Avant de démarrer la vidéo, il lève la tête pour me demander :

– Tu as fait ce dont on a parlé pour les personnages ?

– J'ai essayé mais je me suis sentie un peu ridicule. J'ai aucune idée si le rendu est sympa ou catastrophique.

– En tout cas, c'est chouette, ton nombre d'abonnés n'arrête pas de grimper et tu reçois de plus en plus de commentaires !

– C'est dingue hein ? C'est aussi grâce à Aurélie de la chaîne Aurélie Jolie, elle a partagé une de mes vidéos sur Facebook. C'est fou.

– Et tu n'en as toujours pas parlé à ta mère ?

– Je n'en ai parlé à personne. Il n'y a que toi qui es au courant.

Antho me sourit puis clique sur play et ma voix emplit la chambre, ce qui me donne envie de plonger sous le lit, de me mettre trois coussins sur chaque oreille et de me terrer sur la moquette à jamais. À la place, je me contente de glisser comme une limace sur la peau de mouton qui est posée sur le sol à côté de mon lit et je fixe mon attention sur les poils doux et blancs. Il n'y a rien de plus horrible que d'être juste à côté de la personne qui regarde et juge votre travail. Même si c'est Antho et que je l'adore. L'épreuve est toujours difficile. Cette chaîne, c'est moi. C'est moi tout entière, mes rêves, mes espoirs, mes envies, mon côté femme revendiqué, mes essais pour être drôle et acceptée, ma tentative pour être aimée comme je suis et pour ce que je suis. Je remarque que je ne respire plus depuis plusieurs secondes tellement je suis stressée. Si ça continue, je vais devenir bleue ! Et je vais m'asphyxier sur ma peau de mouton.

J'entends les dernières secondes de la vidéo et me fais violence pour refaire surface et regarder Antho, fébrile à l'idée d'entendre son avis.

– Alors ?

Il garde le silence, ce qui accentue mes doutes et je me rassieds, dépitée :

– C'était aussi nul que ça ?

Il tente de rester sérieux et de retenir son sourire mais son petit jeu ne dure pas. Il pose l'ordinateur et me sourit de toutes ses dents.

– Angie, c'est super ! Franchement, ça change des tutos make-up basiques. Tu as trouvé un truc là. L'humour, c'est ton USP.

– Mon quoi ?

– Ton Unique Selling Proposition ! C'est ce qui va te permettre de te différencier des autres YouTubeuses. Toi, non seulement tu es canon mais tu as ce petit côté « autodérision » qui te rend terriblement attachante.

Les compliments d'Antho me touchent au plus profond de moi-même. Je ressens un bien-être intérieur, vous savez ce sentiment qui vous enveloppe et qui vous indique que vous êtes sur la bonne voie ? J'ai l'impression d'avoir trouvé l'activité pour laquelle je suis faite. C'est comme une certitude qu'Antho renforce par ses compliments. De mon côté, je m'éclate à préparer mes vidéos, à les tourner et à les monter. Être YouTubeur pour moi c'est être une multitude de métiers en même temps : scénariste, acteur, animateur, comique, caméraman, monteur…

J'adore cette multiplicité qui me permet d'explorer toutes les facettes de ma personnalité. En fait, je crois que j'ai trouvé ce que je veux faire de ma vie. Encore sur mon nuage, je reviens sur terre quand mon ami repose l'ordinateur sur le lit. Je réalise que j'étais tellement stressée par mon mensonge et par cette nouvelle vidéo que je n'ai rien mangé depuis plusieurs heures. Mon ventre crie famine.

– Antho, je vais chercher un truc à manger à la cuisine, tu as besoin de quelque chose ?

– Je veux bien un verre d'eau s'il te plaît. Merci !

C'est là que je commets une erreur. Je laisse mon téléphone sur le couvre-lit.

Une fois dans la cuisine, j'avale vite un yoghourt à la fraise et une banane tout en repensant à cette aventure sur YouTube. Tout ça ressemble à un conte de fées, un conte de fées qui contraste avec le drame que je vis à l'école et avec les difficultés que j'aie dû affronter dans mon passé. Comme quoi, la vie est vraiment capable de vous offrir le pire comme le meilleur.

Cinq minutes plus tard, je franchis la porte de ma chambre le verre d'eau à la main, et lance guillerette :

– Et voilà !

Antho ne répond pas. Quelque chose a changé. L'ambiance si bon enfant est devenue glaciale. Mon meilleur ami fixe le mur en se mordant la lèvre, l'air sombre et les sourcils froncés. Qu'est-ce qui s'est passé ? Qu'est-ce qu'il a ?

Je m'approche de lui et pose le verre sur ma table de nuit en tentant de décrypter sur ces traits que je connais si bien ce qui l'a fait changer d'humeur. D'habitude, Antho ne change pas d'humeur. Jamais. Il est toujours adorable. En tout cas avec moi. Dans le doute, je lui pose tout de même la question pertinente suivante :

– Antho, ça va ?

Je suis hyper forte pour poser les bonnes questions au bon moment. Mon cœur bat de plus en plus fort. Les yeux toujours rivés sur la paroi blanche, il articule d'une voix sans timbre :

– Michaël te remercie pour la journée d'hier. Il dit que tu as été très professionnelle sur le tournage et que tout le monde t'a appréciée.

Un froid glacial m'envahit. Mon cœur explose. Il connaît la vérité. Je tente de justifier l'injustifiable mais tout ce que je parviens à produire et un faible balbutiement :

– Antho… je…

Je le regarde mais tout ce que je lis dans ses yeux, c'est une profonde déception. J'ai foiré en beauté sur ce coup-là. Il se lève, ne prononce pas un mot pendant plusieurs secondes, ce qui me donne l'impression d'être tombée dans un lac gelé et de sentir un million d'aiguilles me transpercer le corps, puis finit par me lancer :

– Je ne sais pas si le pire c'est que tu aies cru que je ne comprendrais pas ton envie de retourner sur le tournage ou que tu aies inventé un mensonge pareil pour justifier ton absence au café… je me suis vraiment inquiété pour toi et pour ta mère Angie. Enfin, comment as-tu pu me faire ça ?

– J'ai juste oublié de t'écrire, j'ai oublié que nous avions rendez-vous…

– Tu as oublié ?

– Hier matin, j'étais tellement heureuse d'y aller, tellement hallucinée que tout ça m'arrive à moi que…

– Que tu m'as oublié oui, j'ai compris. Et menti par-dessus le marché…

Je sais que j'ai appuyé là où il ne fallait pas. Antho et moi partageons bien plus que des études et des bons moments. Nous partageons les mêmes blessures et notre histoire familiale possède de curieuses similarités. Et je viens de faire une grosse connerie. Très, très grosse connerie.

Antho ne supporte pas le mensonge. Son père a quitté le foyer quand il avait dix ans pour aller vivre en Guadeloupe avec une jeune femme de vingt-deux ans, le laissant lui et sa mère dans une merde noire. Des dettes, des mensonges qui ont duré des années, un sentiment d'abandon et de rejet, Antho en a bavé. Comme moi. On n'imagine pas ce que l'absence d'un père peut ravager dans le cœur d'un enfant. On n'imagine pas ce sentiment de vide qui nous poursuit, cette impression qu'on ne vaut rien parce que le mot « papa » n'existe pas dans notre vocabulaire, dans notre vie.

– Tu sais Angie, je pensais que notre amitié valait plus que ces putains de paillettes et qu'un beau mec un peu célèbre. Apparemment, je me suis trompé.

Incapable de répondre, la gorge serrée, je regarde Antho quitter ma chambre en silence. Je reste quelques secondes debout, choquée par ce qui vient de se passer. Le seul bruit qui emplit la pièce est celui de ma respiration saccadée. Je fais quelques pas en direction de la porte, la ferme doucement puis retourne sur mon lit et éclate en sanglots. Entre mes larmes, j'aperçois les traits floutés du portrait sur ma table de nuit et murmure dans un souffle :

« Tu me manques et j'en veux à la vie de t'avoir repris trop tôt. Je t'en veux aussi parfois de m'avoir laissée seule pour affronter l'existence, d'avoir sombré si jeune. J'aimerais tant que tu sois encore là pour me rassurer, pour me dire que tout ira bien, pour me donner la force de continuer. Mais tu es parti. Tu as laissé les démons gagner, tu les as laissé t'emporter. Et moi, je me sens abandonnée avec cette blessure qui ne semble jamais vouloir guérir, cette plaie qui creuse un trou insondable dans mon cœur et dans mon âme. »

Il n'est pas le seul à me manquer. Je ne peux pas dire que mon « père » me manque, je ne le connais pas, c'est d'ailleurs un sujet tabou avec ma mère. Mais je peux dire que la présence d'un homme de référence dans ma vie me manque terriblement et me fait souffrir. Tous les drames que j'ai vécus malgré mon jeune âge m'ont déjà beaucoup trop abîmée. Et cette dispute avec Antho me rappelle qu'à part lui je n'ai aucun homme dans mon quotidien.

Quand je n'ai plus de larmes à verser, je tente de me reprendre et retourne sur ma chaîne pour poster ma vidéo. Pendant que je procède à la mise en ligne et que le fichier se charge, je repense à ce qui vient de se passer. Comment vais-je rattraper cette catastrophe ? Que vais-je devenir si même Antho (à raison d'ailleurs) me rejette ? Peut-être que je mérite toute cette merde ? Peut-être que tout le monde me déteste parce que je suis une horrible personne ? Tout est de ma faute. Je n'ai pas d'amies, presque pas de famille et une mère avec qui la vie est plutôt compliquée malgré tout l'amour que nous nous portons.

Le reflet que me renvoie mon miroir est terrifiant : mes joues sont rouges et mes yeux bouffis par ma crise de larmes, je ressemble à une poupée déformée. J'ai besoin de me passer de l'eau sur le visage pour retrouver figure humaine et de prendre une bonne douche. Je sors donc en catimini de mon repère avec l'espoir que ma mère ne me verra pas et ne procédera pas à un interrogatoire en règle en voyant ma tête mais à peine ai-je franchi le seuil qu'elle apparaît comme par magie.

– Ma chérie, ça te dit des spaghettis sauce bolognaise avec Robert et moi ce soir ? Il va venir à la maison pour le souper.

C'est là qu'elle aperçoit ma mine défaite et mon expression de lémurien dépressif. Elle écarquille les yeux et se précipite vers moi pour jouer le rôle de la mère parfaite et écarte quelques mèches de mon visage pour me demander avec un éclat de panique dans la voix :

– Qu'est-ce qui s'est passé ? Tu as pleuré ? Mais… ça ne va pas ?

Mon problème quand je suis dans cet état, c'est que je fais tout pour m'enfoncer encore davantage, comme pour vérifier que je n'ai pas encore touché le fond et que la situation peut s'avérer encore pire. Du coup, je sors les crocs et j'attaque là où ça fait mal :

– C'est bientôt Noël, j'aimerais rencontrer mon père. Pourquoi tu l'as fait fuir avant même que je vienne au monde ? Il est où d'ailleurs ? Pourquoi je ne le vois jamais ? Il ne te supportait tellement plus qu'il a décidé de se barrer, c'est ça ?

Ma réelle peur c'est qu'il ne m'ait jamais aimée, moi. J'ai besoin qu'elle confirme qu'il ne l'aimait plus, elle. Que c'est elle qu'il a abandonnée de son plein gré. Pas moi.

Je vois le visage de ma mère se décomposer devant moi et je me hais de la faire souffrir comme ça et de lui cracher mon mal-être à la figure. Mais je suis incapable de me contrôler. Toute cette souffrance a besoin de sortir, d'être vomie, elle a besoin d'être partagée.

– Je... mais tu sais très bien qu'on n'arrivait plus à s'entendre avec ton père et que...

Le simple mot « père » venant de sa bouche déclenche une nouvelle vague de colère en moi et je hurle :

– Ce n'est pas mon père, c'est mon géniteur ! T'entends ? Un père c'est quelqu'un qui t'aime et qui prend soin de toi. C'est quelqu'un qui est là, qui est présent dans une vie, c'est quelqu'un sur qui tu peux compter. Le mien n'a jamais fait ça. Je ne l'ai jamais vu.

Je sens les larmes remonter et ma voix s'étrangle dans ma gorge. Un silence de mort règne dans le salon. Je vois des larmes rouler sur les joues de ma mère et le pire c'est que ça me soulage. Et merde. Le même sentiment de honte que j'avais ressenti avec Antho m'envahit. Tout ce dont je suis capable, c'est de faire du mal aux gens que j'aime. Pas étonnant que je sois si seule et si triste.

Je laisse ma mère plantée là et me rue dans la salle de bains avant de claquer la porte et de la verrouiller. Puis, je me laisse glisser le long de la porte, serre mes genoux contre ma poitrine et enfonce ma tête dans ce trou noir avant d'être secouée par de nouveaux sanglots.

Chapitre 7
Le pire et le meilleur…

Le lundi matin arrive beaucoup trop vite. La classe de Madame Crachin me semble presque plus accueillante que le couloir où je risque de croiser Antho et la maison où l'ambiance est glaciale depuis hier. Ce qui montre à quel point ma vie est pourrie. Par ma faute en plus.

Ma mère ne m'a plus adressé la parole depuis notre dispute. J'ai mangé dans ma chambre pendant que je l'entendais jouer sa comédie amoureuse avec Robert. Je la comprends, même moi je n'ai plus envie de me parler à moi-même. Oh purée, je me fatigue.

Je suis partie si tôt pour éviter ma mère et Antho sur le chemin de l'école que je suis l'une des premières à arriver. Assise sur ma chaise de cours, je suis en train de lire mes mails sur mon smartphone quand Madame Crachin entre dans la classe. Je m'empresse de ranger l'objet dans mon sac avant de me le faire confisquer à nouveau. Flûte, il me semblait pourtant avoir reçu un message intéressant d'Aurélie. Je fais semblant de me concentrer sur mes notes de cours afin d'éviter de croiser son regard porcin pendant que mes camarades entrent petit à petit. Une curieuse ambiance semble flotter dans l'air. Quelques regards se posent sur moi, d'autres ricanent. Madame Crachin arbore son petit rictus malveillant en me fixant. Je me sens comme un bébé gazelle avant une mise à mort par une meute de hyènes. Mais qu'est-ce qu'ils ont tous ? Je lève les yeux sur Thibaut qui s'est planté devant mon bureau avec un air fanfaron peint sur son visage, mon ventre se tord, je peine à avaler ma salive comme si je pressentais l'attaque et tout mon corps se contracte et se tend. Ses premiers mots m'atteignent comme une pluie de grêlons de la taille d'un ballon de foot :

– Alors, il paraît que t'as joué dans le film de Michaël ? Tous les élèves de la classe ont postulé mais il n'a retenu personne à part toi. Comment tu expliques ça ?

Je réponds du tac au tac :

– Peut-être parce que vous n'avez aucun talent ?

Je suis consciente que la provocation n'est pas la réponse la plus adéquate ni la plus intelligente à cet instant mais je n'en peux plus. Tout s'effrite dans ma vie, tous mes repères volent en éclat. Quitte à tout perdre, autant le faire avec panache, non ? J'ai l'impression d'être une condamnée à mort qui sourit avant d'être mitraillée. Et ça ne manque pas. Julien qui me regarde assis nonchalamment devant sa table, le bras sur le dossier de sa chaise et la tête tournée vers moi me lance :

– Avoue, tu lui as tiré une pipe pour qu'il te laisse faire une scène ?

Tout le monde éclate de rire. Désespérée, je jette un coup d'œil à Madame Crachin avec l'ultime espoir qu'elle me sauvera du naufrage en recadrant les élèves, qu'elle ne les laissera pas aller plus loin, qu'elle ne me laissera pas me noyer. Elle est prof tout de même. Il y a des limites au harcèlement. Mais très vite, je remarque qu'elle les laissera faire puisqu'elle fait semblant d'être absorbée par son support de cours. Jusqu'au bout. Je suis foutue. Thibaut surenchérit :

– On a toujours dit qu'à part son cul, Angela n'avait aucun atout non ?

Léna s'en mêle pour me dire :

– On t'a dit de t'inscrire à des concours de beauté. C'est ton seul espoir de faire carrière. T'es trop stupide pour réussir dans le cinéma.

– C'est vrai Mademoiselle Decker, laissez tomber le cinéma, vous n'avez rien à faire là. Ici, nous formons des artistes. Vous, vous n'êtes que du vent, une jolie coquille… complètement vide.

Madame Crachin a déclenché la guillotine. Trop conne, trop faible, trop nulle, trop belle, tu n'es rien, dégage. On te hait. On te hait. ON TE HAIT.

On dirait qu'ils sont devenus fous. Une bande de pitbulls hors de contrôle qui s'acharne sur leur proie en déchiquetant une peau fragile, lacérant le corps et l'âme comme autant de coups de crocs. Ma vue se brouille à cause des larmes qui inondent mes yeux. Je dois fuir, partir loin, me sauver sinon ils vont finir par me tuer.

D'un geste rapide, je ramasse mon sac, attrape ma veste et cours à l'extérieur de ce champ de mine. Je claque la porte et respire enfin mais ce que j'entends dès ma sortie finit de m'achever.

Des applaudissements et des cris de victoire s'échappent de la classe. Ils sont fiers d'eux ces connards. Complètement sous le choc, je tremble de tous mes membres. Quelques élèves errent dans les couloirs et me jettent des regards curieux. Qu'est-ce qu'elle fait devant la porte, le mascara qui a coulé sous ses cernes, les yeux exorbités comme si elle avait vu un fantôme et l'allure fébrile comme si on l'avait rouée de coups ?

Je dois me cacher, trouver un endroit calme, sombre et tranquille pour me réfugier et pleurer toutes les larmes de mon corps. Pour lâcher la pression, pour ne pas me jeter par la fenêtre. Je hâte le pas et dévale les escaliers pour gagner le sous-sol et les salles de visionnages normalement désertes le matin. Pas de fenêtre, des canapés moelleux et personne pour me parler. C'est l'endroit parfait pour m'isoler quelques minutes.

Je tourne la poignée de la première pièce au fond du couloir, heureuse qu'elle soit ouverte car ce n'est pas toujours le cas et me précipite à l'intérieur avant de claquer la porte et de fermer les yeux, la tête appuyée contre le métal froid. Prise de sanglots, je me laisse enfin aller à ma tristesse dans cet endroit sombre propice au lâcher-prise. Mais un bruit me fait vite tressaillir.

Un bruissement doux.

J'ouvre les yeux, leur laisse le temps de s'habituer à l'obscurité et remarque une lueur vers l'écran de projection. Et une ombre sur le canapé. Un spectre ?

Merde. Je ne suis pas seule. Je balbutie une pauvre excuse entre mes larmes :

– Je… je suis désolée. Je ne savais pas que la salle était prise.

– Angela ?

Le spectre connaît mon nom ? Il faut que je me tire d'ici, je me fais flipper toute seule.

J'ai beau être triste, seule et désespérée, je n'ai pas envie de me rejouer la scène de l'Exorciste où la petite fille tourne la tête à 360° avec une voix d'outre-tombe. Mais le spectre bouge ! Il se lève, il avance vers moi et il… je ferme les yeux, prête à mourir. À la place, une douce lumière me fait rouvrir les paupières. Le spectre a allumé une veilleuse qui diffuse une lumière orangée, rendant l'atmosphère plus chaleureuse. C'est là que je réalise que la personne que j'ai devant moi n'est évidemment pas un spectre. C'est même bien mieux que ça.

Michaël.

À ce stade, il n'a pas encore vu ma tête et l'état de mon visage. Il m'a juste entendu pleurer. Il approche lentement, observe mon visage et une vague de tristesse semble traverser son regard. Il murmure avec douceur :

– Hey.

Il me domine de toute sa stature, pose avec délicatesse les pouces sur mes joues et essuie les larmes qui y roulent toujours.

– Ça va aller, ça va aller…

Le ton de sa voix a un pouvoir rassurant et mes larmes cessent de couler. C'est là que je sens ses doigts sur les miens, que je sens ce fameux contact qui me fait frissonner. J'avale ma salive en tentant d'éviter son regard quand il me prend par la main pour m'entraîner vers le canapé. Le plus curieux ? J'ai l'impression que d'être main dans la main avec lui est la chose la plus naturelle au monde. Timidement, je le suis et m'enfonce dans le canapé gris moelleux, toujours sous le choc.

– Raconte-moi ce qui s'est passé ? J'imagine que ça a un rapport avec Madame Crachin et sa classe ?

J'acquiesce. Je sens que si je parle de la scène qui vient de se dérouler, je vais à nouveau craquer. Et je n'ai pas envie de ressembler à une tomate en pleine crise de larmes. Il se relève et un froid m'envahit tandis qu'il s'éloigne comme si sa présence laissait un grand vide près de moi.

Je l'entends ouvrir le robinet et remplir un verre d'eau qu'il m'apporte quelques secondes plus tard. Son air inquiet n'a pas disparu de son visage, il fronce légèrement les sourcils ce qui fait apparaître quelques rides sur son front et me tend le verre avant de s'asseoir à mes côtés.

– Il faut qu'on te sorte de cette classe. Tu ne peux pas y retourner.

Je lève enfin les yeux sur lui et rencontre son regard. Mon Dieu ce regard. Il me trouble quand il me fixe de cette façon. Ce qui me semble encore plus curieux, c'est cette impression qu'il a toujours fait partie de ma vie, que nous nous sommes toujours connus.

– Je…

Voilà, j'ai tenté de parler. Pas brillant.

– Mais, je ne…

Peux mieux faire Angie. On dirait une gamine de deux ans qui apprend ses premiers mots. Je ferme les yeux une seconde pour me concentrer et inspirer profondément puis fais une nouvelle tentative.

– Si je quitte sa classe, je n'aurai jamais mon diplôme et j'en ai besoin pour avancer dans ma vie et pour obtenir un job…

Voilà, cinq points pour Angie qui a réussi à aligner une phrase complète.

– Tu as un travail de diplôme à réaliser avec elle pour obtenir ton titre, c'est juste ? Elle m'en a parlé quand on s'est rencontrés. Une série de courts-métrages sur les émotions, c'est ça ?

– Oui, il faut en réaliser trois.

Dix points pour Angie qui a retrouvé la parole et a arrêté de chouiner dans son gros pull gris !

– Tu as une inspiration cinématographique ? Un réalisateur que tu apprécies particulièrement ?

– Évidemment !

J'ai répondu si vite que mon enthousiasme soudain semble l'avoir attendri. Il me sourit, me signifiant d'un regard doux qu'il attend que je me confie.

– J'adore les films de Godard *Vivre sa vie*, *À bout de souffle* ou encore *Pierrot le fou*. Ces vieux films en noir et blanc des années 1960 m'ont toujours fascinée par leur lenteur et leur mélancolie. La manière dont il travaillait avec ses acteurs me parle beaucoup également. Que ce soit Anna Karina ou Brigitte Bardot, ces interminables regards caméra et cette vulnérabilité qui transparaît… on dirait qu'on voit leur âme à travers l'écran. Et que dire des dialogues ? Tu sais ses dialogues presque faussement philosophiques et parfois sans aucun sens à part une recherche esthétique du verbe et des émotions ? C'est pur, magnifique, vibrant ! Je…

J'avais levé les yeux en direction du plafond, portée par un regain de motivation alors que je lui parlais (rien de mieux que de parler de sa passion pour se sentir mieux) mais son silence me pousse à fixer mon attention sur lui à nouveau. C'est là que j'aperçois son sourire, un sourire franc et ses yeux qui pétillent tandis qu'il m'écoute. Je souris à mon tour, presque gênée par ma tirade.

– Quoi ? Je parle trop c'est ça ?

– Non, tu es magnifique quand tu parles comme ça. J'aime bien mieux te voir emportée par ta passion plutôt que de lire sur ton visage cette tristesse qui te ronge.

– Mais de quelle tristesse tu parles ? Plus joyeuse que moi, ça n'existe pas. Ma vie est parfaite ! J'ai plein d'amis, une famille aimante, un meilleur ami toujours là pour moi…

Évidemment, je n'ai pas dit ça. Je l'ai pensé et le constat d'échec est plutôt amer. Mes yeux me brûlent à nouveau et j'attrape mon verre d'eau pour en avaler une gorgée et tenter de dissimuler mon trouble. Après quelques secondes de silence, je me reprends :

– Le cinéma, la création, construire des personnages, écrire des scripts, penser à la lumière et aux ambiances… transmettre des émotions, c'est toute ma vie. C'est tout ce qui compte pour moi. Si je n'ai plus ça, je n'ai plus rien.

Michaël me fixe avec cette lueur mystérieuse dans le regard. Est-ce qu'il me trouve ridicule ?

– Je te comprends Angie. Tu n'imagines pas à quel point je te comprends. Quand tout va mal, quand tu as l'impression que tout s'écroule autour de toi, tu sais que ta passion t'habite, elle est en toi, elle sera toujours là. Et c'est une richesse immense qui t'appartient, un repère dans la tourmente, une chose qui n'est qu'à toi et qui ne s'envolera jamais.

J'acquiesce :

– C'est exactement ce que je ressens…

– Je sais. Je ressens la même chose. Attends, je dois te montrer quelque chose…

Je fronce les sourcils tandis que Michaël se lève pour se rendre de l'autre côté de la pièce. Il fouille dans son sac et en sort un disque dur externe gris métallisé qu'il branche à l'ordinateur de la pièce. Il allume ensuite le projecteur et revient s'asseoir près de moi.

Quand l'image apparaît sur l'écran, je reconnais la boulangerie. C'est mon passage, ma première apparition dans un long-métrage.

– Regarde. C'est toi. Dans mon film.

Il a l'air tellement heureux. Je trouve ça dingue. La scène se déroule sous mes yeux comme si elle n'était pas réelle. Michaël murmure, les yeux rivés à l'image :

– Tu passes tellement bien à l'écran. Tu illumines tout, tu rayonnes. Tu es…

Je le fixe, le souffle coupé. Personne ne m'a jamais fait autant de compliments. Personne ne m'a parlé avec autant d'étoiles dans les yeux. Il relève le menton et tourne la tête, son regard se plante dans le mien et il termine :

– Tu es simplement magnifique.

En disant ces mots, il recule légèrement, rompant ainsi cette douce chaleur que je sentais se créer entre nous. Physiquement, il a l'air de se forcer à maintenir une certaine distance. Pourtant, tout ce que je lis dans ses yeux indique une autre envie, un autre besoin. Pendant plusieurs secondes, nous nous dévorons des yeux. En silence. J'ai l'impression de lire en lui, de deviner ses rêves, de voir tout ce qu'il a à offrir, tout ce qu'il ressent profondément. J'ai l'impression qu'il parvient également à lire en moi, à voir la souffrance, la douleur de la perte, les blessures, le manque qui me torture. J'aimerais que cet instant ne s'arrête jamais. Une myriade d'émotions me traverse et éclate à l'intérieur de moi comme un millier de bombes. Il rompt le silence dans un murmure :

– Il faut que j'y aille.

Noooon. *Reste avec moi, prends-moi la main et embrasse-moi. Ensuite, tu pourras partir.* Raisonnablement, je ne peux pas lui dire ça. Je me réfrène, respire profondément pour me contrôler et réponds en tentant de dissimuler au mieux ma déception :

– Je comprends.

Ça, c'est ce que je dis mais en fait non, je ne comprends pas. C'est quoi son problème ?

Brusquement, il se lève et sort de la salle, me laissant seule devant un écran vide et le son caractéristique de ces lignes blanches et grises qui crissent comme dans un film d'horreur. Trop de sentiments contradictoires luttent en moi et c'est là que je la ressens. Une sorte d'explosion. Boum. Juste dans mon cœur. Je bondis du canapé et m'élance à l'extérieur pour parler à Michaël en espérant que la fraction de seconde de réflexion que j'ai prise ne lui aura pas permis de s'éloigner trop loin. Je sors de la pièce comme une furie, tourne la tête à droite puis à gauche et l'aperçois au bout du couloir alors qu'il s'apprête à monter les escaliers. Je hurle :

– Hey !

Il se fige en reconnaissant ma voix mais il ne se retourne pas. Je vois ses épaules se soulever et s'abaisser au rythme de sa respiration. Moi, j'ai à nouveau envie de pleurer. Je ne comprends plus rien. Les gens me perturbent, je ne parviens pas à décrypter leurs émotions, je me sens complètement inapte socialement comme si on avait omis de me fournir un décodeur à ma naissance. Je reste immobile et au lieu de m'approcher de lui, continue de crier :

– C'est quoi ton foutu problème ?

Je viens vraiment de dire ça à Michaël Perez ? Je dois devenir folle, il n'y a pas d'autre explication possible. Je le vois baisser la tête. Moi, je serre les dents de rage. Ce chaud-froid qu'il souffle sans cesse commence à m'épuiser. Il se retourne lentement, relève la tête et me fixe intensément, il se mord la lèvre tout en hochant la tête très légèrement comme pour dire « non ». Puis il se met à marcher dans ma direction, il marche de plus en plus vite vers moi. Son regard ne me quitte pas. Son air déterminé fait battre mon cœur plus vite. Boum. Une fois à ma hauteur, il se plante devant moi, son regard toujours plongé dans le mien, et attend une seconde avant de caresser lentement ma lèvre inférieure avec son pouce. Boum, boum, boum. Il pousse un long soupir avant de susurrer :

– Et merde.

BOUM. Quelque chose s'est enfin lâché en lui, une barrière est tombée. Le dernier interdit. Il s'approche encore, son visage n'est plus qu'à quelques centimètres du mien, je sens son souffle chaud sur ma peau et je ferme les yeux. Quand ses lèvres touchent enfin les miennes, quand sa bouche se presse enfin contre la mienne et que je peux goûter à ce baiser tant attendu, je sens une chaleur se répandre dans chaque cellule de mon corps. Sa langue se fraie un chemin entre mes lèvres, il a un goût de caramel et de café. J'attrape ses lèvres avec gourmandise, joue avec sa langue, doucement d'abord puis de plus en plus passionnément. Notre baiser se fait plus intense, plus violent. Le désir monte, nos respirations s'accélèrent. J'ai envie de lui. Michaël pose sa main sur ma hanche avant de la glisser sous mon épais pull gris et de remonter le long de mes côtes en caressant ma peau. Putain. Mon ventre se réchauffe et je pousse un gémissement quand il frôle ma poitrine par-dessus mon soutien-gorge.

Alors que je me laisse enfin aller avec un homme pour la première fois depuis mon premier petit ami à l'âge de seize ans, Michaël stoppe son geste, retire sa main et cesse de m'embrasser. Interloquée, j'ouvre les yeux et le vois qui essaie de reprendre son souffle, les deux bras posés contre le mur de part et d'autre de ma tête. Lui aussi a été emporté par la force de notre baiser, je le vois, je le sens. Pourtant, sans me regarder alors que je cherche des réponses sur son visage, il me crève le cœur en disant d'une voix encore rauque de désir :

– Je suis désolé, je ne peux pas.

Aucun son ne sort de ma bouche malgré ma tentative pour lui parler. Tout ce que je peux constater, c'est qu'il s'en va, me laissant dans le couloir, pantelante et désespérée. Ses pas résonnent dans le couloir toujours désert et martèlent mon cerveau comme autant de coups de marteau. La douce chaleur que j'avais ressentie quelques secondes auparavant s'est volatilisée et je me sens plus seule que jamais avec mes idées noires.

Quittée et délaissée par les gens que j'aime.

Encore.

Le moment de stupeur passé, j'entends la sonnerie de la pause de dix heures résonner et je sursaute, les portes s'ouvrent, les élèves déboulent dans les couloirs, les conversations et le brouhaha s'élèvent comme un tsunami qui me fonce dessus. Je me retranche alors dans la petite pièce le temps de les laisser rejoindre l'extérieur. Dans quinze minutes, je pourrai ressortir et rentrer chez moi sans prendre le risque de croiser qui que ce soit. Je n'ai qu'une seule envie : me terrer sous ma couette et ne plus bouger de mon lit. Jamais.

Après avoir traversé une partie de Genève pour rentrer, je pousse enfin la porte de l'appartement et avise le logement vide. Ma mère est au travail, la cuisine et le salon sont rangés, tout est propre et accueillant. Des spaghettis et de la sauce tomate sont dans des casseroles posés sur les plaques de cuisson, l'odeur des tomates embaume l'espace et j'entends mon ventre gronder. Mais ma tête, elle, n'a pas du tout envie que je remplisse mon estomac. Sur le plan de travail, un mot a été laissé :

Je serai chez Robert ce soir
Tu peux te réchauffer les pâtes pour le souper
Maman

Maman. Le mot s'étrangle dans ma gorge et les larmes me montent aux yeux alors que je réalise que malgré ma méchanceté et notre dispute, ma mère essaie de jouer son rôle tant bien que mal. Malgré tout, après la rudesse de la matinée, je suis heureuse de passer la soirée en solitaire, je n'aurais de compte à rendre à personne si je mets la musique trop fort, si je ne sors pas de ma chambre et si je n'avale rien.

Le ventre serré, je me change et enfile un survêtement informe, j'éteins mon téléphone et ouvre le placard où ma mère range les bouteilles d'alcool. J'attrape la vodka et l'emmène dans ma chambre après avoir fait un détour par la salle de bains où j'ai ouvert l'armoire à pharmacie pour prendre une plaquette de somnifères. Tout ce que je veux, c'est oublier. Oublier les gens. Oublier la merde. Oublier ma vie. Au moins pendant quelques heures. Juste quelques heures d'apaisement, c'est tout ce que je demande.

Cul sec, j'ingurgite de grandes gorgées d'alcool et la douce chaleur du liquide ne tarde pas à me brûler de l'intérieur. Une fois pompette, j'avale quatre Dormicum avec une rasade de vodka et me glisse sous mon duvet, je ferme les yeux et attends dix minutes avant de me sentir partir et flotter dans un nuage de coton.

– Angela ! ANGELA !

Secouée comme un prunier, j'ouvre péniblement les yeux. J'ai mal à la tête et la bouche pâteuse, mon esprit a du mal à focaliser son attention sur ce qui est en train de se passer. Je plisse les yeux, essaie d'éloigner les mains que je sens sur mes épaules. J'essaie de balbutier un pauvre « laissez-moi tranquille, je n'aime pas les singes » mais je crois que ça ne veut pas dire grand-chose. J'aimerais dormir encore.

– Angela !

– Maman ?

– Mon Dieu, tu m'as fichu une peur bleue !

Je me redresse dans mon lit et cligne plusieurs fois des paupières.

– Il est quelle heure ?

– Neuf heures du matin ! Bon Dieu, qu'est-ce que tu fais avec la bouteille de vodka ? Et les somnifères ?

J'avise la bouteille et les médicaments, mon cerveau mouline dans la semoule pour me remémorer les événements de la veille. Moi qui souhaitais tout oublier, je me repasse le film depuis mon arrivée à l'école jusqu'à mon black-out forcé à la maison. Mes intestins se tordent sous l'effet des souvenirs douloureux qui me reviennent en mémoire, les insultes, ma fuite, Michaël, sa fuite. Mais ma mère n'a pas terminé son interrogatoire. Apparemment, le fait de me voir en vie la pousse à s'inquiéter pour un autre domaine :

– Tu n'es pas en cours ?

– Si, si. Évidemment, ça ne se voit pas comme ça mais mon double est en classe.

À la place, je réponds du tac au tac :

– Tu n'es pas au travail ?

– Angela, gronde ma mère, outrée.

– Je ne me sens pas bien.

Je vois qu'elle hésite à me poser toutes les questions qui la tiraillent, qui la rongent elle aussi. Le problème ? Je ne lui ai rien dit. Elle ne connaît pas la situation à l'école, elle ignore les brimades, les critiques acerbes et le harcèlement constant que je subis depuis des mois. Si elle le savait, elle en crèverait. Comment lui confier cette humiliation, cette souffrance ?

Elle pousse un soupir, regarde par la fenêtre, l'air perdu. Elle doit se demander ce qu'elle a bien pu faire pour mériter une fille aussi détestable (et détestée je pense, amère). Tout ce que je veux, c'est la paix. Je lance d'une voix plus désespérée que je ne l'aurais souhaité :

– Je peux dormir encore ?

Un silence douloureux s'installe. J'insiste, un filet de voix sort d'entre mes lèvres, comme un souffle encore plus fragile :

– S'il te plaît. Je suis si fatiguée.

Comme si elle avait compris ma peine, ma mère caresse mes cheveux, remonte légèrement mon duvet sur moi et m'embrasse tendrement le front avant de quitter ma chambre.

Mon apathie dure depuis deux semaines. Deux semaines que je manque les cours. Deux semaines que je n'ai plus envie de rien. Ma mère a bien tenté de me faire bouger de mon lit par l'application de diverses techniques, la douceur, la colère, les menaces, la compréhension, le dialogue… rien n'a fonctionné. Je n'y arrive simplement plus. Ses mots résonnent en moi comme un écho qui se répercute sur les parois de mon cerveau avant d'éclater en mille et une lettres qui ne revêtent plus aucun sens pour moi.

Angela, ma chérie, tu devrais te lever.

Angela, je pense qu'on devrait peut-être aller chez le docteur, tu pourrais lui parler…

Angela, comment tu te sens ?

Je me fais du souci pour toi…

Angela, j'ai peur.

Il est dix-huit heures quand ma mère rentre du travail et que je l'entends ouvrir la porte de ma chambre. Toujours au lit, je grogne quand elle allume la lumière et qu'elle me sort de ma torpeur. Quand je vois l'expression sur son visage, je sens qu'il y a un problème. Je lève un sourcil sans trop savoir si j'en ai quelque chose à faire mais j'attends qu'elle me parle. Plus vite elle aura dit ce qu'elle doit me dire, plus vite elle quittera ma chambre et me laissera tranquille. D'une voix hésitante, elle brandit une lettre dans sa main droite :

– Je me suis permis d'ouvrir ton courrier quand j'ai vu que cela venait de l'école.

Une étrange sensation de peur m'envahit. Ah tiens, finalement, je ne m'en fiche plus tant que ça de la missive qu'elle tient, les doigts légèrement crispés sur le papier. La bonne nouvelle, c'est que je ressens du stress. Et si je ressens du stress, cela signifie que je ne suis pas complètement morte de l'intérieur.

La peur au ventre, je me redresse d'un coup et saisis la lettre qu'elle me tend puis me force à lire le court message qui m'est adressé.

Mademoiselle Decker, en raison de vos absences injustifiées depuis deux semaines, vous êtes convoquée lundi à 8 heures dans le bureau du directeur.

Comme je ne bouge pas d'un pouce, stupéfaite et tétanisée, ma mère saisit l'opportunité pour s'asseoir sur le bord du lit et entamer une nouvelle discussion. Je la sens lasse, elle déglutit péniblement, baisse la tête puis affirme sur un ton si triste qu'il me brise le cœur :

– Tu ne vas pas bien ma chérie.

– Si, je vais bien. Tout va bien. Très très bien même.

J'aurais tellement aimé lui dire ça. J'aurais aimé pouvoir la rassurer par ce mensonge. Ou, du moins, j'aurais voulu tout garder pour moi. J'aurais voulu faire illusion encore un moment. J'aurais même préféré être grognon et l'envoyer balader comme je sais si bien le faire. À la place, je sens quelque chose se rompre en moi. Je n'arrive plus à faire semblant :

– Oh maman, je suis tellement désolée.

J'éclate en sanglots alors qu'elle me prend dans ses bras et me serre fort contre elle. J'enfouis mon nez dans son cou pour retrouver son parfum de maman, pour sentir sa chaleur réchauffer mon corps et mon cœur gelé.

Voilà. Avec mes absences répétées, je viens peut-être de foutre en l'air la seule chose qui compte encore un peu pour moi : mes études.

Et mon avenir.

Chapitre 8
Un rendez-vous fatidique

Le jour du rendez-vous à l'école arrive beaucoup trop tôt à mon goût. Accompagnée de ma mère, je parcours le chemin qui mène à l'établissement la peur au ventre et ne prononce pas un mot du trajet. Je tremble. Je ne veux pas les revoir. Je ne veux rien savoir de mon futur, je préfère rester dans cette ignorance qui me rassure. Dès que j'aperçois les abords des grands bâtiments gris, je rentre la tête dans les épaules et marche tête baissée pour éviter les regards posés sur moi. Tout ce que je souhaite, c'est disparaître.

Devant la porte du directeur, j'attends, le cœur battant et la gorge sèche que Monsieur Dubuis ouvre tout en priant pour que Madame-crache-ton-venin ne soit pas présente lors de l'entretien.

Un grincement m'informe qu'il est l'heure. Le directeur apparaît sur le pas de sa porte et nous serre la main avant de nous inviter à entrer. Comme elle ne nous a pas accueillis, j'imagine que ma prof est absente et mon estomac cesse un instant de me torturer avec ses douloureuses crampes. Mais le soulagement que je ressens est de courte durée quand j'entends sa voix de serpent nous dire bonjour. Mon sang se glace. Merde.

– Asseyez-vous, nous encourage le directeur en nous présentant deux chaises.

Il contourne son bureau et s'installe en face de nous après avoir pris garde de ne pas coincer sa veste de costume noir sous son postérieur. Je choisis le siège situé près du mur pour éviter de me retrouver trop près de Crachin, sinon je risque de la mordre. Ou de la frapper avec une agrafeuse. Ou avec une chaise de bureau. Ce qui doit être plutôt douloureux.

Une fois bien assis, Monsieur Dubuis soupire et me fixe tandis qu'il joint ses mains devant lui, l'air plus sérieux que jamais. Il annonce d'un ton si grave que j'ai presque envie de lui préciser que personne n'est mort :

– Madame Crachin nous a fait part de votre attitude en cours…

Je me raidis sur la chaise comme si on m'avait brûlé le bas du dos. Pourtant, je ne dis pas un mot. Ma mère n'a pas l'air de comprendre, moi non plus d'ailleurs, et elle demande, d'une voix légèrement paniquée :

– Quelle attitude ?

Elle se tourne vers moi pour implorer des explications :

– De quoi parle Monsieur Dubuis, Angela ?

Moi, je continue de fixer le directeur, incapable de bouger ou de réagir. Sans même la regarder, je devine le sourire mesquin et l'expression victorieuse de mon enseignante alors qu'elle assiste enfin à ma mise à mort. Quand sa voix sifflante parvient à mes oreilles, je sens une rage indescriptible m'envahir et gagner toutes les cellules de mon corps :

– Angela ne fait rien de ce qu'on lui demande et cela transcrit un grave manque d'implication. Elle n'est pas motivée et cela se ressent dans les dossiers qu'elle nous rend. Elle ne fait jamais plus que ce qui est exigé et à part quelques travaux de régie, elle ne montre aucune capacité pour la réalisation. Une école de cinéma, ce n'est pas fait pour ce genre travail, vous comprenez ? Nous formons des artistes et non des techniciens. Par conséquent, nous pensons qu'Angela devrait s'orienter vers un métier moins exigeant… dans une autre école.

Je bouillonne de l'intérieur alors que le directeur reprend le fil de l'entretien :

– Après consultation avec Madame Crachin, nous avons décidé de suspendre Angela jusqu'à la fin du mois. Nous allons discuter de son cas lors de notre prochain comité puis vous informer de notre décision de la garder ou non dans le programme.

J'ai peur de comprendre. Abasourdie, ma mère réagit :

– Qu'est-ce que vous voulez dire exactement ?

– Que nous ne savons pas si votre fille pourra poursuivre son cursus au sein de notre établissement. Nous avons des critères très sélectifs et il semblerait qu'Angela ne se donne pas les moyens de réussir.

J'ai l'impression d'être figée, amorphe, choquée et je me sens tellement blessée par ces propos que je suis incapable de réagir. Si je parle, je les incendie. Je les insulte. Je déverse toute la haine qui me déchire de l'intérieur. Si j'ouvre la bouche, je vais aggraver mon cas. Je le sais. Je garde le silence. J'écoute. J'encaisse.

L'entretien terminé, je sors en suivant ma mère comme si j'étais un fantôme. Je me sens flotter dans une autre réalité comme si la dernière heure ne s'était jamais écoulée. À la maison, je retire mes chaussures et ma veste comme un automate et gagne ma chambre sous le regard triste de ma mère que je laisse seule dans le salon avec ses interrogations, avec cette impression que, peut-être, sa fille n'est pas à la hauteur et, pire, n'en a rien à foutre de son futur. J'ai besoin de faire le point, de réaliser tout ce qui vient de se passer.

Il n'est même pas midi mais ça n'a pas d'importance. La fatigue qui m'accable n'attend même plus le soir pour me terrasser. Alors, je me glisse sous les draps, tente de me concentrer sur ma respiration pour ne pas totalement perdre pied et m'endors pour anesthésier mon esprit, pour ne plus avoir à penser. Pour oublier toute cette merde.

En ouvrant les yeux, je souris et profite de la douce chaleur de mon duvet. Vous connaissez ces quelques secondes au réveil où vous avez l'impression que tout va bien ? Ou votre vie semble simple et facile et où les tourments vous laissent un instant de répit ?

Malheureusement, cette torpeur ne dure pas longtemps et la réalité ne tarde pas à me frapper de plein fouet. Et un fouet en pleine figure, ça fait fichtrement mal.

La scène d'hier a-t-elle réellement eu lieu ?

Risqué-je vraiment de me faire expulser de mon école ?

Putain de merde !

J'ai envie de parler à Antho, d'entendre sa voix rassurante, de l'écouter me dire que tout ira bien et que la situation finira par se régler, que je dois rester positive et que je suis douée dans la voie que j'aie choisie. Il me manque tellement que j'en ai mal au ventre. Il faut absolument que je trouve une solution pour nous réconcilier. Je dois lui parler.

Je saisis mon téléphone et tente de l'appeler mais ma première tentative se solde par un échec. Je l'imagine en train de fixer son écran où « Pépite » s'affiche pendant plusieurs secondes et regarder ailleurs pour ignorer mon appel, ma présence, pour ne plus penser au mal que je lui ai fait. Pour me rayer de sa vie.

Mue par une nouvelle force, peut-être la seule qu'il me reste, je me lève d'un bond, enfile un sweat noir et un pantalon, attache mes cheveux et fais un saut à la salle de bains pour me passer de l'eau sur la figure. Je ne vais plus lui laisser le choix, je vais aller directement chez lui pour lui parler. Je sais que son programme de cours a changé et qu'il doit aller à l'école l'après-midi. Il doit donc être à l'appart avec ses colocs à travailler sur ses dossiers ou à zoner sur ses sites de geek préférés.

C'est une fois devant sa porte que j'hésite à sonner et que les scénarios les plus fous se mettent à gambader dans mon esprit tordu.

1) Et s'il faisait semblant de ne pas me reconnaître et qu'il m'appelait Bernadette ?

2) Et s'il avait déménagé pour que je ne le retrouve jamais ?

3) Et s'il faisait mine d'avoir perdu la parole et qu'il me parlait en langue des signes pour se foutre de moi ?

T'es vraiment tarée Angie, vas-y sonne !

Dring !

J'ai encore quelques secondes pour partir en courant. Les colocs croiront que ce sont des enfants de l'immeuble qui leur font une mauvaise blague et je serai tranquille pour le reste de ma vie. Sans Antho. Je lève les yeux au ciel et soupire.

Avant d'avoir pu donner l'ordre à mes jambes de bouger pour quitter ce seuil et ce paillasson brun sur lequel quatre chiens se sourient (comme si des chiens pouvaient sourire), j'entends des bruits de pas venir dans ma direction et le cliquetis caractéristique d'une porte qu'on déverrouille. Trop tard, je ne peux plus fuir. Je suis paralysée.

Je tombe nez à nez avec Sonia qui me fixe avec de grands yeux étonnés. Son expression change dès qu'elle me reconnaît, j'en déduis très logiquement qu'elle est au courant de la situation… et qu'elle m'en veut. La haine que je lis dans son regard me fait frissonner et son attitude ouvertement hostile me déstabilise encore davantage, n'exagère-t-elle pas un peu tout de même ? D'un ton sec, elle me lance :

– Qu'est-ce que tu veux ?

– Euh… voir Antho si c'est possible ?

– Il n'est pas là. Et même s'il était là, ça m'étonnerait qu'il ait envie de te parler.

– Est-ce que tu sais où il est ?

– Je ne sais pas. Il est parti ce matin sans nous dire où il allait.

Mes épaules s'affaissent et un sentiment de déception m'envahit en me brûlant le ventre. Cette réconciliation, c'est tout ce qui compte pour moi maintenant, cette perspective me donne de l'énergie pour affronter le reste et le merdier de l'école. Je ne peux pas laisser tomber aussi facilement. Je tente le tout pour le tout pour ne pas avoir l'impression d'avoir perdu mon temps et d'être venu ici pour rien. Je plante mes yeux dans les prunelles froides de Sonia et lui demande avec un aplomb mêlé de douceur dont je ne me serais pas cru capable :

– Tu me laisserais entrer pour qu'on discute toutes les deux un moment ?

Un. Deux. Trois secondes de silence. Je lis de l'étonnement sur les traits de la jolie rousse qui ne devait pas s'attendre à ce genre de proposition.

Elle s'écarte légèrement de la porte et je comprends qu'elle me laisse un peu d'espace pour passer et pénétrer dans l'appartement. Je lui souris, reconnaissante et fais quelques pas jusqu'au salon où je m'assieds sur le canapé.

– Café ? me propose Sonia.

– Volontiers.

Elle revient quelques minutes plus tard avec un plateau sur lequel elle a disposé les deux tasses, de la crème et du sucre puis s'installe à côté de moi, une tasse fumante dans les mains. Comme je me sens mal à l'aise, j'essaie de m'occuper les mains et saisis à mon tour ma tasse de café pour y ajouter deux morceaux de sucre et de la crème. Une fois ceci fait, je fais tourner ma petite cuillère pour remuer le liquide sous le regard interrogatif de Sonia qui doit se demander à quel moment je vais enfin me décider à dire quelque chose et à arrêter de jouer les autistes. Je lève enfin les yeux vers elle pour lui dire :

– Il t'a parlé n'est-ce pas ?

Elle prend quelques secondes pour avaler une gorgée puis pose son café sur la table basse et se cale contre le dossier, une jambe repliée sous elle. Au lieu du simple « oui » que je prévoyais, elle dit :

– Qu'est-ce que tu attends de lui Angela ?

La question me déstabilise. Elle poursuit tandis que ma tasse semble s'être arrêtée d'elle-même à quelques centimètres de mes lèvres.

– Je veux dire qu'il attend peut-être de toi quelque chose que tu ne peux pas lui donner.

Je regarde son café, incrédule. Mais qu'est-ce qu'elle a mis dedans ? En tout cas, ça doit être vachement fort. Je me demande si je vais commencer à lui dire à quel point j'aime les flamants roses et que je déteste leur paillasson. Et que les chiens ne sourient pas dans la vraie vie. Ah et aussi que son pull orange ne va pas du tout avec ses cheveux. J'ai peur de comprendre ce qu'elle veut dire. Non. Si ? Comme pour me défendre, j'ouvre enfin la bouche pour rétorquer le seul truc qui me vient à l'esprit :

– Antho est mon ami…

Pourquoi est-ce que cette affirmation me semble tout à coup d'une stupidité sans nom ?

– Qu'est-ce que tu veux à la fin ?

– Qu'il soit là comme avant… il me manque.

Elle repose sa tasse d'un geste sec et le bruit sourd provoqué par le choc entre la céramique et le bois de la table me fait sursauter.

– Tu ne vois pas à quel point ça lui fait du mal de rester ton ami ? Tu es vraiment aveugle à ce point ? Ou égoïste ? Ce qui est encore pire au final. Tu lui as menti, tu as joué avec lui. Pense à lui pour une fois et laisse-le tranquille, tu en as assez fait !

Abasourdie par ses paroles blessantes, je la fixe comme si elle s'était transformée en lutin maléfique. Je sens le calme et la tristesse qui m'habitaient s'envoler de mon corps au profit d'une bonne vilaine colère et j'explose comme un ballon trop gonflé.

– Oui, j'ai fait une erreur. Je le reconnais Sonia. Mais qui es-tu pour me juger ? Je n'aurais pas dû lui mentir, je le sais. J'ai vraiment été conne. Très très conne. Tu n'as jamais fait un faux pas, tu n'as jamais manqué de jugement ?

– Je ne parle pas uniquement du fait que tu lui aies menti Angela. Je te parle de ce qu'il ressent pour toi…

– Mais qu'est-ce que tu veux dire à la fin ?

– Il est…

– Arrête.

J'ai peur de ce qu'elle pourrait me révéler. J'ai peur de comprendre. Je ne veux pas savoir. Nous prenons quelques secondes pour reprendre nos souffles et nous fixons droit dans les yeux, choquées par notre dispute et l'intimité de cette discussion alors que nous ne nous connaissons presque pas. Je pousse un soupir et fais une dernière tentative :

– Je voulais te demander ton aide pour m'excuser auprès de lui Sonia, pour qu'il me pardonne. C'est mon meilleur ami, je ne veux pas le perdre.

Son regard noir me confirme ce que je craignais : apparemment, je vais devoir trouver une solution toute seule.

Avachie sur mon lit, je fixe le plafond blanc de ma chambre, les bras en croix, immobile. Depuis plusieurs semaines, je n'ai plus aucune motivation pour tourner des vidéos. Je me sens perdue, vide, tellement seule. Ma chaîne YouTube est à l'abandon, les mails et les propositions de certaines marques pour des partenariats restent sans réponse. Près de 30 000 abonnés laissés sans nouvelles. Et je m'en fiche. Plus rien n'a de sens. Je me sens sombrer dans un trou noir. Profond. Puant. Froid.

Quand j'en ai marre de compter les taches sur le mur, je saisis mon portable et me connecte à ma boîte mail où je retombe sur le courriel envoyé par Aurélie des jours plus tôt. Mail qui est resté également sans réponse. Je le relis et me prends à sourire. Très légèrement, il ne faut pas abuser.

Coucou Angie,

J'ai adoré ta dernière vidéo avec ta vérificatrice de revue make-up, tu m'as fait mourir de rire !

Je me demandais ce qui t'avait poussée à créer ta chaîne et ce que tu souhaites en faire.

De mon côté, j'ai commencé quand ma mère est tombée gravement malade. J'avais besoin de me changer les idées et de faire quelque chose de positif pour moi. Beaucoup de gens ignorent les raisons qui nous poussent à nous investir autant pour nos chaînes. J'ai réalisé mon premier tuto make-up sur les cernes parce que je maquillais ma mère, en fait ça l'aidait à se sentir un peu plus « femme » et un peu moins « malade ».

Si ça te tente de discuter de nos chaînes et de YouTube, on pourrait s'appeler sur WhatsApp ?

Aurélie

Je me décide enfin à lui répondre et à lui donner mon numéro de téléphone. À peine quelques minutes s'écoulent que la sonnerie caractéristique d'un appel WhatsApp me fait sursauter et je vois « Aurélie » clignoter sur mon écran. Par réflexe, je décroche sans enclencher la vidéo, je dois avoir une tête à faire flipper le plus fantomatique des fantômes.

– Angela ?

La voix douce et cristalline d'Aurélie résonne dans ma chambre et je reste un instant silencieuse avant de déglutir. Un filet de voix finit par s'échapper de ma gorge et je souffle un petit :

– Oui ?

– Comme ça me fait plaisir de t'entendre. Tu vas bien ?

– Oh, ces temps j'ai plutôt envie de m'étouffer avec mon drap mais sinon, tout va très très bien.

Je n'ai évidemment pas dit ça. Comme il paraît que le cerveau ne fait pas la différence entre un vrai et un faux sourire, j'essaie donc d'étirer mes lèvres dans un rictus bizarre qui effraierait certainement le Joker de Batman (je le sais parce que je me vois dans le miroir de ma chambre) et tente de reprendre contenance malgré mon malaise et mon envie de raccrocher pour m'enfermer dans ma bulle.

– Disons que ça va…

Je ne sais pas si je suis crédible mais je suis satisfaite d'avoir aligné une phrase qui veut vraiment dire quelque chose. Avec sa bonne humeur qui semble naturelle, Aurélie enchaîne sur un ton enjoué :

– Tu fais quoi ces temps ? Tu fais des études ? Tu as des examens avant les fêtes ?

À ces mots, mon ventre se noue et j'ai l'impression que mon dernier repas qui remonte à hier midi fait un looping dans mes intestins. J'inspire profondément en fermant les yeux à la recherche d'un mensonge, d'un truc à dire, un truc qui ne me ferait pas passer pour une looseuse à ses yeux puis je les ouvre et repense à Antho.

– Pour être tout à fait honnête, j'ai connu mieux. Je suis suspendue de mon école d'audiovisuel à cause d'une prof qui m'a prise en grippe et qui veut me faire virer. J'attends des nouvelles du directeur qui m'appellera dans quelques jours après la séance qu'il doit organiser avec le conseil de l'école. Je me suis également froissée avec Antho, mon meilleur pote, parce que je lui ai menti pour une connerie. Et avec tout ce qui se passe dans ma vie en ce moment, je n'arrive plus à poster de vidéos sur ma chaîne, j'ai perdu l'envie et la motivation de le faire. En fait, je suis complètement paumée…

Hein ? Je lève les sourcils et atterris brutalement en réalisant ce que je viens de lui dire. Pour un premier contact, j'ai fait fort. Je dois être complètement malade ! Je touche mon front pour vérifier la gravité de la fièvre qui est certainement en train de me ronger mais ma main retombe mollement le long de mon corps quand je constate qu'il est froid. Enfin, normalement froid quoi. Je ne suis pas non plus en hypothermie, ce qui aurait pu expliquer mon monologue et les confidences que je viens de faire à une parfaite inconnue. Je ne sais pas pourquoi je lui ai raconté tout ça, moi qui ne confie jamais rien à personne, même pas à ma mère. À part à Antho. Enfin, avant notre dispute. Avec elle, c'est sorti tout seul.

Après un silence de deux secondes, deux secondes pendant lesquelles je suis sûre qu'elle a raccroché (oui, j'aime me faire des films, vous me connaissez maintenant. Non, je ne suis pas du tout du genre à exagérer, je suis créative, ce n'est pas pareil), Aurélie reprend le fil de la conversation :

– Oh mon Dieu Angie, je suis tellement désolée. Attends, reprenons les choses dans l'ordre. Raconte-moi pour ton école. Ensuite tu m'expliqueras pour… Antho, c'est ça ? Et on parlera de YouTube après.

Crachin, Michaël, Antho, ma mère, ma dépression, tout y passe. Deux heures plus tard, Aurélie connaît tout de ma vie et tente de me conseiller de la meilleure manière possible. Après m'avoir suggéré d'enfermer Crachin dans une salle de cours pour qu'elle meure lentement grignotée par les araignées pendant les fêtes de fin d'année, elle réfléchit avec moi à la problématique de mon meilleur ami.

– Mais je suis certaine que tu peux te réconcilier avec Antho, il faut juste qu'on trouve une idée assez mignonne et touchante pour qu'il te pardonne. Tu es sa meilleure pote Angie, toi aussi tu dois lui manquer, c'est même sûr de sûr !

– Un truc mignon et touchant ? Tu veux que je me déguise en nounours et que je lui chante une chanson sous sa fenêtre ?

– Tu sais chanter ?

– Bien sûr que non...

– Alors, non, ça ne marchera pas !

Je pars dans un fou rire. Aurélie réalise après coup que c'est à cause d'elle et de sa proposition loufoque que je ris. En éclatant de rire à son tour, elle me demande :

– Quoi ?

– Rien, rien, en réfléchissant encore, on trouvera bien une idée pertinente. Tant que tu ne me suggères pas de louer une péniche et de lui organiser une soirée dansante avec des violons qui jouent des chansons d'amour sur le pont en lançant des confettis...

– Hey mais c'est une super id...

– Aurélie !

– Bon, OK, j'ai compris, tu veux quelque chose de plus conventionnel. Oh, peut-être que tu pourrais...

Elle passe les prochaines minutes à m'exposer son plan avec enthousiasme et j'écarquille les yeux au fur et à mesure qu'elle m'explique ses idées. À la fin, je ne peux que m'exclamer :

– C'est une idée géniale Aurélie ! Pourquoi n'y ai-je pas pensé plus tôt ?

– Tu vois, on est toujours plus forte à deux !

Elle n'imagine pas à quel point sa phrase me touche.

– Assez parlé de moi et de mes problèmes. Tu m'as écrit que tu avais créé ta chaîne à cause de ta maman qui est malade ? Comment va-t-elle, dis-moi ? J'espère que ce n'est pas trop grave…

– Cancer du poumon…

Un frisson me parcourt l'échine tandis que mon cerveau a du mal à tourner normalement après sa révélation.

– Ah merde.

Je me sens pitoyable avec mes problèmes et je ne sais pas quoi dire à Aurélie pour la rassurer.

– Je suis tellement désolée pour toi. Et comment vous le vivez ? Enfin, je veux dire… elle a des chances de guérir ?

J'entends Aurélie s'activer à l'autre bout du fil, un bruit d'eau qui coule et une porte de placard qui claque.

– Excuse-moi, je me suis juste servi un verre d'eau. On l'a appris il y a six mois et depuis, elle enchaîne les traitements et les chimios. Le problème, c'est que j'ai l'impression que ça la rend encore plus malade. Elle a tout le temps des nausées et elle n'a plus envie de manger. Elle ressemble à un sac d'os, ça me rend tellement triste. J'essaie de lui cuisiner ses plats préférés mais même ça, ça ne marche pas. Et je m'énerve sans arrêt contre elle, je n'arrête pas de lui crier dessus même si j'essaie de tout faire pour l'aider à guérir. En fait, je lui en veux terriblement…

– Pourquoi ?

Question bête mais je n'ai pas pu m'empêcher de la poser.

– Parce que ça fait trente ans qu'elle fume un paquet de clopes par jour. Je sais que je devrais parfois me retenir et arrêter de l'agresser tout le temps mais j'ai peur de la perdre. Savoir que c'est en partie de sa faute si elle est tombée malade et savoir que je risque de me retrouver sans elle… et bien ça me met en colère contre elle, tu comprends ?

– Parfaitement.

C'est vrai, je comprends sa colère et sa frustration. Sa peur aussi de grandir sans la personne qu'elle aime le plus au monde.

– Du coup, tu as créé ta chaîne pour l'aider à rester une femme malgré tout ? Enfin, c'est maladroit comme question…

Elle rit.

– Non, non, ne t'inquiète pas. J'ai commencé à faire des tuto make-up parce que c'était mon refuge, ma bulle à moi. Je sais que ma chaîne, c'est mon trésor, on ne pourra jamais me l'enlever…

Sa réponse me fend le cœur.

– Ça peut paraître bateau ce que je vais te dire mais j'espère de tout mon cœur qu'elle guérira. Sincèrement.

– Merci Angie.

Quand je raccroche, je ne me rappelle pas de la dernière fois que j'ai parlé avec autant de liberté et de complicité avec une autre fille. Une curieuse sensation naît en moi alors que je m'allonge à nouveau sur mon lit et que je m'enfonce dans mes coussins.

Je ne vois plus les taches au plafond.

J'ai l'impression d'avoir trouvé quelque chose de précieux.

J'ai l'impression d'avoir trouvé une copine.

Oh mon Dieu ! C'est le matin. THE matin.

Une panique sourde s'empare de moi dès que j'ouvre les yeux. Mon cœur bat la chamade et je n'arrive pas à faire taire ce sentiment de panique qui se répand en moi comme un violent poison.

C'est aujourd'hui. Le conseil de l'école. La réponse.

Fébrile, je balance mon duvet d'un geste sec et bondis du lit en m'agitant dans tous les sens. J'ai pris garde à remettre la sonnerie de mon téléphone au maximum pour être sûre de ne pas manquer l'appel du directeur. Stressée, je cours vers la cuisine pour me faire un café et trouve ma mère en train de préparer le petit-déjeuner. Elle lève les yeux sur moi et pose un regard tendre sur mon visage en me tendant une assiette sur laquelle trônent deux tartines à la confiture de fraise.

– Tu es bien matinale aujourd'hui. Qu'est-ce qui t'arrive ?

La perspective du coup de téléphone de Monsieur Dubuis me terrorise et me coupe l'appétit. Je jette un regard sceptique au pain grillé et repose l'assiette devant moi d'un air dépité avant de cracher le morceau. Comme vous vous en doutez, je n'ai rien recraché, c'est une image, je n'ai rien dans la bouche !

– C'est aujourd'hui.

– Quoi ?

– C'est aujourd'hui que le conseil de l'école se réunit…

– Oh…

Ma mère vient de comprendre la portée et l'importance cruciale des heures qui vont suivre. Elle tente de me réconforter maladroitement avec ses paroles de maman.

– Il ne faut pas t'inquiéter ma chérie, je suis sûre que tout ira bien.

Elle pose tendrement sa main sur la mienne mais malgré sa gentillesse et son attention, je n'ai pas envie d'être complaisante. Je me retiens de retirer mes doigts et me force à lui sourire. Après tout, elle n'y peut rien. J'ai un flash et je repense à la mère d'Aurélie, à sa maladie et à la chance que j'aie d'avoir une mère. Malgré ses nombreux défauts.

En partant, elle me serre dans ses bras, un peu plus fort et un peu plus longtemps que d'habitude :

– Appelle-moi dès que tu as des nouvelles, d'accord ?

Le bruit que je fais ressemble davantage à un gémissement qu'à un mot. Avec un pincement au cœur, je la regarde quitter l'appartement en réalisant que j'aurais bien aimé qu'elle reste avec moi.

Je m'assieds sur le canapé. Je me relève. Je me rassieds. Je pousse un soupir en regardant désespérément l'écran noir de mon téléphone. Est-ce qu'il marche toujours ? Peut-être que ce n'est pas le cas ? Pour en être certaine, j'attrape le combiné du fixe et compose mon numéro de portable. Juste pour voir, hein. « Maison » clignote instantanément sur mon écran. Bon, ça marche. Et l'attente interminable et douloureuse reprend.

Je suis en train de me ronger l'ongle du majeur quand la sonnerie retentit et me fait sursauter. Les battements de mon cœur accélèrent, mes mains deviennent moites et ma gorge se serre en même temps que mon ventre. Tout ce que je parviens à répondre dans un filet de voix est un piètre :

– Allô ?

– Mademoiselle Decker ? C'est Monsieur Dubuis de la Haute école des métiers des arts visuels.

Comme si je ne le savais pas.

– Ah bon, c'est bizarre, j'étais persuadée que c'était Mickey qui devait m'appeler ce matin !

Je n'ai pas osé faire ma tirade sur Mickey, du coup j'attends la suite et demeure silencieuse. J'ai l'impression que mon corps est anesthésié. Tout ce que je ressens, c'est une sourde angoisse au plus profond de moi. Une alarme. Un pressentiment.

– Nous avons discuté de votre cas lors de notre séance du conseil et malgré quelques hésitations, nous sommes arrivés à une conclusion. Nous avons malheureusement décidé de vous exclure définitivement du programme avec effet immédiat.

J'ai dû mal comprendre. Dans un élan de désespoir, je tente le tout pour le tout et essaie d'argumenter pour sauver ma peau, mes études, mon futur.

– Je suis prête à fournir tous les efforts possibles, vous ne pouvez pas faire ça.

– Notre décision est irrévocable, je suis désolé.

– Mais ce n'est pas juste !

– Mademoiselle Decker, vous auriez dû y réfléchir avant et vous mettre au travail quand il en était encore temps.

Je repense à mon court-métrage, à la masse de travail que j'ai fournie, au scénario que j'ai passé des heures à écrire, à peaufiner, à l'organisation du tournage. Au carnage de cette journée. Au montage et à la post-prod. Aux encouragements de Michaël aussi. Il avait visionné le résultat de mon travail et il avait reconnu mon talent. Était-il sincère ? Ou suis-je nulle à un point qui n'est pas mesurable et je ne m'en rends pas compte ? Ce qui montrerait, en plus de tout le reste, que je suis bête à en mourir ?

Assaillie de doute, je n'ai plus d'argument à soumettre au directeur qui écourte la conversation.

– Je vous souhaite une bonne suite Mademoiselle Decker.

S'il prononce encore une fois « Mademoiselle Decker », je lui fais bouffer son téléphone. Et son agrafeuse. Et même son bureau en entier ! Il vient de foutre en l'air mon avenir et il me souhaite bonne suite ? Il raccroche, me laissant complètement choquée, tétanisée, paralysée sur le canapé du salon.

Pour ne pas complètement perdre pied, je dois réagir, je dois faire quelque chose. Alors, je fonce, je pénètre dans ma chambre, sors la petite valise qui dort sous mon lit, ouvre mon armoire et attrape tout ce qui est à ma portée pour le fourrer dedans. Puis, je la referme, me précipite dans la cuisine, saisis un post-it sur lequel je griffonne un mot à ma mère et quitte l'appartement. Dans la rue, je saute dans le premier bus pour la gare et une fois à Cornavin je me rends au guichet, achète des billets et monte dans le train. Une fois installée confortablement dans mon siège, je repense au mot laissé sur la table de la cuisine.

Maman, j'ai reçu de mauvaises nouvelles de l'école. J'ai besoin d'air pour faire le point sur ma vie et sur la suite de mon parcours.

Ne t'inquiète pas, je ne serai pas seule, je pars quelques jours pour voir une copine.

À Paris.

Je reviens vite.

Bisous, Angie

Chapitre 9
Paris, la plus belle ville du monde ?

Les immeubles puis les forêts défilent devant mes yeux tandis que je me laisse bercer par le balancement du train, les yeux dans le vague. Qu'est-ce que je vais bien pouvoir faire maintenant ? Que va devenir ma vie ?

Un grand vide semble se dessiner devant moi et j'ai l'esprit tellement embrumé que je ne parviens pas à entrevoir de solution. J'ai déraillé. Mon quotidien n'était déjà pas simple avec mes relations familiales compliquées mais, au moins, j'avais mes études et Antho.

Comme les idées noires entraînent les idées noires, je pense à mon père puis à Michaël. Faut dire que j'ai trois heures de train pour réfléchir à l'échec de ma vie. *Si tu déprimes encore plus à cause du trajet, t'es mal barrée Angie !* Partir à Paris n'était peut-être pas un choix judicieux.

Une vibration dans ma poche me tire de mes rêveries (ou plutôt de mes cauchemars) et d'un geste lent, je tire le téléphone que j'approche de mon oreille après avoir glissé mon doigt sur l'écran. La voix paniquée de ma mère ne tarde pas à s'élever du combiné :

– Angela, où es-tu ? Qu'est-ce qui s'est passé ? Que t'a dit le directeur ? Qu'est-ce que tu fais ? Comment vas-tu ? Tu pourrais rentrer à la maison pour qu'on discute ?

– Maman, ça fait beaucoup trop de questions à la fois.

Je l'entends soupirer et faire les cent pas. Je l'imagine dans la cuisine car elle vient certainement de rentrer du travail pour sa pause de midi et pensait se cuisiner un repas rapide avant de retourner bosser. Mais j'ai bouleversé ses plans avec mon mot et mon départ précipité, réveillant la sourde angoisse qui sommeillait en elle par rapport à ma santé mentale.

– Angie, je me fais du souci pour toi…

Aucune raison pourtant, je mène une vie parfaite. J'aurais adoré lui répliquer cette phrase parfaite mais à la place, j'ai senti une pointe de maturité naître dans mon cerveau.

– Moi aussi maman, je me fais du souci pour moi (hein, je viens vraiment de dire ça ?). Le directeur m'a annoncé mon exclusion définitive du cursus. Et tu dois me croire quand je te dis que cette décision est complètement injuste. J'ai travaillé maman, j'ai vraiment bossé dur mais cette prof, Madame Crachin, elle a tout fait pour me faire virer.

– Angela, j'ai l'impression que tu es en plein délire. Cette théorie conspirationniste est…

– Maman, arrête, je ne suis pas dingue !

– Tu devrais aller voir quelqu'un pour parler de tout ça. Pour parler de tes problèmes, de ta famille, de ce qui te fait du mal, de ce qui te ronge depuis des années. Ça pourrait vraiment t'aider…

Je jette un coup d'œil par la fenêtre du train, inspire profondément pour tenter de réfréner cette tristesse qui me poignarde le cœur et puise dans mes dernières forces pour lui confier, malgré ma gorge serrée :

– Tu sais ce qui me fait mal maman ?

Après un lourd silence, je lui avoue :

– C'est que tu ne me crois pas.

Sans attendre de réponse, je raccroche et je serre les dents, un goût amer dans la bouche. Une larme roule sur ma joue tandis que je fixe mon écran de téléphone, les yeux de plus en plus brouillés.

Toujours aucune nouvelle d'Aurélie.

Avant d'arriver à la gare de Genève, alors que j'étais encore dans le bus, je lui ai envoyé un message, un texto qui ressemblait fortement à un SOS.

Ma vie est une catastrophe ! Peux venir te voir à Paris genre… maintenant ?

Il est jeudi et pourtant le train se remplit petit à petit jusqu'à être complet. Bellegarde. Bourg-en-Bresse. Un bébé pleure. Un groupe d'Asiatiques parlent fort. Des passagers se succèdent pour aller aux toilettes tandis que d'autres dégustent des sandwichs en lisant. Certains travaillent sur des Mac (ou font très bien semblant). Les plus jeunes dorment, des écouteurs vissés aux oreilles, les plus motivés lisent des livres aux couvertures tristes ou des magazines féminins pour savoir comment passer l'hiver sans prendre de kilos tout en mangeant de la raclette. Les premiers flocons de la journée commencent à tomber et j'enfonce mon cou dans mon gros pull pour ne pas sentir le froid mordant. Que ce soit l'hiver ou l'été, on a toujours froid dans ces trains.

Je vérifie mon téléphone. Encore.

Toujours pas de réponse d'Aurélie.

Trois appels en absence de ma mère.

La tête appuyée contre la fenêtre, je m'assoupis, épuisée par le tourbillon de sentiments qui dansent dans ma tête.

Quand je me réveille, j'ai la bouche pâteuse et je mets plusieurs secondes à réaliser où je me trouve. L'école, l'exclusion, Paris ! Oh la vache, je suis vraiment dans le train !

J'arrive dans quinze minutes et l'idée de me retrouver seule dans une immense ville sans plan B commence à m'angoisser légèrement. Une vieille dame assise un rang plus loin que moi regarde avec amour et dévotion un minuscule chien qui tient dans un sac (j'hésite entre trouver ça mignon ou ridicule à en mourir). Elle boit lentement et avec toute la précaution du monde un jus d'orange qu'elle a versé dans un gobelet en plastique, les mains légèrement tremblantes. Je pourrais toujours lui demander de m'héberger quelques jours au cas où, ce sera plus confortable qu'un pont près de la Seine. Mais la perspective d'être coincée chez elle et l'entendre discuter avec son chien ne me paraît pas être la meilleure solution pour me remonter le moral. J'imagine que si je lui parlais de YouTube, elle me répondrait « quel tube » ?

Je prie pour qu'Aurélie ait réagi à mon message et plonge la main dans mon sac pour vérifier mon téléphone :

Oh merde ! Mais qu'est-ce qui s'est passé ? Tu as fait le coup de la péniche à Antho et il t'a balancé par-dessus bord à cause des violons ? Bien sûr que je peux t'accueillir ! Tu arrives à quelle heure ? Je viendrai te chercher à la gare de Lyon !

Je pousse un soupir de soulagement. Après avoir répondu, je descends du train et me retrouve au cœur de la gare, perdue au milieu du flot des voyageurs qui tirent leur valise d'un pas rapide en direction du métro ou de la sortie. On dirait que tout le monde sait exactement où se diriger. Moi, je déambule les yeux en l'air et me retrouve dans l'immense Hall 1, en face du panneau d'affichage. Le Hard Rock Café et le Train Bleu me font hésiter à aller m'installer pour boire un café mais je réalise que, dans la précipitation, j'ai oublié d'aller chercher des euros pour assurer ma subsistance en France. Je pars en quête d'un bancomat en attendant Aurélie puis m'assieds sur une chaise au centre de la gare, guettant l'entrée.

– Angela !

– Aurélie !

Je me lève et Aurélie me prend directement dans ses bras et me serre fort comme si nous étions de vieilles copines restées trop longtemps éloignées.

– Ça me fait tellement plaisir de te voir en vrai ! Enfin, ça ne me fait pas plaisir que tu ailles mal hein, mais je suis contente que tu sois venue !

Elle me prend par le bras et nous nous dirigeons vers les escalators qui descendent en direction du métro.

– On va aller chez moi déposer ta valise et ensuite, je dois retourner en cours. C'est ma pause de midi là. Si ça te tente, tu peux venir assister à mon cours de théâtre ! Je commence à dix-sept heures et ensuite, on pourra aller manger dans le quartier des Halles vers la rue Montorgueuil, c'est super joli. Est-ce que ça t'irait ?

Une foule de questions tournent dans ma tête alors qu'elle me tend un ticket de métro pour passer le tourniquet :

– C'est vraiment plus que parfait Aurélie. Merci pour tout, c'est adorable de m'accueillir comme ça à l'improviste. Tu fais du théâtre ? Et tu fais quoi comme études ?

– Oui, je fais du théâtre depuis cinq ans. En fait, avant de commencer ma chaîne YouTube, je voulais devenir actrice ! J'adore jouer, je trouve ça passionnant et très libérateur. Et puis, ça m'a vraiment été utile pour tourner mes vidéos, ça m'aide aussi à avoir plus confiance en moi en fait. Pour mes études, je suis en train de faire un Master 2 en communication organisationnelle à la Sorbonne.

Elle continue de me parler de ses cours, des relations publiques, des campagnes médias, des stratégies de communication tandis que nous marchons à pas rapides. Elle s'anime pour tout, semble motivée par tout et moi, je la suis dans les couloirs chauds et étouffants du métro, gagnée petit à petit par son enthousiasme. Mes troubles semblent s'éloigner, j'ai l'impression que ma vie est un peu moins difficile à vivre.

En sortant de la ligne 4 aux Halles, j'inspire une grande bouffée d'air glacé que je rejette en faisant de la vapeur et regarde partout autour de moi, impressionnée. Le Forum est immense, le jardin qui l'entoure est rempli de neige, les arbres nus ressemblent à des personnages de dessins animés, l'église au fond a l'air sorti d'un conte de fées et des Parisiens en manteaux déambulent dans tous les coins. Je resserre mon écharpe autour de mon cou et continue de tirer ma valise, sans vraiment réaliser que je suis à près de sept cents kilomètres de chez moi. À Paris. Avec Aurélie Jolie.

Après une dizaine de minutes de marche, nous arrivons dans une rue piétonne, Aurélie compose un code puis pousse avec son épaule une lourde porte en bois. Nous entrons, longeons l'entrée puis traversons une petite cour intérieure où des pots de fleurs, pour l'instant vides, encerclent l'espace. Le mobilier de jardin est rangé, mais j'imagine que l'été, cet endroit doit se transformer en un véritable paradis. Ses parents habitent dans un trois pièces au rez-de-chaussée, leurs fenêtres donnent sur la cour. Aurélie dépose ses clés sur la table du salon, une table basse en osier qui se trouve devant un canapé en tissus blanc. La décoration est chaleureuse, des plantes suspendues sont disposées çà et là, des bibliothèques en bois clair accueillent des centaines de livres et la cuisine ouverte sur l'espace salon apporte une touche de modernité à l'ensemble qui contraste avec le parquet et les moulures au plafond.

– Mon père est au travail et ma mère est chez son médecin. Je vais te montrer ma chambre, j'ai déjà installé un matelas par terre. Tu verras, ce n'est pas très grand mais on s'y sent super bien !

Dans sa chambre, Aurélie a un grand lit avec un couvre-lit rose pâle et des coussins très girly disposés vers son oreiller, un petit bureau sur lequel elle a un Mac et son matériel de tournage rangé dans un coin. C'est là qu'elle tourne ses vidéos, je reconnais le fond et les stickers de papillons colorés sur le mur derrière elle. J'aperçois un trépied, une lampe parapluie et une caméra que je fixe avec intérêt. Mine de rien et malgré mes mésaventures à l'école, les tournages de mes vidéos commencent à me manquer. Aurélie saisit mon bagage qu'elle glisse derrière la porte et remarque ce que j'observe attentivement.

– On va poser ta valise là en attendant. Je t'ai fait un peu de place dans mon armoire pour que tu puisses ranger tes affaires. Ah, tu regardes mes petits bijoux ! J'ai économisé deux ans pour me payer cette caméra. C'est hyper important d'avoir de belles images et une bonne lumière sinon, ça ne fait pas pro.

– C'est clair. J'adore créer une ambiance avec la luminosité. C'est fou l'impact que ça peut avoir sur la captation d'images.

– Oh oui, ça peut te pourrir ton tournage ! Un jour, alors que je venais de commencer ma chaîne, je tournais une vidéo make-up et j'étais persuadée que la lumière du jour suffisait. En fait, j'avais des ombres partout sur le visage ! J'avais l'impression d'avoir des cernes immenses et une tête de Frankenstein, je te jure.

– Même en pseudo Frankenstein, tu dois rester canon !

– Même pas figure-toi ! Un vrai monstre ! J'ai dû tout recommencer, une horreur.

Elle regarde l'heure et soupire :

– Il faut que je retourne en cours. Je te laisse un double des clés sur la commode de l'entrée et un plan de métro si tu veux aller te balader. Je t'ai écrit l'itinéraire jusqu'à la fac pour que tu puisses me rejoindre à dix-sept heures pour le théâtre. On se voit tout à l'heure ?

J'acquiesce en lui souriant et, juste avant qu'elle claque la porte, lui lance :

– Aurélie ? Merci, vraiment.

– My pleasure, my dear.

Après m'être trompée de métro et être partie dans la mauvaise direction (c'est tout moi, ça), je trouve enfin la Sorbonne et la salle où Aurélie assiste à son cours de théâtre. Elle me fait un petit signe de la main quand j'entre et me montre les sièges devant la scène où je m'installe discrètement. Ils sont une dizaine à se tenir en cercle autour d'un homme plus âgé que j'identifie comme étant le prof, un type d'une quarantaine d'années aux cheveux grisonnants et aux yeux pétillants. On voit tout de suite qu'il adore son métier et son enthousiasme quand il parle des exercices et du programme du jour fait plaisir à voir.

Pour s'échauffer et se mettre dans l'ambiance, le prof propose de faire une impro : le thème ? Les animaux ! Il tient un grand chapeau en feutre noir dans lequel se trouvent des petits billets qu'il tend devant chaque élève afin qu'il en tire un avant de le lire devant tout le monde.

Serpent, lion, aigle, requin.

Aurélie reste calme. Quand vient son tour, elle avance la main pour saisir un petit papier, le tire du chapeau et le lit devant tout le monde. Elle doit jouer l'autruche. Je la regarde et la vois hésiter, comme si elle cherchait une solution dans sa tête.

Moi, j'ai tellement envie de rire que j'essaie de regarder partout sauf la scène et les élèves qui commencent à bouger et à mimer les bêtes en poussant des bruits tous plus curieux les uns que les autres.

Quand vient le tour d'Aurélie, je suis curieuse de voir comment elle va s'en tirer. Elle fait un bruit de « cot cot » qui ressemble davantage à une poule qu'à une autruche et fait des gestes avec ses coudes comme si elle voulait voler. Impossible de me retenir plus longtemps et j'éclate de rire. Elle aussi a du mal à garder son sérieux et, au moment où elle tente de mettre sa tête entre ses genoux, certainement pour illustrer l'expression

« faire l'autruche », elle se prend un fou rire monumental. Quand elle relève la tête, elle a les larmes aux yeux tellement elle rit. Nous nous regardons, incapables d'arrêter et je me tiens le ventre pour tenter de me contrôler. Sans succès. Nos rires contagieux se répandent et les autres ne tardent pas à nous rejoindre. Même le prof sourit en voyant l'hilarité générale. Une fois calmée, Aurélie s'essuie les yeux et me désigne du doigt en disant :

– Et si on proposait à Angela de nous rejoindre pour essayer ?

Hein ? Je me recroqueville sur mon siège avec le secret espoir de devenir invisible, là tout de suite ! Je suis horrifiée quand l'enseignant acquiesce et que tous les regards se tournent vers moi. Aurélie insiste :

– Allez, viens ! Tu verras, c'est marrant !

J'hésite encore un quart de seconde puis me lève pour les rejoindre sur la scène. Le prof me tend le chapeau et mon cœur bat la chamade quand je déplie le petit papier. Oh non ! J'écarquille les yeux et me retiens de glousser (et de cacher mon désespoir) quand je lis à haute voix :

– Une limace.

J'évite de regarder Aurélie parce que je sais que si je croise son regard à ce moment-là, je vais éclater de rire à nouveau. Comme j'ai envie de jouer le jeu, je me mets sur le sol et essaie d'avancer, deux doigts en l'air près de ma tête pour tenter de faire les antennes. Au bout d'une minute, je sens le fou rire revenir et je me mords la lèvre pour le contenir. Impossible et j'éclate de rire en me retournant sur le dos, entraînant la classe dans une nouvelle vague de jubilation.

Deux heures plus tard, nous quittons la salle de cours et gagnons le métro pour rejoindre le quartier des Halles. En nous baladant pour trouver un restaurant, Aurélie revient sur notre cours de théâtre :

– Voilà, nous venons de vivre une expérience particulièrement intéressante, embarrassante et drôle. Nous sommes liées à jamais ! Et nous devrons garder ce secret pour toujours.

Elle me tend son petit doigt que je saisis pour sceller notre pacte de confidentialité. Elle me sourit en me disant :

– Mais te voir en limace restera à jamais gravé dans mon esprit !

– Tout comme ton interprétation de l'autruche qui restera dans mes souvenirs jusqu'à ma mort !

Nous rions et Aurélie me saisit par le bras pour m'entraîner dans les rues de Paris. Il fait froid mais chaque endroit que nous traversons est animé.

Malgré les températures glaciales, les gens sont dehors, sur les terrasses, à l'abri sous leurs champignons chauffants. J'adore cette ambiance, cette vie, cette envie qu'ont les gens d'être ensemble, ce fourmillement incessant d'activités. La rue Montorgueil est charmante avec ces commerces, boucheries, fromageries, papeterie et cafés. Nous nous arrêtons devant la petite devanture de Little Italy et Aurélie me lance gaiement :

– Italien ?

– Perfetto !

À l'intérieur du restaurant, les petites tables sont serrées les unes contre les autres et le brouhaha joyeux des mangeurs s'élève dans la salle. Aurélie fait un geste au serveur en indiquant que nous sommes deux et il nous dégage une table en la tirant pour que l'une de nous puisse accéder à la banquette. Aurélie joint le geste à la parole en désignant la place près du mur d'un ton théâtral :

– À vous l'honneur ma chère puisque vous êtes mon invitée !

Une fois nos commandes reçues, je réalise que ça fait des semaines que je n'ai pas mangé avec autant d'appétit. Les pâtes aux bolets sont un vrai régal et je ne manque pas de rajouter trois tonnes de parmesan dessus pour que ce soit encore plus savoureux.

– Tu sais que c'est illégal de ne pas nourrir son enfant ?

J'ai la bouche pleine de pâtes quand je lève les yeux sur elle et que je lui réponds d'une manière quasi incompréhensible :

– De quoich tu parles ?

– On dirait que tu n'as pas mangé depuis des mois ! Ta mère ne te nourrit pas ?

– Bien chûr que si !

J'avale ce que j'ai dans la bouche avant de continuer mes explications :

– Ce n'est pas de sa faute tu sais, c'est moi qui suis déprimée ces derniers temps.

– Pourquoi ? Et ton école ? Et Antho ?

Je la connais depuis peu de temps mais j'ai déjà remarqué qu'Aurélie n'est pas du genre à prendre des gants, elle est franche et dit tout ce qu'elle pense au moment où elle le pense sans méchanceté.

Heureusement, je suis sauvée des explications par la sonnerie de son téléphone. Elle décroche tout en murmurant « tu ne paies rien pour attendre » et approche l'appareil de son oreille :

– Oui maman, ne t'inquiète pas. On est à côté chez les Italiens ! Des pâtes, bien sûr ! Tu n'as pas reçu mon texto ? Moi aussi je t'aime, dormez bien. Promis, je vous présenterai Angela demain matin.

Elle raccroche, un sourire jusqu'aux oreilles.

– Ils ont hâte de te rencontrer !

– Moi aussi, ils ont l'air adorables. Dis, tu dis souvent « je t'aime » à ta mère ?

– Pratiquement tous les jours, je crois. Pas toi ?

– Oui, ça arrive mais c'est plutôt rare en fait…

– Pourquoi ?

– On ne s'entend pas très bien toutes les deux…

– Ah merde. Et avec ton père ?

– Ouh, gros sujet. Mon père s'est barré quand j'étais petite.

– Ah remerde alors ! Et tu n'as pas de frère et sœur ?

Je ne sais pas quoi lui répondre. Je ne lui en veux pas mais sa question me fait l'effet d'un coup de poing dans l'estomac.

– Je… j'en avais un.

Je me tais et me renferme dans mon mutisme.

– Oh… je suis désolée, je t'embête avec mes questions hein. Sache juste que si tu veux parler de quoique ce soit, je suis là. D'accord ? Si on parlait de YouTube plutôt ? Un truc bien léger qui nous aide à nous sentir mieux ! Pourquoi tu as commencé ta chaîne ?

Je la regarde et j'ai envie de rire devant le caractère pathétique de ce que je m'apprête à lui dire :

– Parce que… je me sentais seule.

– Ah oui, vachement léger comme sujet en fait ! Et moi, j'avais envie d'aider les jeunes filles mal dans leur peau, comme je l'étais à l'époque, à se sentir mieux. Sans parler de ma mère et de ses problèmes de santé.

Nous nous regardons, au bord du fou rire. Je me retiens encore, enfourne une nouvelle bouchée de pâtes et tente de parler malgré ce que j'ai dans la bouche mais ma voix trahit mon amusement :

– YouTube, c'est le meilleur assistant social du monde en fait.

– Oh mon Dieu, on est des cas sociaux !

Impossible de nous contenir cette fois-ci devant nos aveux et nous éclatons de rire dans le café. Avec toute mon élégance naturelle, je projette un bout de champignon sur la table en manquant m'étouffer, ce qui fait redoubler le fou rire d'Aurélie. J'ai les larmes aux yeux et je me tiens les abdos tellement j'ai mal. Qu'est-ce que c'est bon.

Là, j'aimerais figer le temps pour toujours. Ça fait des mois que je ne me suis pas sentie aussi bien. Aussi libre. Aussi heureuse.

Mais la réalité ne tarde jamais trop pour se rappeler à nous et j'entends les quelques notes caractéristiques de l'arrivée d'un message sur mon téléphone. Là, tout mon être se tend, j'ai l'impression de ne plus pouvoir respirer et mon cœur s'emballe dans ma poitrine. Ces dernières semaines, l'arrivée d'un texto ou d'un appel a toujours été synonyme de mauvaises nouvelles. Détends-toi Angie et arrête de stresser pour rien. Curieuse malgré tout, je regarde l'écran et mon cœur se serre quand je lis :

Angie, où es-tu bordel ?

Michaël. Devant mon expression certainement ahurie, Aurélie réagit et s'inquiète en posant sa main sur son bras dans un geste bienveillant :

– Angela, ça va ? Qu'est-ce qui se passe ?

J'avale ma salive, encore sous le coup de l'émotion et lui montre le SMS. Elle fronce les sourcils :

– C'est qui Michaël ?

Judicieuse question. Mon prof ? L'un des réalisateurs les plus prometteurs de sa génération ? L'homme dont je suis tombée amoureuse et que j'ai embrassé avant de me prendre un vent monumental ? Comme une cruche, tout ce que je parviens à dire, c'est :

– Michaël Perez.

Elle se recule sur sa chaise, les yeux écarquillés, et sa bouche se fige et forme un « o » silencieux durant plusieurs secondes puis elle se met à gesticuler dans tous les sens.

– Attends, Michaël Perez ? LE Michaël Perez ? Le réalisateur ?

J'acquiesce alors qu'elle me demande :

– Tu le connais ?

Seconde judicieuse question. Il faut que je lui explique :

– Un peu. C'est mon prof… enfin c'était.

Elle fronce les sourcils tout en mettant son index sur le bout de son nez.

– Tu vois mon nez ? Je sens le traquenard à plein nez là. Juste ton prof ? Et il t'écrit ça ? Par la barbe de Merlin, je veux bien me faire nonne si c'est « juste ton prof ».

Elle est impayable. Je lui souris malgré le sentiment de tristesse qui me pince le cœur, avale une gorgée d'eau, me rapproche d'elle pour que personne ne nous entende et baisse la voix pour lui raconter.

– Bon, il donne des cours dans mon école d'audiovisuel et il m'a beaucoup encouragée en m'affirmant que j'étais douée pour la réalisation et que je devais croire en moi. Je l'aime bien. On s'aime bien, enfin c'est ce que je croyais. J'ai joué une scène dans son prochain film et… il se trouve que… (je cherche mes mots), on s'est embrassés. Une fois. Juste une fois. Pas dans son film, hein. C'était dans une salle de montage, à l'école. Et depuis, je n'ai plus eu de contact avec lui. Jusqu'à ça (je remontre le téléphone de la tête).

– Oh la vache ! Il est au courant pour ton exclusion ? Qu'est-ce que tu vas lui répondre ?

Je range le téléphone, essaie de calmer les battements de mon cœur tandis que mon cerveau s'emballe et que mille questions qui vont de « vais-je le revoir un jour ? » à « m'aime-t-il comme un soldat, comme une star de cinéma ? » se mettent à tourner dans ma tête.

– Il a dû remarquer que je n'étais pas à son cours et se renseigner, oui. Il sait que je ne manquerai jamais une seule période avec lui. Pas seulement parce que c'est lui, juste parce que sa matière est passionnante. Et franchement, je ne sais pas quoi lui écrire. Je lui en veux d'avoir fui de cette manière quand on s'est embrassé. Je ne sais pas ce qu'il veut et j'ignore pourquoi il se préoccupe tout à coup de savoir où je suis. Pour ce que ça change…

– Je ne veux pas faire l'avocat du monsieur à la queue fourchue mais il semblerait que ça l'intéresse.

Et pas qu'un peu ! Angie, on dirait aussi qu'il s'inquiète pour toi…

Quand nous rentrons, les parents d'Aurélie sont déjà couchés et nous rejoignons sa chambre en faisant le moins de bruit possible.

Je n'ai toujours pas répondu à Michaël.

Chapitre 10
Le scénario idéal !

Une délicieuse odeur de café et de pain grillé vient chatouiller mes narines dès que j'ouvre les yeux. Je m'étire de tout mon long dans le petit lit de camp installé sous le lit d'Aurélie et entends du bruit de vaisselle dans la cuisine et des chuchotements. Je jette un œil à mon téléphone, il est sept heures du matin, Aurélie commence ses cours dans deux heures. Ses parents doivent probablement être en train de préparer le petit-déjeuner.

– Bonjour les filles, bien dormi ? Enchantée, je suis Mylène, la maman d'Aurélie !

Sa mère nous accueille en souriant et en tirant les chaises pour que nous puissions nous asseoir autour de la grande table en bois. Ses prunelles pétillent malgré les cernes qui entourent ses yeux, elle porte une robe longue colorée et un foulard sur la tête pour camoufler au mieux la perte de ses cheveux. Elle me serre dans ses bras avant de planter deux bisous sur mes joues et je me prends la honte en avançant la joue pour lui en faire un troisième, comme nous en avons l'habitude en Suisse. Mais mon geste se suspend et je me mets à rire :

– Oups, pardon ! Chez nous, nous en faisons trois !

Nous rions et prenons place dans la bonne humeur, il fait beau malgré le froid et je me sens bien chez Aurélie, loin de mes problèmes et des tensions que je vis à Genève. Son père, qui se prénomme François, vient de poser un pot de confiture de fraise près du lait et du miel et m'accueille en me faisant la bise également. À côté de sa place, *Le Canard enchaîné* et *Charlie Hebdo* attendent d'être lus. Ce qui me frappe tout de suite, c'est que mon café est prêt accompagné d'œufs brouillés et de deux toasts servis sur une assiette comme pour Aurélie. Ils me traitent avec le même soin que leur propre fille, c'est tellement adorable.

Sa mère picore une salade de fruits avec un café noir encore fumant et me demande en levant les yeux sur moi :

– Nous sommes ravis de t'accueillir Angela, Aurélie nous a beaucoup parlé de toi à cause de YouTube. Qu'est-ce que tu fais exactement comme vidéos ?

J'avale ma bouchée de toast et repose ma tartine pour lui répondre, je vais éviter de reproduire la scène du restaurant italien et cracher la moitié d'une fraise sur la table :

– Pour le moment, des vidéos lifestyle et parfois beauté sur le maquillage et les tendances mais j'ai envie d'aller davantage vers l'humour et filmer des vidéos plus amusantes dans lesquelles je dois jouer un rôle. J'aime bien me mettre dans la peau de différents personnages.

Enthousiaste, Aurélie ajoute en faisant de grands gestes :

– D'ailleurs, Angie en a fait un super drôle sur le maquillage, tu sais celle où tu jouais la vérificatrice de make-up !

J'acquiesce en rougissant. Le père d'Aurélie nous regarde, amusé tout en buvant son café :

– Et qu'est-ce que tu as prévu de faire aujourd'hui Angela ?

– Je pense que je vais aller me balader dans le quartier Saint-Michel ! J'ai envie de voir les quais, la Seine et le Pont des Arts avec les cadenas, ça a l'air tellement joli.

– Si tu aimes les musées, il y a le Louvre juste à côté et…

Aurélie le coupe dans son élan en riant :

– Papa, laisse-la tranquille, Angie n'a peut-être pas envie de passer son temps enfermée à regarder des vieilles statues et des tableaux.

Nous nous regardons, complices, et terminons notre petit-déjeuner avant de nous préparer et de sortir dans les rues fraîches de ce Paris hivernal. Nos chemins se séparent quand Aurélie poursuit sa route en direction de la fac tandis que je bifurque vers Saint-Michel, mon ordinateur dans mon sac et mon bonnet sur la tête.

Malgré les températures polaires, les touristes sont nombreux à se presser sur les ponts, à regarder la tour Eiffel que l'on aperçoit au loin et à observer le ballet des bateaux-mouches sur la Seine. Fascinée, je m'arrête plusieurs minutes pour contempler la vue, la Conciergerie, les remous de la rivière, le Louvre plus loin et le Pont-Neuf. Puis je me balade, charmée par les cahutes des bouquinistes installés le long de la route, et marche jusqu'au Pont des Arts que je traverse en regardant les cadenas colorés accrochés par les amoureux. Un pincement au cœur me surprend, ces témoins de l'amour d'inconnus me ramènent à Michaël. Merde. Son regard, son sourire, son baiser. Son message. Remerde. J'accélère le pas pour oublier tout ça mais ma tactique ne fonctionne pas (ben tiens, il me faudrait une lobotomie pour y arriver) et le froid mordant me pousse à trouver un café pour me réchauffer un peu.

Je m'installe sur une terrasse chauffée, commande un café crème et sors mon ordinateur après avoir demandé le code Wifi. J'adore l'ambiance de Paris, les petites tables rondes et les chaises en osier de différentes couleurs si caractéristiques de la ville.

J'ai envie de travailler sur une nouvelle vidéo et compte bien noter mes idées mais avant, je me connecte à ma boîte mail. Mon estomac se tord quand je l'ouvre et constate qu'au milieu des différentes publicités sans intérêt, j'ai reçu un mail de Monsieur-je-ne-sais-pas-ce-que-je-veux.

Angela, je t'en prie réponds-moi. J'ai besoin de savoir comment tu vas, je suis outré par ce qui s'est passé à l'école. Tu ne dois pas abandonner, je me répète je le sais mais tu as du talent. Je crois en toi, donne-moi des nouvelles s'il te plaît.

Michaël

Très douée pour faire un déni des situations les plus compliquées, j'efface le mail et tente de me persuader qu'il n'a jamais existé. Pouf, envolé ! Aux oubliettes ! Pourtant, les mots de Michaël restent gravés dans ma tête et je pousse un long soupir avant de reporter mon attention sur ce qui se passe autour de moi. Deux jeunes filles qui ont posé des calepins devant elles viennent de s'installer à côté de moi et discutent vivement en regardant leurs notes, apparemment passionnées par leur sujet de conversation.

– C'est génial ce cours, je n'aurais jamais pensé aimer à ce point l'écriture de scénario !

– Moi, je galère avec les dialogues, c'est tellement difficile.

Intriguée, je tends l'oreille pour écouter la suite.

– C'est quand même un sacré boulot…

– Moi j'aime bien ces horaires de cours, on peut aller à la fac et filer pile pour dix-neuf heures. J'ai acheté le bouquin « Les règles du scénario parfait » pour m'aider, c'est pas mal mais on apprend déjà tout avec Laure.

Je prends mon courage à deux mains et me permets de les interrompre :

– Excusez-moi, vous prenez des cours pour écrire un scénario ?

L'une des deux filles, celle aux cheveux noirs bouclés avec un piercing au nez me sourit :

– Oui, c'est un cours organisé par une scénariste qui bosse entre autres sur plusieurs séries françaises reconnues et qui anime des ateliers d'écriture.

– Et euh, ces ateliers sont réservés aux étudiants de la fac ?

– Ah non, pas du tout, on en a entendu parler pendant nos cours de français mais Laure accepte tous types de profils. Elle demande juste une expérience préalable d'écriture, idéalement de scénario parce que ses exigences sont assez poussées et elle ne veut pas travailler sur une introduction à la narratologie.

– Parfait ! J'ose vous demander ses coordonnées ? Ça m'intéresse beaucoup !

En souriant, la fille aux cheveux noirs note le mail, le numéro de téléphone et le site Internet de Laure Platel sur le bout de papier que je lui ai tendu.

Et si je m'inscrivais aux cours ? Après tout, je suis à Paris, l'industrie cinématographique est bien plus développée ici qu'en Suisse, ce serait un moyen de me faire un réseau, d'appréhender de nouvelles techniques et de les comparer à ce que j'ai déjà appris. Une autre idée germe dans mon esprit et je saisis mon téléphone pour écrire un texto à Aurélie :

Il faut que je te parle d'un truc génial, j'ai fait une rencontre très intéressante ! Hâte de te retrouver ce soir pour en discuter (je sais, je suis très douée pour les teasings) !

Bisous et bons cours !

Je passe une demi-heure sur le site de Laure Platel à regarder les différentes formules de cours qu'elle propose, à lire sa biographie et à lorgner avec envie sur le prochain module qui commence… demain soir ! Je lui envoie un mail *via* le formulaire de contact pour savoir s'il reste de la place mais mon enthousiasme est vite entaché par le tarif élevé du cours : trois cents euros pour trois semaines, avec deux sessions par semaine jusqu'à fin décembre. En réalisant que j'ai dû pratiquement vider mon compte en banque en prenant mes billets pour Paris, je dois trouver une solution. Faire la plonge dans un restaurant parisien ? Jouer la guide touristique ? Je risquerais de raconter aux Chinois que la tour Eiffel a été construite par Robespierre pendant la Révolution ou par un roi de France qui s'ennuyait à Versailles. Pour rire hein, je sais très bien que c'est l'œuvre de Gustave. Peut-être que je pourrais demander de l'aide à ma mère ? Après tout, ce serait un chouette cadeau de Noël. Il faudra également que je voie avec Aurélie si je peux prolonger mon séjour parisien chez elle. Pour le coup, il fait vraiment trop froid pour dormir sous une tente près du périph.

Mon téléphone sonne et je repose ma tasse de café pour lire la réponse d'Aurélie, un sourire aux lèvres :

Tu as rencontré Romain Duris et il t'a demandé en mariage sur la tour Eiffel ? Il veut t'épouser ? Oh mon Dieu, tu es en train de vivre mon fantasme ultime !

Tout en riant, je tape le SMS suivant :

Non patate, c'était pas lui... c'était Gaspard Ulliel !

Son texto ne se fait pas attendre :

Han, naaaan, tu l'as vu ? Pour de vrai ?

Je décide de lui livrer la moitié de la vérité :

Nan, j'ai rencontré deux filles !

Quelques secondes plus tard, je peux lire sur mon écran :

Angie, me caches-tu des trucs ?

Sa repartie me fait pouffer à nouveau, en fait, elle me fait mourir de rire. Les heures me semblent encore longues avant que je puisse tout lui expliquer.

Arrête, ça n'a rien à voir ! Je t'en parle tout à l'heure à l'happy hour !

Le café se vide et je me retrouve presque seule sur la terrasse. Par curiosité, je vais faire un tour sur ma chaîne YouTube qui est à l'abandon depuis des semaines. Tout s'est mis en pause. Le nombre d'abonnés stagne à 30 000 et les échanges se font plus rares, phénomène tout à fait normal puisque je ne poste plus aucune vidéo et que je ne réponds plus aux commentaires. Je n'en avais plus la force. Pourtant, l'envie de recommencer revient petit à petit et pour me motiver à continuer, je décide de réfléchir à une manière de recréer un lien avec mes abonnées. Et si je leur trouvais un petit nom ?

J'ouvre un document et note toutes les idées qui me passent par la tête.

Salut les filles ?

Trop classique.

Hello les girls ?

Un peu péteux.

Bonjour mesdames ?

Pfff, beaucoup trop pompeux !

Salut mes chipies ?

Hey, ça, ça me plaît bien ! J'adore le côté espiègle et malicieux du terme. Validé par moi-même !

Vers dix-sept heures, je rejoins Aurélie dans son bar préféré situé sur les Grands Boulevards. Attirée par ce que j'avais lu sur les différents passages qui les jalonnent, créés au XIXe pour que la population aisée qui vivait dans ses quartiers demeure à l'abri des intempéries tout en pouvant faire du shopping dans les commerces qui s'y étaient installés, j'avais préalablement flâné à l'intérieur de ceux-ci et étais tombée amoureuse de celui des Panorama. Entre les grandes verrières qui laissent passer la lumière du jour, conférant une atmosphère si particulière au lieu, et les petites boutiques et restaurants emplis de charme, j'aurais pu y passer des heures.

Autour d'un mojito payé cinq euros, Aurélie et moi partageons les aventures de nos journées respectives en tentant de couvrir la musique pop rock qui résonne joyeusement. Plusieurs bandes de jeunes discutent bruyamment en riant et en buvant des bières et des cocktails avec une insouciance salvatrice.

Aurélie essuie ses doigts collants à cause du sucre sur son jean délavé et replace une boucle de cheveux blonds derrière son oreille en scrutant les autres clients :

– Je fais le regard laser !

– Tu joues à Luke Skywalker ?

– Nan, je mate la chair fraîche ! Il est mignon le brun au bar, hein ? Tu ne trouves pas qu'il ressemble à Romain Duris ?

Elle me fait un clin d'œil et je lui souris en écrasant les citrons verts et la menthe avec ma paille avant de la faire tourner pour bien mélanger les saveurs.

– Donc, ce que je te disais, c'est que j'avais rencontré deux filles !

Elle mordille sa paille en attendant que je lui raconte la suite et me regarde attentivement :

– Ces deux filles suivaient un cours d'écriture de scénario sur Paris avec une scénariste qui s'appelle Laure Platel et qui bosse apparemment sur plusieurs grosses productions françaises pour la télévision et le cinéma. Elle a ouvert une session de cours qui commence demain soir et je me demandais si ça t'intéresserait qu'on s'y inscrive ensemble ?

– Mais Angie, c'est une trooooop bonne idée ! En plus, ça me permettrait d'étudier autre chose que des problèmes de communication organisationnelle, des plans de relations publiques et du droit des médias ! Libérons notre âme créative ! Allons-y !

Elle se lève, prête à sortir, titube et se rattrape à la table en pouffant.

– Héhé, la table est mon amie. T'as vu, elle me soutient !

Moi, je me demande comment je vais la canaliser si un demi-mojito lui fait déjà cet effet-là. Je lui attrape le bras et l'aide à se rasseoir sur son tabouret :

– Aurélie, c'est demain le cours, pas maintenant !

– Ahhh oui, c'est pas faux.

– Qu'est-ce que tu n'as pas compris ? Le mot « demain » ?

Elle plisse les yeux, mordille sa paille avant de siffler la fin de son premier mojito dans un bruit pas très élégant et me pointe du doigt :

– Toi, tu es forte. Très très forte ! J'adoooore Kaamelott !

Rêveuse, je repense à mon envie de devenir actrice et de travailler dans l'industrie audiovisuelle :

– Pareil, un jour, j'aimerais bien travailler sur une mini-série, ça doit être chouette…

– Tellement, ça doit être super intéressant ! Grâce à YouTube, on apprend plein de trucs qui pourraient nous être utiles d'ailleurs. Je me rappelle comme je galérais au début avec mes vidéos pour qu'elles soient les plus professionnelles possible. Et j'adore cette liberté créative, je peux faire ce que je veux, comme je le veux.

– Et ce qui est génial, c'est que les gens apprécient ce que tu fais ! Tu te rends compte du nombre d'abonnés que tu as réussi à rassembler ?

– C'est clair, je rêverais de ne faire que ça. Comme ma chaîne commence à bien marcher, je me dis que je pourrais peut-être en vivre un jour !

– De YouTube ? C'est possible ?

– Bien sûr ! À vrai dire, j'en parle peu avec mes parents, ça les ferait flipper, mais je commence à en tirer un revenu convenable. Dès que j'aurai terminé mes études, je me lancerai à fond ! En fait, je ne me vois pas faire autre chose de ma vie. T'imagines si je devais travailler dans un bureau ? J'aime trop ce que je fais, bosser en indépendante, choisir mes sujets, m'occuper du tournage et du montage, échanger avec ma communauté. Les filles qui me suivent sont tellement adorables, elles me valorisent, me donnent confiance en moi. Et je suis persuadée qu'on est juste au début de ce que YouTube peut nous offrir. Tu verras, ça va se développer dans les prochaines années et ouvrir de nouvelles possibilités pour tous les créateurs. On n'est plus obligés de s'intégrer à une structure, on peut créer le contenu qu'on veut sous la forme qu'on a choisie ! C'est magique ! « Aurélie Jolie », c'est mon projet de vie, un truc qui n'appartient qu'à moi, quelque chose que j'ai réussi à construire seule et qui marche ! C'est dingue !

Son enthousiasme communicatif et la lueur que je capte dans ses yeux quand elle parle de sa chaîne font naître au fond de moi un élan et une motivation que je n'avais plus ressentis depuis longtemps.

Alors que nous buvons un autre mojito, une jeune adulte s'approche doucement d'Aurélie, son portable dans la main. Elle rougit et semble rassembler tout son courage avant d'oser lui demander d'une petite voix :

– Aurélie Jolie ?

Nous levons la tête toutes les deux alors qu'elle poursuit, de plus en plus troublée :

– Est-ce que… est-ce que je peux faire une photo avec toi ? J'adore ta chaîne, tu es vraiment géniale !

– Bien sûr, viens ! Et je te présente Angie de la chaîne « Le Monde d'Angie ».

– Oh, tu fais aussi des vidéos sur YouTube ?

– Euh… oui.

– C'est excellent ! Je peux prendre une photo avec vous deux du coup ?

Nous acquiesçons et posons pour faire plusieurs selfies avec la jeune fille qui a l'air d'être aux anges.

– Merci ! Vous êtes vraiment super !

Et elle file, un grand sourire aux lèvres. Étonnée par ce qui vient de se passer, je demande à Aurélie :

– Dis, ça t'arrive souvent qu'on te reconnaisse dans les cafés ou dans la rue ?

– Oui, ça arrive parfois. De plus en plus souvent en fait.

– Et tout ça, grâce à YouTube ?

– C'est dingue, hein ? C'est vrai qu'au début, ça fait bizarre mais c'est plutôt cool. Ces filles sont tellement adorables, tu sais. C'est grâce à elles que ma chaîne marche aussi bien, en fait, je leur dois tout…

Il est passé minuit quand nous sortons du bar. Je ne sais plus combien de mojitos j'ai bus… j'ai arrêté de compter au bout du troisième. Tout ce que je constate, c'est que le trottoir bouge. Et que les lampadaires dansent ! Oh mon Dieu, il faut que je le dise à Aurélie ! Je lui balance maladroitement mon bras sur les fesses pour attirer son attention, pointe du doigt le haut de la rue (oh, il bouge lui aussi) et lui lance d'une voix qui me semble très claire comme si je venais de découvrir la gravité :

– Aurélie, hey Aurélie ! Les lampadaires, regarde, ils dansent !

Elle tourne la tête au ralenti et observe le sol, la bouche légèrement ouverte. Je lui balance une nouvelle tape :

– Hey ho, du bateau, c'est là-haut qu'il faut regarder !

Elle pouffe en s'accrochant à moi :

– C'est toi le bateau !

Et nous éclatons de rire en prenant la direction de l'appartement. Pendant tout le trajet, je chante à tue-tête la chanson « Émilie Jolie » en remplaçant le prénom par Aurélie.

Une fois dans mon petit lit et malgré l'ivresse, je parviens à allumer mon ordinateur, la tête d'Aurélie penchée par-dessus mon épaule. Je vais consulter mes mails pour voir si Laure Platel m'a répondu.

Chère Angela,
Merci pour votre mail. Bien sûr, il reste deux places, venez demain soir.
Au plaisir de vous voir,
Laure Platel

Je sens qu'elle s'affaisse de plus en plus sur mes épaules alors qu'elle fronce les sourcils pour lire en même temps que moi. Elle s'appuie sur mon dos et me demande très sérieusement :

– Pourquoi elle a tout écrit en double ?

J'ai du mal à me retenir de rire et me contente de lui ordonner :

– Hey, tu ne me vomis pas dessus, hein !

Elle pouffe et me souffle, l'haleine sentant le citron et surtout le rhum :

– Je tiens bien, très très bien l'alcool ! D'ailleurs, j'ai eu une autre super idée !

– La fin de ta phrase n'a vraiment rien à voir avec le début ! C'est quoi ton idée ?

– Mmm, je te la dirai demaaaaain !

– Heeeey !

Elle hoquette et se couche en hurlant de rire. Je ne tarde pas à la suivre et nous nous endormons à peine quelques minutes après avoir éteint la lumière.

Une nouvelle aventure commence et je suis excitée comme un chat devant un sapin de Noël (si vous avez déjà vu ce qu'un félin est capable de faire entre des décorations colorées et des guirlandes, alors vous voyez de quoi je parle) !

À peine réveillée en ce samedi matin, je repense à la conversation d'hier soir. Il faut croire que je n'avais pas bu au point d'oublier l'idée d'Aurélie. Dès que j'entends un bruit provenant du lit de ma copine, j'en profite pour la questionner :

– Psssst, Aurélie ? C'est quoi ton idée ?

– Hein ? Attends, on a dormi entre deux, parce que j'ai l'impression d'être exactement au même point qu'hier ?

Je pouffe.

– Alors, qu'est-ce que tu voulais me proposer ? Je me demande bien ce qui va sortir de ton esprit tordu.

– Déjà, je n'ai pas un esprit tordu. Revenons à nos moutons ! Ce que je voulais te proposer, c'est qu'on fasse une vidéo ensemble !

– Non ?!

– Non ? Tu ne veux pas ?

– Si, bien sûr que si ! Oh Aurélie, c'est une idée géniale ! Tu es géniale !

– Je sais !

Nous éclatons de rire.

– Je pensais faire un challenge du 7e art qu'on pourrait poster chacune sur nos chaînes et laisser nos abonnées désigner la gagnante et choisir un gage pour la perdante. Qu'est-ce que tu en penses ?

– J'adore ! Explique-moi plus en détail ce que tu entends par challenge du 7e art ?

– On trouve chacune des répliques de films et l'autre doit deviner de quel film il s'agit !

– Oh oui, c'est trop bien !

– On pourrait travailler dessus ce matin et tourner cette après-midi avant d'aller au cours de scénarios, ça t'irait ?

– Aurélie, c'est merveilleux !

– Nous sommes merveilleuses Angie et on va trop se marrer !

Nous travaillons tous le matin sur nos questions respectives et quand l'après-midi arrive, je ne tiens plus en place. J'ai trop hâte que nous puissions tourner notre vidéo.

Une fois que nous avons installé le matériel, je sens le stress m'envahir et je ronge consciencieusement l'ongle de mon pouce en pensant au nombre d'abonnés qui visionneront notre challenge. Après tout, Aurélie compte des centaines de milliers d'abonnés sur YouTube tandis que j'en rassemble à peine 30 000 et imaginer qu'autant de personnes vont me voir me terrifie très légèrement.

Une fois les derniers détails réglés avec Aurélie et après lui avoir demandé si elle était prête, j'inspire une dernière fois et me lance en déclenchant l'enregistrement :

– Hello tout le monde, j'espère que vous allez toutes très bien ! Alors petite vidéo un peu différente aujourd'hui, parce que pour la première fois, je ne suis pas seule. Non, mesdames. Je suis accompagnée et pas de n'importe qui. Elle drôle, elle est jolie, elle est gentille et elle est douée dans ce qu'elle fait.

Aurélie sourit à la caméra, sa présence, le bonheur et la bienveillance que je peux lire dans ses yeux me rassurent et m'aident à me détendre. Elle enchaîne :

– Je suis ravie de vous retrouver sur la chaîne d'Angie et la mienne parce que je lui ai lancé un défi. Et donc ce challenge, nous allons l'appeler le challenge du 7e art.

Je complète avec un détail pour bien expliquer à nos abonnés le but de la vidéo. Nous avions préalablement décidé d'être les plus dynamiques en parlant à tour de rôle le plus possible :

– Ce petit tag consiste à réciter des répliques connues et l'autre doit trouver de quel film il s'agit.

Aurélie ajoute en regardant droit devant elle, toujours aussi à l'aise :

– Donc tout ce que vous aurez à faire à la fin du jeu, c'est de juger laquelle d'entre nous aura le mieux réussi le défi et mettre le prénom de la gagnante dans les commentaires.

J'essaie d'être la plus détendue et amusante possible, même si j'ai toujours autant de mal à me sentir à la hauteur :

– Je n'aurais pas mieux expliqué. La perdante aura un gage. Et ce gage, c'est vous qui allez le choisir. La perdante aura quelque chose à faire dans une prochaine vidéo, sur Facebook ou sur une photo sur Instagram.

– On va commencer tout de suite avec les répliques de films d'Angie et je vais tenter de les deviner !

Je prends un air légèrement hautain et lance sur un ton snob :

– « Alors, première règle, tu ne peux pas porter le même tee-shirt deux jours de suite »...

Aurélie s'agite et pointe un doigt en l'air, tout excitée :

– Je sais ! C'est Le Diable s'habille en Prada !

– Non ! Je continue et tu essaies de deviner. « Deuxièmement, tu ne peux pas t'attacher les cheveux plus d'une fois par semaine »...

– Je sais, c'est Lolita malgré moi !

– Bravooo ! Je te propose une autre réplique. « Vous voulez un chocolat ? Maman, elle dit toujours que la vie, c'est comme une boîte de chocolats »...

Tout en disant ma phrase, je déguste un chocolat pour la mise en scène.

– Je sais, attends ! C'est une petite fille qui dit ça, je ne sais pas si c'est dans Léon...

Comme ce n'est pas du tout la bonne réponse, j'essaie de l'aider et continue sur ma lancée :

– « On sait jamais sur quoi on va tomber. Elles sont jolies vos chaussures... maman, elle dit toujours qu'on sait beaucoup de choses sur les gens en regardant leurs chaussures ».

Malgré mon aide, Aurélie a l'air toujours aussi perdue et regarde en face d'elle, les sourcils froncés :

– Attends, c'est dans quoi ?

– C'est un film classique ! Si je te dis « cours mmmmm », « cours » !

– « Cours Forrest » !

– Ouiiiii ! Suivant alors !

Cette fois, je prends un accent italien et une voix très basse :

– « Un jour, j'espère que ce jour ne viendra jamais, je vous demanderai un service… en attendant, je vous offre ce service en l'honneur du mariage de ma fille »…

Je pense ajouter une musique mafieuse en fond sonore pour donner de l'ambiance. Aurélie n'a pas l'air de savoir de quoi je parle et j'ai l'impression d'avoir choisi les films les plus difficiles ou les plus ringards de la terre. Pourtant, je voulais l'aider et prendre des répliques de films que la majorité des gens ont vus. Enfin, tout le monde, sauf Aurélie. Dépitée, elle me répond :

– Je ne sais pas !

– Le Parrain !

– Mais, je ne l'ai pas vu !

– Nooooon, t'as pas vu le parrain (à ce stade, je suis légèrement désespérée) ? Allez scène suivante ! Action ! « On ne laisse pas Bébé dans un coin » !

Si elle ne trouve pas celle-ci, je pleure !

– C'est Dirty Dancing !

Ouf ! Je respire enfin.

– Oui ! « Mon nom est Maximus Decimus, commandant en chef des armées du Nord, soldat de Rome ».

– C'est Astérix et Obélix ?

Là, j'hésite franchement à éclater de rire. Elle ne peut pas me faire ça ! Ce n'est pas comme si j'avais dit « tu n'avances pas Cannabis ou c'est une bonne situation, ça Scribe ? ».

– Non, c'était le Gladiateur ! Allez une autre « jour, nuit, jour, nuit » !

– Les Visiteurs !

– Oui, bravo ! Tu en as trouvé trois sur six ! Et vous mes chipies, vous pouvez me dire en commentaires si vous avez deviné les films ?

La vidéo terminée, nous débriefons avec Aurélie qui a l'air halluciné de n'avoir trouvé que la moitié de mes films :

– Mais je suis trop nuuuulle, c'est incroyable !

– J'ai peut-être choisi des films trop durs.

– Il faut surtout que je révise mes classiques, oui !

– Franchement, n'hésite pas à regarder Le Gladiateur, Russel Crow est trop sexy dedans en plus !

– Et Le Parrain, il est sexy aussi ?

– Ben il y a Marlon Brando et Al Pacino comme acteurs principaux quand même. Ce sont deux monstres du cinéma et ce film et considéré comme l'un des plus grands films jamais réalisés.

– Quand tu reviendras à Paris, on se fera une soirée « classiques » pour rattraper mon retard, tu me feras mon éducation cinématographique.

– Avec plaisir !

Après le tournage de notre vidéo, il est déjà temps de rejoindre le nord de la ville, vers Belleville, pour nous rendre à notre cours de scénario. La salle est aménagée dans le bureau d'une association, elle est composée d'une table autour de laquelle se sont assis les six participants à la session. Nous avons tous un calepin devant nous et nous regardons en silence en attendant que Laure Platel débute la première période en se présentant.

La scénariste est grande, assez mince, elle a l'allure cool des gens branchés qui travaillent dans des milieux tout aussi branchés. Elle porte un carré aux épaules, ses cheveux bouclés tombent en désordre dans sa nuque et elle les remet souvent derrière ses oreilles d'un geste précis. Ses yeux bleus scrutent chacun de nos gestes avec un air sévère, elle est toujours debout quand elle commence sa présentation.

– Bonjour à tous, comme vous le savez, je m'appelle Laure Platel et je travaille en tant que scénariste pour la télévision et le cinéma depuis une vingtaine d'années. C'est un travail passionnant qui demande beaucoup de dévotion et de passion à cause des conditions difficiles, que ce soit au niveau de la rémunération ou du réseau qu'il vous faudra développer pour percer et faire votre trou. Si vous avez ce feu sacré en vous, si l'envie dévorante est assez forte alors vous aurez la persévérance nécessaire pour aller au bout de votre rêve. Je vous propose de faire un petit tour de table afin que chacun se présente, me parle de ses motivations et éventuellement du projet sur lequel il travaille pour que nous fassions connaissance. Qui veut commencer ?

– Moi !

Évidemment, c'est Aurélie qui vient de lever la main avec son enthousiasme légendaire alors que moi, je me suis faite toute petite sur ma chaise pour passer inaperçue. Je déteste prendre la parole en public. Oui, une petite dizaine de personnes, pour moi, c'est déjà du public !

– Bonjour tout le monde, je m'appelle Aurélie et je suis venue par curiosité parce qu'Angie (elle me désigne et je me force à sourire) m'a proposé de suivre ce cours. Je suis étudiante en Master II de communication organisationnelle, je fais du théâtre et j'ai une chaîne YouTube. Je m'intéresse donc à tout ce qui est acting, réalisation, production et suis toujours ouverte à travailler sur de nouveaux projets. Je pense donc que c'est un cours qui pourra m'aider à développer de nouvelles compétences pour structurer mes vidéos…

Mon tour venu, j'ai la gorge sèche et je tire nerveusement sur mon pull :

– Bonjour, moi c'est Angie et j'ai fait une école d'audiovisuel à Genève. Je travaille sur une série de courts-métrages sur le lien mère-fille. C'est un domaine qui me passionne et dans lequel j'ai envie d'évoluer. Voilà.

Bref et efficace. Nous faisons ensuite la connaissance de Lucien qui, après une carrière de monteur, entame une reconversion dans la création, de Lucile qui travaille sur un premier scénario qu'elle aimerait proposer à des boîtes de production, de Sabine qui écrit un roman qu'elle souhaite adapter et de Martin qui essaie de terminer un projet mais n'y arrive pas (il a ainsi quinze scénarios inachevés qui traînent dans ses tiroirs).

Après les présentations, Laure reprend la parole et nous informe sur le déroulé du cours avant de commencer à nous parler du scénario :

– Un scénario est un document de travail. Ne pensez pas rédiger une œuvre littéraire et éviter les indications de caméra, cette phase fait partie du découpage. C'est le réalisateur, avant le tournage, qui procédera au découpage technique et qui décidera des plans, gros plans et plans d'ensemble ou autres. D'accord ?

Nous acquiesçons sagement. Il émane d'elle une assurance et un charisme impressionnants qui nous poussent à l'écouter dès qu'elle ouvre la bouche. Entre ses anecdotes passionnantes et ses conseils avisés, Laure a toutes les qualités pour devenir mon nouveau mentor. Et elle a un atout de taille : elle n'est pas Michaël ! Pourquoi je repense à lui d'ailleurs ? Non, Michaël, sors de ce corps, sors de ma tête !

Après le premier cours, nous sommes comme deux folles qui viennent de découvrir la glace à la pistache et Aurélie me crie :

– Je vais écrire la plus belle histoire d'amour de tous les temps !

– Je vais réaliser le film le plus dramatique de l'histoire du cinéma ! À la fin, tous les héros vont mourir !

– On sera les reines du mooooonde !

– Cette réplique est surfaite, elle a déjà été utilisée dans Titanic.

– C'était le roi du monde dans Titanic !

Nous nous regardons et hurlons ensemble :

– On sera les reines du moooonde !

Nous éclatons de rire devant le regard des passants qui doivent nous prendre pour des folles et non pour des reines.

Nous poussons joyeusement la porte de l'appartement d'Aurélie en riant toujours de nos blagues et de nos projets d'avenir. Mais l'ambiance bon enfant disparaît d'un coup. Le père d'Aurélie est assis sur le canapé, la tête entre les mains, des mouchoirs usagés sur le sol et un verre rempli d'un liquide qui ressemble à du Whisky sur la table basse. Aurélie laisse tomber son sac dans l'entrée et se précipite vers lui tandis qu'il retient un sanglot :

– Papa, qu'est-ce qui se passc ?

– Ta mère est à l'hôpital. Elle ne va pas bien. Pas bien du tout…

Chapitre 11
Jingle Bells, Antho et la solution !

Paniquée, elle s'assoit près de lui et je sens l'urgence et la peur transparaître dans sa voix :

– Qu'est-ce qui se passe ? Qu'est-ce qu'elle a ?

– Elle va devoir être opérée.

– Mais… mais, ils avaient dit que la chimio suffirait, non ?

– Ils avaient dit que la chimio allait réduire la taille de la tumeur et qu'ils allaient aviser après. Malheureusement, elle grandit et ils doivent la retirer au plus vite.

Je m'approche doucement et prends la main d'Aurélie dans la mienne alors qu'elle commence à pleurer et que son père fait de son mieux pour la rassurer :

– Elle va s'en sortir ma chérie, c'est une battante. Tout ira bien.

– On peut aller la voir ?

– On ira la voir demain, les visites sont terminées et elle doit se reposer. Et toi aussi. Va dormir, on partira demain matin, d'accord ?

Cette nuit-là, dès que le père d'Aurélie est allé se coucher, nous sommes ressortis en douce pour boire et faire la fête. Pour exister. Parce que la vie est parfois trop difficile à supporter pour deux jeunes adultes déjà bien abîmées. Et parce que nous n'étions qu'une somme de douleurs que nous devions faire taire.

Il neige toujours autant à Paris mais j'adore l'ambiance des fêtes de fin d'année dans cette ville. La mère d'Aurélie a été opérée et tout s'est bien passé mais elle est très faible et doit continuer les traitements. Quant à nous, nous essayons tant bien que mal de participer à l'euphorie qui semble gagner tout le monde à l'approche des vacances. Tous les grands magasins jouent le jeu et décorent leurs vitrines avec des guirlandes lumineuses et des scènes de Noël, j'ai l'impression d'aller au pôle Nord dans la maison du Père Noël dès que je franchis la porte de l'appartement. Et je ne vous parle même pas des Galeries Lafayette dans le 9e arrondissement et de leur mise en scène avec des ours polaires et un gigantesque sapin. On se croirait dans un conte de fées, je pourrais passer des heures à déambuler à l'intérieur ou à coller mon nez contre les devantures.

À une semaine du 24 décembre, je reçois le coup de fil que je redoutais depuis un moment déjà : celui de ma mère. Il est samedi matin et nous sommes en train de faire la grasse matinée après avoir passé une folle soirée à danser dans un bar du Marais jusqu'au milieu de la nuit. Vous connaissez mon sens du déni assez prononcé, j'hésite à prétendre qu'elle n'est pas en train de m'appeler en ce moment. Si ça se trouve, ce n'est même pas mon téléphone que j'ai dans les mains.

Aurélie grogne en rabattant l'oreiller sur sa tête :

– Angie, réponds !

– Ce n'est pas mon téléphone !

– Tu l'as dans les mains ! Et comme le mien n'a pas cette sonnerie débile de Noël, je suppose que ce n'est pas mon IPhone qui sonne en continu depuis trois minutes !

Pas faux, cette fille est maligne.

– Tu as peut-être changé de sonnerie pendant la nuit ? On ne sait jamais de quoi est capable un elfe de Noël.

– Ce ne sont pas des elfes Angie, ce sont des lutins ! Mais ce n'est pas la question. Réponds à ce fichu téléphone avant que je ne décide de l'envoyer faire un petit séjour dans la cour de l'immeuble.

Il sera ravi, ce sera la première fois de sa vie qu'il volera !

– Mourf. Salut maman…

– Coucou Angie. Tu vas bien ? Comment ça se passe à Paris ? Tu sais, le petit marché de sapins de Noël a ouvert au Grand-Saconnex, j'aimerais aller en acheter un, comme chaque année…

Elle essaie d'être subtile mais je sais très bien où elle veut en venir. Chaque Noël, nous observons le même rituel : nous déambulons dans les allées pour trouver le sapin en dégustant des marrons chauds puis nous le traînons dans le bus, en général en dérangeant tout le monde aux heures de pointe, avant de le décorer à la maison avec les vieilles boules achetées d'occasion.

– Je sais maman, mais je t'ai parlé du cours de scénario que j'ai commencé à suivre. Il ne se termine que début janvier…

Logiquement, ça signifie que je ne serai pas avec elle pour les fêtes de fin d'année et l'idée de faire l'aller-retour à Genève ne m'a même pas effleuré l'esprit. J'aimerais qu'elle le comprenne sans insister pour que je ne sente pas la douleur que ma décision lui cause.

– Angela, es-tu en train de me dire que tu ne viendras ni pour Noël ni pour Nouvel An ?

Merde. Dans le mille. Merci maman. À Paris, j'ai l'impression d'avoir trouvé une famille. Une sœur. Et la perspective de passer une soirée de Réveillon triste seule à seule avec ma mère à fixer le sapin pendant des heures sans nous dire un mot, à penser à ce qu'était cette fête quand il était encore là, quand nous étions trois et pas seulement deux, ou pire encore avec Robert, ne me réjouit pas du tout. En fait, je n'ai pas envie de rentrer. Mais je n'ai pas non plus envie de faire du mal à ma mère, je sais combien ça lui ferait de la peine de ne pas me voir pendant les fêtes.

– J'ai besoin de penser à moi, maman. Tu sais, ça me sauve d'être ici… et tu as Robert ! Vous n'avez pas prévu d'être ensemble le 24 et le 31 décembre ?

Je suis consciente que mes mots peuvent être durs à entendre pour une mère, c'est un peu comme si je lui disais que son amour ne suffisait pas à m'aider à tenir debout, comme si je lui confiais qu'elle n'était pas essentielle à ma construction ou à ma reconstruction, surtout après ce que nous avons traversé ensemble, toutes les deux. Comme si je faisais éclater notre duo. Elle a Robert maintenant et je me suis suffisamment sentie mise à l'écart avec toutes ses histoires d'amour foireuses. Pour en rajouter une couche, Antho m'en veut toujours à mort et doit rêver de me découper en rondelles comme du saucisson de sanglier. Comme nous passions toujours le 31 décembre ensemble, je me vois mal déboucher le champagne avec ma mère et son petit ami. J'embrasserai qui, moi ? La photo de Leonardo Dicaprio que j'ai toujours dans mon placard (ne me jugez pas, elle date de Titanic) ?

– Nous sommes en train de discuter mais… je… j'ai envie d'être avec toi, moi.

J'ai l'impression d'entendre une petite fille qui demande de l'amour et de l'attention, son ton plaintif me fend le cœur. En gros, je suis en train de lui dire que moi je ne ressens pas ce besoin.

– On pourra rattraper le temps perdu quand je rentrerai en janvier, hein ? Et pourquoi pas se refaire une soirée de Noël et de Nouvel An juste les deux ? Deux fois plus de fête, c'est chouette non ?

Un silence suit ma proposition.

– Bon, très bien. Comme tu le souhaites ma chérie. Redis-moi quel jour tu rentreras.

Nous raccrochons et je pousse un long soupir. Je m'aperçois que j'ai reçu un SMS pendant que je discutais avec ma mère et me ventre se noue comme c'est le cas à chaque fois que j'aperçois quelques lignes sur mon écran. Et quand je vois l'expéditeur, je suis prise de nausées. Michaël. Encore.

Rendez-vous le lundi de la rentrée à l'école. À 9 heures dans le bureau du directeur.

Hein ? C'est quoi ce bordel ? Pourquoi ? Je ne veux plus jamais remettre les pieds à l'école, j'aurais trop peur d'y mettre le feu par mégarde, en allumant un briquet dans l'économat, près des réserves de feuilles par exemple. Je suis trop fière pour lui demander ce qu'il me veut et à quoi servirait un entretien supplémentaire. Tout a été dit. Mal dit en plus, je les déteste tous. Le directeur, Crachin, Michaël.

Heureusement, Aurélie vient de se lever et elle n'a pas vu ma tête suite à la lecture du message, ce qui m'évite de répondre à ses questions gênantes. Si personne n'est au courant de ce rendez-vous, personne ne risque de me questionner et je serais tranquille (si mon cerveau pouvait arrêter de tourner en boucle les mêmes problèmes, ça m'arrangerait).

D'autant plus que je dois me concentrer pour écrire un petit scénario pour notre projet du jour : le tournage d'une vidéo sur lequel Aurélie va m'aider. Cette vidéo revêt une importance capitale pour moi puisque l'enjeu est de taille : me réconcilier avec Antho.

C'est la fameuse idée géniale d'Aurélie : que je tourne une vidéo où je parle de l'importance de l'amitié, de mon histoire avec mon meilleur ami et de la dispute qui a tout gâché entre nous. Oui, je sais, je n'aurais jamais dû lui mentir. Je suis la seule fautive. Mais il me manque et je vais tout faire pour qu'il me pardonne.

Pour écrire tranquillement, nous avons décidé de prendre nos ordinateurs et d'aller nous installer dans un petit café tout près de chez Aurélie. C'est un endroit génial où il y a de grandes tables en bois et des bibliothèques remplis de livres dans un espace lumineux et clair. Un vrai bonheur. Quand j'aurais un appartement à moi, j'aimerais qu'il ressemble à ce lieu, j'y ajouterais des fauteuils cosy et des plantes suspendus avec un coin spécial pour tourner mes vidéos.

Une heure plus tard, nous sommes installées sur une table avec nos notes, nos carnets et nos ordinateurs allumés. Aurélie commande un café noir tandis que je prends un grand Latte Machiatto tout en réfléchissant à la meilleure manière de commencer mon monologue. Aurélie a décidé de travailler sur un projet pour notre cours de scénario et elle fronce les sourcils tout en ouvrant régulièrement le livre de John Truby, « L'anatomie du scénario » pour s'inspirer de ses conseils.

De retour à l'appartement d'Aurélie, nous installons le matériel de tournage et je commence à stresser. Et s'il ne voyait même pas la vidéo ? Après tout, je me demande pourquoi il irait consulter ma chaîne puisque nous sommes en froid.

Légèrement stressée, je prends tout de même mon courage à deux mains et me prépare pour que nous puissions commencer à filmer. Je me retrouve sur le lit d'Aurélie, devant la caméra en train de me tortiller les doigts tellement je suis nerveuse. L'enjeu de celle-ci me paralyse. Et si cela ne fonctionnait pas ? Et si cela ne suffisait pas ?

Pourtant, je suis plus motivée que jamais par ma chaîne. Quelques jours après avoir posté notre vidéo commune avec Aurélie, j'ai gagné plusieurs milliers de followers. D'autres YouTubeuses connues ont partagé notre challenge, ce qui a encore augmenté notre visibilité. Avec la confiance et ce nouvel élan que j'ai pu gagner grâce à Aurélie, j'ai envie de reprendre mes vidéos et de tenir un rythme plus soutenu en postant deux productions par semaine dès mon retour chez moi. Je vais reprendre sérieusement ma chaîne. Je réalise que plus le temps passe et moins je me prends la tête. J'ai davantage de plaisir à tourner et j'arrête de toujours tout remettre en question. Je dois vous avouer quelque chose : je m'éclate, je m'amuse et j'adore ce que je fais. Mon rêve de devenir actrice s'éloigne de plus en plus. En fait, j'aime la liberté de YouTube, je suis libre de créer ce que je veux, de jouer qui je veux et comme je le veux. Du choix du sujet à l'écriture en passant par le montage, je suis mon propre patron. Plus les jours passent et plus j'ai l'impression d'avoir trouvé ma vocation.

– Ola, tu es toujours avec moi ?

La voix d'Aurélie me ramène à la réalité et à ce que je m'apprête à faire. Elle se tient derrière son trépied, l'air sérieux et concentré, et fixe le petit écran qui lui permet de vérifier en direct les images que nous tournons :

– Tu es prête ?

– Prête !

– Alors, action !

Elle enclenche la caméra et la lumière rouge nous indique que nous sommes en train de tourner.

– Salut mes chipies, aujourd'hui nous allons parler d'un sujet qui nous concerne tous : l'amitié ! L'amitié, c'est un peu comme l'amour, sauf que c'est censé durer toute la vie. Mais parfois, on est trop bête et on fait des bourdes impardonnablcs… je vais vous raconter une histoire qui m'est vraiment arrivée et pour laquelle je culpabilise beaucoup. Récemment, mon meilleur ami s'est fâché contre moi parce que je lui ai menti. Et il a parfaitement raison de m'en vouloir…

Je raconte ensuite son soutien infaillible dans tout ce que j'entreprends au quotidien, notamment son rôle dans le lancement de ma chaîne YouTube, ce que j'aime chez lui, à quel point il me fait rire et à quel point je me sentais seule avant qu'il arrive dans ma vie.

– Antho, s'il te plaît, pardonne-moi. Tu es le soleil de mes nuits, mon partner in crime, mon double. Celui avec qui j'ai envie de tout partager, tout le temps, la première personne à qui je pense quand il m'arrive une merde ou au contraire un truc bien dont j'ai envie de parler. Tu me manques chaque jour un peu plus depuis notre dispute. Je t'aime.

Je fais un baiser à la caméra et jette un œil à Aurélie qui retient un fou rire suite à ma tirade tragi-comique et au ton volontairement dramatique que j'ai utilisé pendant que je parlais.

– Et… coupé ! Merveilleux ! Tu as été parfaite ! C'est encore plus beau que l'idée de la péniche et des violons, même si je pense qu'avec un chanteur lyrique on aurait pu…

– Aurélie !

Nous éclatons de rire avant de ranger le matériel et de nous mettre directement à dérusher les images. Nous n'avons pas de temps à perdre.

C'est le soir de Noël, nous avons passé les jours précédents à faire des courses pour le repas du soir, à flâner dans les boutiques parisiennes pour trouver des cadeaux à tout le monde (j'ai même acheté une bouteille de vin pour Robert), à installer des guirlandes lumineuses dans l'appartement d'Aurélie et à décorer le sapin.

La journée a été consacrée à la préparation du repas avec les parents d'Aurélie, nous avons chacun mis la main à la pâte pour que les salades, la dinde et la farce soient réussies. Nous avons même confectionné nous-même un foie gras et un chutney à la figue. Les éclats de rire, la bonne humeur et le bonheur que j'ai ressentis ces jours-ci resteront gravés dans ma mémoire à jamais comme une réserve de bons souvenirs dans laquelle je pourrais me réfugier quand les difficultés de la vie ressurgiront. Ils reviendront un jour, je le sais. Cette bulle-là finira bien par éclater.

Je porte une robe noire classe et sexy, des boucles d'oreilles et du rouge à lèvres qui met en valeur ma bouche. J'ai laissé mes gros pulls informes pour m'autoriser enfin à être plus féminine, plus moi.

La maman d'Aurélie étant très fatiguée, elle ne tarde pas à aller au lit, accompagnée de François. Nous comatons sur le canapé du salon, les yeux fixés sur la dernière bougie du sapin qui est en train de s'éteindre, repus comme deux baleines qui auraient mangé toutes les crevettes de l'océan. Aurélie tourne la tête vers moi après avoir jeté un coup d'œil à sa montre :

– Il est à peine vingt-deux heures, ce qui signifie que Jésus n'était même pas encore né. Il faut fêter ça, non ?

– Quoi, la non-naissance de Jésus ?

– Non, patate, sa venue au monde ! Grâce à lui, on reçoit des cadeaux chaque année et on mange comme de gros dégueulasses. Il mérite qu'on poursuive la soirée en son honneur, non ? En plus, on est les deux super canons dans nos robes, autant en profiter ! On sort boire des verres ?

Je ne sais pas comment je vais pouvoir bouger de ce canapé mais je trouve qu'elle n'a pas tort, il est trop tôt pour aller dormir. Et Jésus mérite bien qu'on descende encore quelques verres de champagne à sa santé.

– Vendu !

Nous sommes en train de siroter un troisième Spritz installées sur la terrasse d'un bar de son quartier et fumons un paquet de cigarettes quand mon portable émet un petit bip. Je me demande s'il a envie de se saouler lui aussi, puis me rappelle que ce n'est qu'un smartphone. Il faut que j'arrête de boire, j'ai déjà la tête qui tourne et des idées très bizarres sur des téléphones vivants.

Partner in crime ? Heureusement que nous n'avons jamais tué quelqu'un ensemble. Et je te signale que je n'ai pas de seins, ni de cheveux longs ! Je ne suis pas ton double, Pépite ! Je n'ai pas envie que les gens pensent que je me déguise avec des perruques une fois la nuit tombée…

Je pousse un petit cri qui fait sursauter Aurélie. Elle me regarde comme si j'avais commencé à faire un strip-tease sur la table en chantant « Un, dos, tres » de Ricky Martin, même si je suis certaine qu'elle aurait adoré cette idée :

– Tu remercies Jésus en entonnant une prière suisse que je ne connais pas ?

Cette fois, c'est moi qui la regarde bizarrement avant d'éclater de rire et de tourner mon écran vers elle pour qu'elle lise le SMS :

– Non !? Alors, on a réussi ?

J'acquiesce avant de poursuivre, un sourire de plus en plus large s'étire sur mon visage.

Trêve de plaisanterie, ta vidéo était super. Et, si je veux être honnête, je dois admettre que… tu me manques aussi. C'est bientôt la fin d'année, tu fais quoi pour le 31 décembre ? T'aurais pas envie qu'on fasse des blagues aux voisins comme l'année passée quand on a essayé de leur vendre des calendriers avec des photos de nos chaussettes pour gagner de l'argent ?

Je n'y crois pas. Antho, mon Antho a regardé la vidéo ! Je ne peux m'empêcher de rire en repensant à l'épisode du calendrier. Nous n'avions réussi à en vendre qu'un seul à la petite vieille qui habite en face de chez lui, elle voulait nous aider à nous offrir un meilleur appareil photo parce qu'elle trouvait que nos images manquaient de peps. Aïe, malheureusement, je vais devoir lui dire que je serai à Paris pour Nouvel An et la perspective de le froisser alors que nous venons à peine de reprendre contact m'attriste. Aurélie doit remarquer que je me suis rembrunie parce qu'elle me pointe d'un doigt accusateur avant de siffler une autre gorgée de Spritz avec sa paille rose :

– Pourquoi tu fais cette tête alors que ton meilleur ami vient de t'écrire et que nous sommes officiellement les filles les plus géniales de la terre ?

– Parce qu'il me propose de fêter le 31 décembre avec lui.

– Et c'est un problème parce que… ?

– Parce que je suis à Paris et lui, à Genève. Et qu'il y a environ sept cents kilomètres entre nous.

– Vous avez des vacances à Noël en Suisse de toute façon, non ?

– Bien sûr, pourquoi ?

– Parce qu'il n'a qu'à nous rejoindre à Paris et faire la fête avec nous !

– C'est une trop bonne idée, l'idée du siècle même tu serais d'accord ? Aurélie, tu es géniale !

– Je sais ! Il peut dormir dans le salon sur le canapé-lit. Et depuis le temps que j'entends parler de lui, j'aimerais bien le rencontrer. D'ailleurs, il est mignon ?

– Aurélie !

– Quoi ? On est célibataire toutes les deux. Y a pas de mal à se faire du bien !

– Là, n'est pas la question. C'est quoi ton genre de mec ?

– Je dirais grand, châtains avec des yeux bleus. Si tu me dis qu'il ressemble à ça, je veux bien l'épouser.

– Ce n'est pas vraiment le portrait craché d'Antho. Désolée.

– Pas grave, je finirais bien par trouver. Et toi, c'est quoi ton type d'homme ?

– Enrique.

– C'est qui Ricke ?

Je m'applique et hurle en roulant le « r » avec le meilleur accent espagnol dont je suis capable :

– ENRIQUE. Comme Enrique Iglesias ! C'est l'amour de ma vie. Le seul petit souci, c'est qu'il ne le sait pas encore !

– Bon, tant pis, on va se rappeler que l'amitié, c'est bien plus important que l'amour. Donc, Antho nous rejoindra pour notre big fiesta avec toi et mes potes de fac et, crois-moi, ça va déchirer !

– Oh oui ! En plus, je suis sûre que tu vas l'adorer !

Je suis tellement contente que je me rue sur elle pour l'enlacer et l'embrasser ! Je n'ai plus qu'à écrire à mon meilleur ami pour lui proposer ce magnifique plan de Nouvel An en espérant qu'il accepte. Ce 31 décembre pourrait être l'un des meilleurs de ma vie !

Depuis que j'ai rédigé le message, j'ai l'impression que le temps passe plus lentement. Légèrement anxieuse, j'attends sa réponse, les yeux rivés sur mon téléphone, en sifflant bien trop vite mon quatrième Spritz. Oui, je sais, je dois arrêter de boire sinon je vais de nouveau faire des câlins à des lampadaires en pleines ruelles parisiennes devant des passants ébahis qui pensent que je suis sortie de l'asile pour prendre l'air.

Quand je reçois enfin le texto, j'ai envie de sauter au plafond (c'est une image, je n'ai pas envie de me cogner la tête contre du béton, ça doit faire trop mal).

Antho débarque pour le 31 !

Jour J, 31 décembre 2012

Ce soir, nous passons le cap de la nouvelle année et quand je fais le bilan des douze mois écoulés, je me demande lequel a été le plus catastrophique. Je crois que les dernières semaines battent des records et je me réjouis de laisser ces mauvaises expériences derrière moi. J'ai de grands espoirs pour 2013, en fait, elle ne pourra être que meilleure. Ce ne sera pas bien difficile…

Pour commencer la journée, nous avons décidé avec Aurélie d'aller écrire et bosser un moment sur notre projet de scénario respectif pour le cours de Laure, nous sommes en train de boire un café à notre endroit habituel, entourées des grandes bibliothèques. Aurélie a l'air tellement concentrée que je me demande bien sur quoi elle a décidé de travailler. Je pose ma tasse, l'observe un moment alors qu'elle fronce les sourcils en se mordant la lèvre.

– Aurélie ?

Elle garde les yeux fixés sur son écran.

– Mmm ?

– Tu fais quoi ?

Un sourire s'étire sur son beau visage et ses yeux se mettent à pétiller :

– Je travaille sur un projet secret ! Chuuuuut !

– Tu ne devrais pas avoir de secret pour moi.

Le crayon dans la bouche et son calepin posé devant elle, elle semble réfléchir à cette épineuse question :

– Mmm et pourquoi ?

– Parce que je suis ton amie et parce que je t'ai vue jouer l'autruche ! Ce qui est un argument non négligeable.

Elle rit :

– C'est une surprise pour toi, pour nous. Mais j'ai encore besoin de temps, parce que je ne suis pas encore satisfaite de mes idées. Donc, tu le sauras en temps voulu, petite curieuse, va ! À quelle heure arrive Antho ?

– Vers quinze heures, j'irai le chercher à la gare de Lyon.

– Parfait, on a rendez-vous avec mes potes à dix-neuf heures chez Mélanie et ensuite, on ira boire des verres et danser jusqu'au bout de la nuit !

– Parfait ! Mélanie, c'est la petite brune qui a joué le chameau à ton cours de théâtre ?

– Exactement. Évite de lui rappeler ce souvenir douloureux !

Nous rions et continuons à écrire, mon projet avance bien et j'en suis plutôt satisfaite même si je me demande si je le réaliserais vraiment un jour en dehors du cadre de mes études.

Nous étions allées faire des courses le jour précédent afin d'avoir une réserve d'alcool suffisamment conséquente. Nous n'avions pas lésiné non plus sur les réserves de nourriture en remplissant le caddie de chips, biscuits apéro et flûtes.

Cette soirée promet de remporter la palme de la plus mauvaise bouffe de tous les temps. Mais, tant que nous sommes ensemble et que nous pouvons rire et passer du bon temps, rien d'autre n'a d'importance.

À quatorze heures quarante-cinq, je me retrouve dans l'immense hall de la gare de Lyon, sous le panneau d'affichage. Mon cœur tambourine dans ma poitrine depuis que j'ai pris le métro pour venir chercher Antho tellement je suis stressée par nos retrouvailles. Est-ce que notre complicité reviendra comme avant ? Est-ce qu'il me fera sentir cette distance qui s'est creusée entre nous depuis notre dispute ? Je fais les cent pas pour essayer de me détendre en regardant les passants et les passagers qui descendent des TGV en tirant leurs valises. Entre le brouhaha des annonces, des discussions et des roulettes qui tournent sur le béton, la gare fourmille toujours d'activités.

Quand je le vois enfin, avec ses cheveux ébouriffés, sa silhouette longiligne qui semble légèrement de guingois et ses bras qui semblent trop longs pour son corps, mon cœur fait un bond et un élan d'amour me pousse à courir vers lui. Je lui saute au cou et le serre contre moi comme si je ne voulais plus jamais le lâcher et le laisser partir.

– Antho !

Quand je sens ses bras se refermer autour de moi, toutes mes craintes s'envolent. C'est lui, comme avant, c'est moi, comme avant. Il laisse tomber son sac de sport dans lequel il a dû mettre le strict nécessaire pour quelques jours et répond :

– Ma Pépite. T'es un sacré numéro mais putain, qu'est-ce que tu m'as manqué !

– Toi aussi mon Antho ! On a tellement de choses à rattraper. Viens, je vais te faire découvrir Paris comme tu ne l'as jamais vue !

Vers dix-huit heures, nous sonnons chez Mélanie pour l'aider à préparer le buffet et les derniers préparatifs avant l'arrivée massive des autres invités. Mélanie habite dans un joli appartement de 4,5 pièces avec du vieux parquet et des grandes chambres près de Montmartre, à la rue Lepic juste à côté du Moulin Rouge, qu'elle partage avec deux autres étudiantes Julie et Pauline. Les trois filles nous accueillent tout sourires et nous montrent rapidement où et comment installer le buffet et les boissons dans le salon où elles ont préalablement déplacé quelques meubles pour faire de la place. Dans moins d'une heure, une petite quinzaine de personnes débarquera et tout doit être prêt !

Nous ne traînons pas et débutons les préparatifs illico presto dans la bonne humeur. Pauline a déjà mis de la musique et nous nous affairons sur des tubes du moment en chantonnant ou en faisant du play-back avec des bouteilles de bière en guise de micro et en dansant à la moindre occasion. Pendant que je verse des chips dans des bols, Antho prépare le bar avec les bouteilles d'alcool et Aurélie découpe des petits morceaux de citrons qu'elle mélange avec du sucre de canne et de la menthe pour faire des mojitos.

Dès que la fête est lancée et que les invités ont chacun un verre dans la main et des chips dans la bouche, nous décidons, nous aussi, de profiter de notre soirée. Et de nos retrouvailles.

Nous prenons des gobelets et nous servons un premier cocktail avant de nous installer sur un coin de canapé. Antho sirote son mojito en nous regardant. Le courant entre Aurélie et lui est tout de suite passé et il décide de nous cuisiner un peu :

– Et l'idée de la vidéo alors ? Elle vient de quel esprit tordu ? Parce que, d'après ce que j'ai compris, il n'y en a pas une pour rattraper l'autre entre vous deux.

Nous rions et j'avale une gorgée du liquide doucereux avant de lui expliquer toute l'histoire :

– C'est Aurélie qui m'a bien aidée à la préparer. Au départ, elle voyait même les choses en beaucoup plus grand. Pour tout t'avouer, elle pensait à un plan avec une péniche, un orchestre, des violons et aussi un chanteur lyrique !

Les yeux dans le vague (je suis sûre qu'il s'imagine la scène), il prend un air rêveur :

– J'aurais adoré l'idée de la péniche !

Aurélie lève son verre et lance joyeusement :

– Ah, tu vois ! Je le savais, ce garçon est un grand créatif visionnaire, comme nous !

Nous éclatons de rire. Je suis étonnée par la vitesse à laquelle ma complicité avec Antho est revenue, comme avant, comme si nous n'avions jamais eu de dispute aussi violente.

Juste avant minuit, je sors sur le petit balcon pour fumer une cigarette, très vite rejointe par Antho.

– Tu fumes ? C'est mal, c'est très mal, dit-il en me piquant ma cigarette pour en tirer une bouffée.

Je le regarde en souriant et profite de cette intimité pour revenir sur ce qui s'est passé entre nous. Je n'ai pas envie que notre relation soit pourrie par des non-dits ou de la rancune.

– Antho, je suis vraiment désolée. J'ai failli gâcher l'une des choses les plus précieuses de ma vie en te mentant…

– C'est oublié ma Pépite. Je crois que cette petite crise m'a aidé à mettre de l'ordre dans ma tête. J'avais besoin d'une petite coupure pour comprendre que certaines choses ne doivent pas se faire…

Il avale de la fumée et la rejette lentement dans une élégante volute blanche qui s'envole dans la nuit. Les lumières de Paris illuminent la ville. Je repense à ma rencontre avec sa coloc Sonia et mon cœur se serre quand je saisis la portée de ses paroles. Nous nous regardons comme si nous étions chacun dans la tête de l'autre et beaucoup d'éléments que je ne voulais ignorer jusqu'à maintenant, même si je réalise que je les connaissais déjà au fond de moi, se mettent en place.

– Oh Antho…

Je le prends dans mes bras et le serre contre moi alors qu'il baisse la voix pour me confier.

– Il fallait juste que je comprenne. Mais c'est bon maintenant… et ça va. Tout va bien.

Nous échangeons un regard plein de tendresse, il me fait un petit sourire que je trouve un peu triste puis nous rentrons pour poursuivre la fête et lancer le décompte. Il est vingt-trois heures cinquante-neuf.

Trois. Deux. Un ! Bonne année ! Des bouchons de champagne volent dans la pièce, des hurlements résonnent, tout le monde s'embrasse dans la bonne humeur. Je ferme les yeux et me promets une chose : 2013 sera mon année. Elle sera remplie de bonheur, de projets, de sourires et de joie. Je m'en fais la promesse.

Nous trinquons en riant avec Antho, une flûte de champagne dans les mains, quand il se passe quelque chose de vraiment curieux. Deux filles qui sirotent un mojito me fixent depuis quelques secondes et je me demande si je n'ai pas mis de la sauce Salsa sur mon nez ou si un pigeon parisien n'aurait pas fait caca sur mes cheveux sans que je ne m'en rende compte quand j'étais sur le balcon. Pour être sûre, je me passe la main sur le crâne mais je ne sens rien de suspect. Sur un ton enjoué, la plus grande s'approche de moi en faisant de grands gestes et tapote le bras de sa copine :

– Angie ! Oh mon Dieu, Hélène, c'est Angie de YouTube. Tu sais, la chaîne « Le Monde d'Angie ». Est-ce qu'on peut faire une photo avec toi ? On t'adore !

Je regarde à droite et à gauche pour voir si c'est une blague ou une caméra cachée peut-être mais je ne vois rien alors je me permets de demander, juste pour être certaine :

– Qui, moi ? Vous êtes sûres ?

Mais ce serait vraiment bizarre si une fille qui s'appelait comme moi avait créé une chaîne portant le même nom que la mienne. Je suis toujours en train de me demander si c'est possible en calculant les probabilités (que ceux qui ne me croient pas sachent que je suis très forte en calcul… dans mes rêves) tandis que la fille poursuit, m'ôtant le dernier doute que j'avais :

– D'ailleurs, tu posteras bientôt une nouvelle vidéo ? Celle sur l'amitié, était vraiment trop géniale ! Et tu es tellement belle !

Apparemment, il s'agit bien de moi. Oh mon Dieu ! Je me prête avec plaisir au jeu des selfies et tente de sourire du mieux que je peux et de faire disparaître l'air ahuri qui doit se peindre sur mon visage.

Aurélie qui est à quelques mètres de moi me sourit et me fait un clin d'œil avec les deux pouces en l'air. Quand les deux filles ont terminé leur séance photo avec moi, elles s'éloignent et Aurélie me rejoint :

– Tu vois, c'est la rançon de la gloire, ma belle. Et tu sais quoi ? Je suis persuadée que ce n'est que le début pour toi.

– Mais c'est fou ! C'est la première fois que ça m'arrive, ça me fait trop bizarre.

– Il faudra t'y habituer, ça fait partie du jeu ! Et c'est un joli jeu. Celles et ceux qui vont venir vers toi sont des personnes qui t'apprécient et qui aiment ce que tu fais. Tu verras, tu vas recevoir des tonnes d'amour !

J'espère tellement qu'elle a raison. En tout cas, entre mon amitié naissante avec Aurélie, ma réconciliation avec Antho et la reconnaissance de mes vidéos, 2013 commence de la meilleure manière possible.

Chapitre 12
Back in Geneva, mes amis, mes amours, mes emmerdes…

Enfin, c'était ce que je croyais avant d'être assise dans le TGV Paris-Genève pour retrouver ma ville, mon appartement et surtout mes emmerdes. Le SMS de Michaël me revient en mémoire en même temps que les derniers événements que j'ai vécus en Suisse : le harcèlement, l'exclusion de mon établissement, la dispute avec Antho, le baiser avec Michaël.

Rendez-vous le lundi de la rentrée à l'école. À 9 heures dans le bureau du directeur.

Le lundi de la rentrée, c'est demain. Et je me demande toujours ce que je vais faire. Ignorer cet entretien ? Y aller pour… pour quoi finalement ? Qu'est-ce que cela pourrait changer à ma situation ? Je suis interrompue dans ma rêverie par la voix d'Antho :

– Tu as l'air pensive, Pépite. Qu'est-ce qui se passe ?

– Oh rien, ça me fait bizarre de rentrer, c'est tout.

Il gronde en plissant les yeux, ce qui fait apparaître des ridules en pattes d'oie au coin de ses paupières :

– Pépite, je te connais mieux que ça. Je peux voir les rouages de ton cerveau fonctionner à toute allure. Donc, je te repose la question : qu'est-ce qui se passe ?

Je pousse un soupir, fais la grimace tout en sortant mon téléphone de mon sac pour retrouver le texto de Michaël, texto que je n'ai pas effacé pour une fois, allez savoir pourquoi. Je le mets sous le nez d'Antho qui s'exclame :

– Oh merde alors ! Enfin, c'est cool ! Peut-être que ça fera bouger les choses.

Peu convaincue et soudain passionnée par les dessins du siège devant moi, je pousse un :

– Mmm…

– Pépite, tu vas y aller, hein ?

Si je me concentre suffisamment, je parviens à voir les dessins bouger ! Et à oublier la voix d'Antho ! C'est magique !

– Plaît-il ?

– Pépite !

– Qui me parle ? Oh mon Dieu, j'entends des voix !

Antho, rationnel comme d'habitude, continue et ne se formalise pas du tout de mon petit cinéma :

– Réfléchis Pépite, si tu es convoquée, c'est forcément pour une bonne nouvelle. Ils t'ont déjà virée donc, en théorie, tu ne risques rien de pire.

– Je ne sais pas. J'ai l'impression que, même quand tu penses que la situation ne peut pas empirer, et bien, tu te trompes. Et ensuite, tu te retrouves en prison ou sur un bûcher en train de cramer pour sorcellerie.

– Tu n'es pas une sorcière !

– Qu'est-ce que tu en sais ? Tu vois ces dessins devant moi, si j'écarquille les yeux suffisamment, je les vois s'animer !

– Je pense que tu as encore des mojitos du Nouvel An dans le sang, ça n'a rien à voir avec de la magie.

Une fois à la gare de Genève, nous nous dirigeons vers les arrêts de trams et prenons le bus pour gagner nos appartements respectifs. J'ai la terrible impression de n'avoir jamais quitté cette ville, il y a toujours la même population, les mêmes mecs en costume, le même bruit de circulation et la même odeur de bitume et de gaz d'échappement. Heureusement, il me suffit de repenser à Aurélie et à tout ce que j'ai vécu à Paris pour faire passer ce sentiment désagréable. En descendant avec mon bagage, j'ai envie de repartir loin, très loin mais Antho me ramène à la réalité et à ce qui m'attend en ce début de semaine :

– Je passerai chez toi à sept heures trente pour qu'on aille ensemble à l'école demain. Comme ça, je suis sûr que tu iras bien à ce rendez-vous. D'accord ? J'ai ta parole ?

– Mourf !

– Je dois prendre ça pour un oui ?

– Moui.

– Bon, il y a du progrès.

Je lui souris et nous nous faisons un câlin avant de nous dire bonsoir et de bifurquer chacun vers nos rues respectives. Je lève les yeux vers mon immeuble et pousse la porte de l'entrée d'un geste assuré pour gagner l'ascenseur en tirant ma valise.

Dès que je pénètre dans l'appartement, je sens une délicieuse odeur de spaghettis bolognaise flotter dans les airs. Ma mère s'active dans la cuisine sur un air de musique pop, elle a dressé la table et a même débouché une bouteille de vin rouge. Je dois avouer que ça me fait plaisir de la voir et je suis la première surprise par ce sentiment bienveillant. En partant à Paris, je lui en voulais à mort à cause de son manque de soutien mais après avoir passé ces quelques semaines loin de la maison et après avoir été confrontée à la maladie de la mère d'Aurélie, j'ai l'impression d'avoir grandi et d'avoir gagné en maturité.

Je laisse mes chaussures dans l'entrée et me dirige vers elle. J'ai tellement de choses à lui raconter sur Paris :

– Salut maman, ça sent bon ce que tu prépares !

– Angie, ma chérie, je suis tellement contente de te voir !

Elle me serre dans ses bras et j'enfouis mon nez dans son cou pour sentir ce parfum de « maman », ce parfum réconfortant qui me rassure depuis toute petite. Bon là, elle sent surtout les épices, la viande et la sauce tomate mais j'adore ça.

Nous nous installons autour de la table et passons la soirée à discuter, papoter et boire en nous racontant les événements des dernières semaines. Pour une fois, elle ne me pose pas de questions sur mon futur, sur l'école et ne me fait pas de reproches à propos de mon absence lors des fêtes. Nous évitons les sujets qui fâchent et cela me convient très bien pour nos retrouvailles.

En allant me coucher, je sais pertinemment que j'ai sciemment évité de lui parler de mon rendez-vous de demain matin. Tant que je ne serais pas fixée, je ne lui dirais rien.

Après avoir avalé une énorme assiette de pâtes et bu deux verres de vin, je suis épuisée et je pars me coucher. Dans mon lit, je m'agite et bouge dans tous les sens. Impossible de fermer l'œil. Je me demande ce qui me stresse le plus : revoir l'école et le directeur ou retrouver Michaël.

Les traits tirés et les cheveux en bataille, je m'observe dans le miroir et tente de me faire un maquillage léger pour dissimuler les traces de fatigue laissées par ma nuit blanche. Après avoir enfilé un gros sweat-shirt informe, je me ravise et opte pour un pull à marinière, nettement plus féminin. Il faut croire que ce séjour parisien m'a fait du bien pour m'aider à assumer petit à petit ma féminité.

Antho m'attend déjà à l'extérieur. Il porte sa grosse veste d'hiver sur le dos, celle qui lui fait une carrure disproportionnée par rapport à son corps fin, et une écharpe bleue qu'il a enroulée si haut sur son cou qu'il peut cacher son nez dedans.

– Bien dormi ma Pépite ?

Je grogne en mettant les mains dans mes poches pour les réchauffer :

– Pas dormi du tout…

Nous commençons à marcher en direction de l'école mais à chaque pas je me sens un peu plus mal. Les battements de mon cœur s'emballent, je transpire comme s'il faisait 40°, mes mains deviennent moites et ma gorge sèche. J'hésite à faire demi-tour quand j'aperçois les premiers bâtiments gris de l'HEAV. Antho doit sentir mon hésitation parce que, plus nous nous rapprochons et plus je ralentis le pas.

– Pépite, tu vas continuer à avancer ou tu penses marcher tellement lentement que tu feras bientôt du sur place ?

– Je ne vois pas du tout de quoi tu parles…

Il s'arrête, vient à ma hauteur et me prend par les épaules avec un air si sérieux que j'ai presque envie de rire.

– Écoute, je suis sûr qu'ils vont te proposer un deal, qu'ils vont revenir sur leur décision. Ils ne t'auraient pas demandé un autre rendez-vous sinon.

– Et s'il voulait juste revenir sur ce qui s'est passé ? Ou, oh, imagine qu'ils me demandent de rembourser les frais de toute ma scolarité ? Ou qu'ils me lynchent sur la place publique pour faire de moi un exemple. Enfin, un exemple de ce qu'il ne faut surtout pas faire, évidemment…

– Avec un bûcher, bien sûr. Arrête, pourquoi est-ce qu'ils feraient ça ?

– Parce qu'ils sont bêtes et méchants ! Ah et sadiques aussi !

– Pépite ! Tout se passera bien. On prend les paris ?

– D'accord ! Je te parie une caisse de bières que rien n'aura changé pour ma situation à la fin de cet entretien.

– Paris tenu. Du coup, on se voit ce soir chez moi pour déguster cette caisse de bières ? Tu me rejoins à la fin de mes cours pour tout me raconter en détail ?

Quelques minutes plus tard, je me suis arrêtée devant la porte de Monsieur Dubuis, tétanisée avec Antho qui me fixe comme si je m'étais transformée en menhir. J'adorerais qu'il me lance « je ne suis pas malade ! J'ai du travail, j'ai un menhir à faire. Je n'ai pas le temps de rigoler, moi » comme Obélix mais je crois qu'il ne le fera pas. Non, à la place, il m'étudie des pieds à la tête et me dit :

– Oh la vache, ça me fait trop bizarre de te voir aussi calme. Te connaissant, ce n'est vraiment pas normal. Je suis tout impressionné. Attends, je vais voir si c'est réel !

Il enfonce un doigt dans mes côtes puis dans ma joue et je ne bouge toujours pas d'un pouce.

– Ça me fait presque peur. Tu veux que j'appelle un médecin ?

– Antho !

Il me fait sourire et je vois qu'il se détend un peu tandis que la sonnerie qui marque le début des cours retentit dans l'école. Le brouhaha des étudiants riant et se racontant leurs vacances s'estompe tandis que les couloirs se vident. Antho vérifie son planning pour repérer sa salle de cours et me fait un câlin d'encouragement :

– Bon, je dois filer.

Il me laisse dans le couloir et me fait un clin d'œil en hurlant sans se retourner :

– Et prends la caisse de bières avec toi ce soir, hein !

À peine a-t-il tourné les talons, qu'à neuf heures pile, la porte s'ouvre. Je déglutis. Je n'ai pas envie d'entrer. Trop tard pour reculer. Trop tard pour fuir. Je suis coincée. Paniquée. Je peux me changer en menhir pour de vrai cette fois ?

Je fais un pas, puis deux au prix d'un effort surhumain (surtout pour un menhir) et pénètre dans la pièce éclairée par la lueur du matin, une lumière froide et brillante, typique des matins d'hiver.

Il est là. Debout devant le bureau du directeur. Son regard se pose directement sur moi quand j'entre dans la pièce et mon cœur s'arrête de battre. J'avais oublié à quel point il était charmant et à quel point il me plaisait. À quel point j'aimais l'intensité de ses yeux foncés, ses lèvres, son charisme et son air déterminé. Je n'ai pas envie de détourner mon regard de lui, je pourrais passer des heures à me perdre dans la profondeur de son expression. Mais le directeur attire mon attention en se raclant la gorge, il me tend une main sèche et froide puis serre mes doigts trop fort entre les siens avant de m'inciter à m'asseoir en m'indiquant la chaise.

– Madame Decker, merci d'être venue. Veuillez prendre place.

Michaël me tend lui aussi la main, elle est douce et chaude, je n'ai pas envie de la lâcher même si cette formalité me semble inadéquate entre nous. D'ailleurs, il la retient un peu plus longtemps qu'il ne le devrait et mon ventre se noue quand je réalise qu'il m'a manqué, que j'ai envie de lui et qu'il m'a blessée malgré tout. Comment autant de sentiments contradictoires peuvent-ils cohabiter dans ma tête et dans mon cœur ? J'avale ma salive et m'assieds en les regardant tour à tour. J'attends qu'ils m'expliquent la raison de ma présence ici. Si cela pouvait se faire vite, comme un sparadrap qu'on arrache, ça m'arrangerait. Pas que je sois pressée, ce n'est pas comme si j'avais un planning de dingue à respecter après ce rendez-vous, mais je n'ai toujours pas envie d'être là. Je préférerais même être en pleine séance d'épilation du maillot ou en pleine discussion sur le sens de la vie avec ma mère (c'est dire).

– Monsieur Perez est intervenu auprès de moi et du conseil pour nous faire part de l'injustice de la décision qui a été prise à votre égard. Il nous a également notifié que Madame Crachin avait manqué de discernement concernant votre travail. Il a aussi mentionné un certain acharnement à votre encontre…

Michaël poursuit en plantant ses yeux dans les miens, comme si le directeur n'existait pas :

– En effet, j'ai vérifié tous tes devoirs et tes rendus depuis le début de l'année Angela. Il s'avère que tu as fourni un travail de bien meilleure qualité que certains de tes camarades de classe. J'ai donc prévenu Monsieur Dubuis afin que nous contrôlions ce point ensemble et il s'avère qu'il est parfaitement d'accord avec moi.

– Il semblerait que Madame Crachin ait manqué à son devoir pour une raison que nous n'arrivons pas à expliquer. Nous allons tirer cette histoire au clair à l'interne. Quoi qu'il en soit, nous vous proposons de réintégrer le cursus avec Michaël comme directeur de votre travail de diplôme et de vous dispenser des cours de Madame Crachin. Cette solution vous conviendrait-elle Madame Decker ?

Il faut que je parle là ? Parce que je suis tellement abasourdie que je n'arrive pas à ouvrir la bouche. J'acquiesce plusieurs fois de suite et remarque que ma gêne amuse Michaël qui a du mal à contenir un sourire. Le directeur se lève, lisse sa veste de costume et se penche vers moi d'un air solennel pour annoncer comme s'il faisait le discours du 1er août :

– Parfait, c'est entendu. Vous pouvez revenir dès demain, je demanderai à ma secrétaire de vous faire parvenir votre programme pour le semestre de printemps par mail.

Avec sincérité, je le remercie et pense déjà au moment où je vais raconter la scène à Antho, à Aurélie et à ma mère. J'ai du mal à croire à tout ce que je viens d'entendre.

Mais je n'ai pas le temps de trop y réfléchir puisque Michaël m'a suivie à l'extérieur et se trouve juste à côté de moi. Au lieu de me montrer distante et froide, je me sens pleine d'une nouvelle détermination. Pas question qu'il m'intimide. Je plante mes yeux fièrement dans les siens, sûre de moi, pour le remercier :

– Merci d'avoir rétabli la vérité. Personne ne me croyait.

– J'ai simplement fait ce qui me semblait juste. Je n'ai pas envie que tu penses que j'ai agi comme ça à cause de…

Je comprends très vite ce qu'il sous-entend et l'arrête d'un geste de la main ce qui a l'air de le surprendre. Il saisit que je n'ai pas envie de m'attarder sur le sujet et ajoute :

– Tu as ta place ici. Bien plus que beaucoup d'autres… j'aimerais qu'on se voie demain après tes cours pour faire le point ensemble sur ta série de courts-métrages. J'imagine que tu as mis ce projet en pause depuis ton exclusion ? On devra travailler deux fois plus pour rattraper ton retard et tenir les délais mais je suis certain qu'on y arrivera.

– Très bien.

Alors que nous nous regardons, les yeux dans les yeux, j'ai l'impression qu'il a oublié le moment que nous avons partagé dans la salle de visionnage. Qu'il a oublié notre complicité. Qu'il a mis dans un coin de sa tête nos rires, nos regards, nos discussions passionnantes sur le cinéma.

On dirait que rien ne s'est jamais passé entre nous, à tel point que je me demande si j'ai rêvé cette scène du baiser. Impossible. En fixant ses lèvres, je peux encore sentir le goût de sa bouche, de sa langue. Son odeur entêtante. Son regard posé sur moi. Sa douceur et ce putain de désir qui me brûlait le bas-ventre.

Juste avant que je tourne le dos pour partir, il me retient par le bras puis desserre son étreinte et laisse ses doigts glisser jusqu'aux miens. Je frissonne.

– On se retrouve dans notre salle de visionnage ?

Il n'a pas oublié. Il a dit « notre ». Je viens vraiment de me dire qu'il a dit « notre » ? Je suis grave !

Sur le chemin de l'appartement, j'ai encore la tête dans les nuages et je me repasse ce début de matinée minute par minute puis, une fois que j'ai intégré toutes les informations importantes, j'envoie un texto à Aurélie :

Il faut absolument que je te parle ce soir. Il s'est passé un truc de dingue !

Comme je sais qu'elle est en cours, je préfère prévoir et l'appeler ce soir sur Skype pour tout lui expliquer. Quelques minutes plus tard, elle me répond :

Quelle barbe ce cours de droit des médias. Oh, je suis certaine que tout ce mystère à un rapport avec le beau, le sexy, le ténébreux Michaël. Je me trompe ? Moi aussi, il faut vraiment que je te propose un truc. Rapport à l'idée trop merveilleuse dont je t'ai parlé (comme d'habitude quoi, je me demande pourquoi je suis encore étonnée par autant de génie).

Je pouffe et lui donne rendez-vous ce soir à vingt-trois heures, histoire de ne pas trop me stresser chez Antho. Je me demande bien ce qu'elle veut me proposer, comme je suis de nature curieuse, je trépigne d'impatience et me réjouis d'en savoir plus.

Une fois à l'appartement, je me prépare un café et m'installe sur le canapé du salon avec mon ordinateur pour le déguster, savourant cet instant où la vie m'offre un moment de répit. Sur ma boîte Gmail s'affichent les derniers courriels reçus et, parmi eux, mon programme du semestre c. Je l'ouvre en avalant une gorgée du liquide corsé et brûlant en l'étudiant avec attention :

- Cours de scénario avec Michaël (mon cœur bat plus vite à la simple vue de son nom. Arrête, espèce de tarée. C'est juste un homme. Comme tous les autres. Enfin, presque…)
- Histoire du cinéma
- Analyse de films : méthodes de recherche sur la signification, l'esthétique, la

structure, la technique voire l'intérêt sociologique ou historique d'un objet filmique

- Option 1 : direction de la photographie
- Option 2 : production
- Travail de diplôme

À la lecture de mes cours, je ressens une pointe d'excitation envahir chaque cellule de mon corps. Cinéma, production, scénario ! Ces mots me font rêver tant ils contiennent de sens, d'espoir et de rêves. Mon intérêt pour les métiers de l'audiovisuel revient, remonte dans mon corps comme la sève réinvestit un arbre après l'hiver. Je deviens poète, vous avez vu ça ? Je me sens revivre ! Après avoir imprimé ma grille horaire, je la glisse dans mon sac pour comparer avec celle d'Antho ce soir. Après tout, nous aurons peut-être des cours en commun !

Le soir, avant d'aller chez lui, je fais un petit détour par Denner pour m'acquitter de mon pari et acheter des bières puis souffle comme un chameau asthmatique dans l'air glacé du mois de janvier sous le poids des canettes. Vivement le printemps, j'en ai déjà marre de ces températures polaires. Je veux du soleil, des apéros sur les terrasses et des soirées où il fait encore jour après seize heures trente.

Je resserre ma prise sur les packs de bières avant de sonner chez Antho, les oreilles et les mains totalement gelées. La légère appréhension que je ressens vient de ma dernière visite et de l'attitude curieuse de Sonia, sa coloc. J'espère qu'elle ne sera pas là, ça m'évitera de devoir lui parler de la dernière fois. Ou de devoir lui parler tout court, d'ailleurs. Il y a un truc pas net chez cette fille, je suis persuadée qu'elle ne m'a pas tout dit. Je me demande si elle a parlé à Antho de notre rencontre et de tout ce qu'elle m'a confié ce soir-là.

La porte s'ouvre et il apparaît dans l'encadrement, toujours aussi grand, un énorme sourire s'étale sur son visage dès qu'il aperçoit mon chargement. Il lève les bras en l'air en signe de victoire tout en s'exclamant :

– Tu as des bières ! C'est trop génial ! Je le savais, je le savais ! Qu'est-ce que tu dois me dire Pépite ?

– Que c'est bizarre de côtoyer quelqu'un d'aussi content de voir des bières ?

– Pépite !

– OK, que tu le savais…

– Et ? Et… EEEET ?

– Et que tu avais raison ! Je peux entrer maintenant ? C'est lourd ces fichues bières !

Il a l'air tellement heureux qu'on dirait un gamin de cinq ans à qui on vient d'offrir un tour de manège. Et trois barbes à papa en guise de petit-déjeuner. Il me prend les bières des mains et se dirige vers le salon où je le rejoins après être allée chercher un décapsuleur.

Il s'assied, attrape une bière qu'il ouvre d'un geste habile et me la tend avant de réitérer son geste et de la porter à sa bouche pour avaler une gorgée.

– Alors ? Raconte !

– Apparemment, je suis réintégrée.

– Merci, j'avais cru deviner mais comment ça se fait ? Qu'est-ce qu'il s'est passé ? C'est grâce à l'homme magique ?

Je le regarde et ne décèle aucune rancœur ni dans son expression ni dans le ton qu'il a utilisé pour parler de Michaël.

– Michaël a pris le temps de vérifier mes devoirs depuis le début de l'année et il a parlé au directeur de la qualité de mon travail et de l'injustice de la décision du comité. Ah, et tu veux savoir le meilleur ? Il a également dénoncé Crachin et son comportement à mon égard.

– Non, il a osé s'attaquer au dragon de Comodo ?

– Oui !

– Mmm…

– Quoi, « mmm »… ?

– Ce Michaël, il se bat pour toi, c'est encore plus chevaleresque qu'un roman épique.

– Il ne se bat pas « pour moi », il dénonce les injustices. Comme Robin des Bois.

– Certes, il ne t'a pas donné d'argent mais c'est quand même un beau geste de t'avoir défendue. Tous les professeurs ne l'ont pas fait et la parole de Michaël Perez, ça a du poids. Tant mieux, ça évitera peut-être que Crachin ne s'en prenne à d'autres élèves…

J'acquiesce, les yeux dans le vague et je repense à lui. Mon ventre se réchauffe quand l'image précise de son regard me revient en mémoire. Arrêtez les filles, c'est juste l'effet de la bière ! Je ne peux m'empêcher de lancer, en mode confidences :

– Il est chou, hein ?

Je prends une gorgée de bière alors qu'Antho me scrute attentivement avant de me demander :

– Tu es amoureuse de lui ?

Sa question me déstabilise tellement que je recrache ce que j'avais dans la bouche sous les yeux ahuris d'Antho qui éclate de rire.

– Angie, tu es dégueu !

Je m'essuie avec ma manche et éponge la tâche que je viens de faire sur sa table basse :

– C'est ta question aussi ! À cause de toi, je régresse et je me bave dessus. On dirait une petite vieille !

– De un, tu n'es pas si vieille, et de deux, ma question est tout à fait légitime. Et de trois, au cas où tu te poserais la question, je ne suis pas du tout jaloux. Il se pourrait même que je te confie quelque chose. En fait, il se pourrait que j'aie…

– Hello !

La porte d'entrée vient de claquer et la voix de Sonia résonne dans le hall. Quelques secondes plus tard, ses cheveux roux et tout le reste de son corps débarquent dans le salon. Avec un air de surprise, elle s'exclame en nous voyant :

– Oups ! Je ne voulais pas vous déranger. Salut Angie, tu vas bien ? C'était bien Paris ?

– Salut Sonia. Super, merci.

Antho se redresse d'un coup, lui montre le pack de bière et lui propose gentiment :

– Tu aimerais boire une bière avec nous ?

– Non, non c'est gentil mais j'ai un devoir de photo important à rendre demain. Je vais aller dans ma chambre.

Là, il se passe un truc curieux. Sonia jette un regard que j'analyse comme étant plein de sous-entendus puisqu'elle écarte les yeux comme pour faire comprendre quelque chose à son coloc. Elle doit essayer de faire de l'hypnose ou de la transmission de pensée mais vu la tête d'Antho, sa tactique n'a pas l'air de fonctionner. Elle bouge les deux mains et rapproche ses index. Est-elle malade ?

Antho fronce les sourcils et lui fait les gros yeux avant de hocher la tête. Mais qu'est-ce qu'il leur arrive ? J'ai l'impression de me retrouver dans un film muet. Pour rompre le silence, je pousse donc un simple :

– Euh.

Je laisse une seconde passer avant de continuer :

– Ah, c'est bon, le son marche. Je voulais juste vérifier parce qu'en vous voyant comme ça, j'avais l'impression que quelqu'un l'avait coupé.

Je ris toute seule, Sonia essaie de sourire mais je crois surtout qu'elle rougit puis elle s'éclipse et nous laisse à nouveau seuls.

– Antho, c'était quoi ce petit cirque ? Tu sais que j'adore le cirque, les pop-corn, les clowns et tout ça mais les mimes, ça me fait vraiment flipper !

– Oui, euh, alors euh…

Lui aussi, il se met à rougir. Non, se pourrait-il que… ? Il faut que je le sache. Et vite.

– Je flaire un truc ! Antho parle ou je te fais le supplice de la bière : je vais te mettre un entonnoir dans la bouche et te verser de la bière dedans !

– Ce n'est pas un supplice pour les jeunes hommes d'aujourd'hui, c'est plutôt une activité très fun à laquelle s'adonnent facilement les étudiants dans les fraternités américaines et…

– Antho !

– Tu ne t'intéresses pas à la sociologie des États-Unis ? Tu devrais Pépite, c'est un sujet passionnant qui…

– Antho ! Arrête ! Alors, parle-moi ! Tu disais « il se pourrait que j'aie… » ?

– Il se trouve que Sonia et moi, nous nous sommes découvert de nombreux points communs pendant les vacances, avant que je vienne te voir à Paris, et il se pourrait qu'il y ait eu un… rapprochement.

– Un rapprochement ?

– Ben, un rapprochement, quoi. Tu veux un dessin ?

– Vous avez couché ensemble ???

– Non ! Enfin, pour qui tu me prends ! En fait, je crois qu'on sort ensemble, c'est tout.

– Vous sortez ensemble ? C'est encore pire ! Enfin mieux. Je veux dire que… c'est plus sérieux qu'une nuit de sexe.

– Je crois oui… c'est une chouette fille.

– Si tu veux un conseil, évite de dire ça d'elle. Dis plutôt qu'elle est passionnée, passionnante, pétillante, qu'elle fait battre ton cœur plus vite, qu'elle te fait rire… mais vraiment, évite les formules du genre « elle est gentille » ou « elle est chouette ».

– Tu parles bien d'amour Angie, c'est beau…

Je ris et lui balance une petite tape dans le bras avant d'avaler une nouvelle gorgée de bière.

– Tu te moques, ce n'est pas bien.

– C'est faux, je suis très sérieux. Et Michaël alors, est-ce qu'il est passionnant, passionné, est-ce qu'il te fait rire. Et, le plus important… est-ce qu'il fait battre ton cœur plus vite ?

– Ces temps, il ne me fait pas vraiment rire. Mais je crois qu'il fait battre mon cœur plus vite. Et ça, c'est un problème.

– Pourquoi ?

– Parce que c'est mon prof et parce que… c'est une histoire trop compliquée. Mais Antho, il faut que tu saches un truc.

Je le regarde pour lui avouer avec toute la sincérité dont je suis capable malgré la sourde angoisse de ne plus l'avoir uniquement pour moi :

– Je suis contente pour toi et Sonia. Et j'espère sincèrement que vous serez super heureux ensemble.

Je profite de mon retour de chez Antho pour détourner ma mère de son habituel téléfilm du soir et pour lui expliquer la situation et mon entretien du matin à l'école. Évidemment, elle est ravie d'apprendre que j'ai été réintégrée au cursus et que je pourrais terminer mes études. Si elle m'avait dit « oh flûte, tu ne pourras pas profiter du chômage et glander sur une chaise longue », je me serais posé des questions.

Juste avant vingt-trois heures, confortablement installée sur mon lit, bien calée dans mes coussins, j'ouvre Skype pour appeler Aurélie. À peine a-t-elle décroché que je débite d'un coup :

– Antho sort avec Sonia ! Je suis vraiment contente pour lui mais j'ai quand même un problème… je crois qu'elle ne m'aime pas beaucoup.

– Salut ma Suissesse. Hey, c'est ça le truc de dingue que tu devais me raconter ? Tu me vends du rêve pour une nouvelle aussi basique ?

– On parle quand même d'Antho là ! Mais t'as raison, ce n'est pas la grande nouvelle. Ce que je voulais te dire, c'est que j'ai été réintégrée dans mon école !

– Grâce à Michaël ?

– Quoi Michaël ? Je ne connais aucun Michaël !

Elle se marre mais je sais qu'elle n'est pas dupe donc je finis par capituler.

– Il se pourrait, en effet, que Michaël ne soit pas totalement étranger à mon retour à l'école.

– Ce mec est amoureux de toi. Et c'est un héros ! Votre histoire est tellement romantique et romanesque.

Dans ma tête, j'ai plutôt l'impression qu'il n'y a pas d'histoire.

– Arrête, on dirait Antho. Vous êtes vraiment faits pour vous entendre, c'est incroyable.

– Je sais, nous sommes incroyables !

Ce soir-là en allant me coucher, je me suis endormie apaisée et, peut-être, un peu plus heureuse que d'habitude.

Chapitre 13
Mmm, Michaël…

Mardi matin, nous nous rendons ensemble à notre cours de production avec Antho, l'un des deux cours que nous avons en commun avec la direction photo. Il neige mais la beauté des flocons qui dansent dans le vent ne me fait pas oublier le froid mordant du matin. Il fait encore à moitié nuit et je grelotte tellement je suis gelée. Nos chaussures crissent dans la neige qui n'a pas encore été retirée des trottoirs. J'enfonce mon nez dans mon écharpe et tente de garder les yeux ouverts malgré l'attaque des bourrasques de vent qui m'envoient à chaque fois des flocons dans les yeux. La voix d'Antho me force à les ouvrir un peu plus pour l'apercevoir dans les tourbillons blancs et le brouillard.

– Pépite ?

– Mmm ?

– Je peux te proposer un truc ? J'aimerais vraiment que tu dises oui.

– Mmm.

– Tu arrives à dire autre chose que « mmm » ?

J'articule avec peine en levant légèrement ma bouche de mon écharpe pour qu'il me comprenne un minimum :

– Mes lèvres sont gelées par le froid, je pense qu'elles vont bientôt tomber de mon visage.

– Les lèvres ne tombent pas du visage Angie, c'est physiologiquement impossible.

– Mmm.

– Pépite, tu serais d'accord qu'on sorte demain soir et qu'on se fasse un restaurant ? On pourrait aller chez l'Italien qu'on aime bien ?

– Bien sûr avec plaisir !

– Avec Sonia…

Je le regarde comme si sa bouche venait de tomber de son visage. Vous imaginez comme ce serait bizarre si cela arrivait vraiment ?

En une fraction de seconde, une multitude de pensées traversent mon esprit. Antho va faire entrer quelqu'un dans notre duo. Je ne l'aurai plus pour moi. Je ne pourrai plus jamais lui dire les mêmes choses et partager mes délires débiles avec lui si Sonia est toujours greffée à lui ! C'est horrible ! Pour le bonheur d'Antho, je prends sur moi (je ne suis pas complètement sans cœur ni égoïste à ce point) et me force à afficher un sourire :

– Oui, oui bien sûr Antho. Ça me ferait plaisir d'avoir l'occasion de la connaître un peu mieux.

– Chouette parce que c'est vraiment important pour moi que vous vous entendiez bien toutes les deux.

– Je comprends…

En fait, je ne comprends pas vraiment. Ou plutôt, je n'ai pas envie de comprendre. Nous continuons à marcher en silence, le bruit de nos pas me semble plus fort qu'avant, le froid encore plus violent. Et si c'était mon cœur qui se mettait à geler ? Juste un peu ?

Avant d'arriver dans l'enceinte de l'école, je ralentis le pas, lève les yeux vers mon meilleur ami et reprends la parole pour lui demander à mon tour :

– Antho ?

– Mmm ?

Je lui souris avant de continuer et de lui demander :

– Je peux te proposer un truc ? J'aimerais vraiment que tu dises oui.

– Mmm ?

– Est-ce qu'on pourra se garder des soirées juste à nous, parfois ? De temps en temps ? Sans ta copine. Juste nous, comme avant ?

– Bien sûr ma Pépite. C'est évident.

Je ne sais pas pourquoi mais je trouve que sa réponse manque de conviction. Plus rien ne me semble évident dans cette nouvelle situation.

Dans la salle de cours du 2e étage, nous nous installons côte à côte. Mes mains et mes jambes fourmillent à cause de la chaleur de la classe. Pendant un instant avant le début de la période, je me sens oppressée, j'ai du mal à respirer, l'air me semble brûlant, ma cage thoracique trop petite, mon cœur bat trop fort, je dois brûler de l'intérieur. Le retour à l'école n'est pas aussi facile que je l'aurais imaginé. Heureusement, Crachin n'est pas là. Mes anciens camarades non plus. *Tout va bien Angie, calme-toi.*

Monsieur Zimmerman, un professeur d'une quarantaine d'années entre dans la pièce pendant la sonnerie. Il a un look sage, des cheveux bruns bien coiffés sur le côté de son crâne et des lunettes sur le nez. Il commence par nous expliquer ce qui nous attend durant les six prochains mois : le cours consiste à nous faire endosser le rôle d'un producteur sur un projet de film fictif.

Durant le semestre de printemps, nous allons franchir toutes les étapes de la production, de l'établissement d'un budget à la recherche de fonds pour produire le film jusqu'à travailler sur le casting. Tous les choix importants font partie du ressort du producteur, c'est fascinant. Nous allons gérer tous les aspects financiers, administratifs et juridiques d'une production cinématographique. Comme il s'agit d'un travail de groupe, nous choisissons évidemment de réaliser le projet ensemble avec Antho. Monsieur Zimmerman nous distribue le synopsis et la note d'intention des films dont nous devrons nous occuper. Antho se marre déjà alors que je n'ai pas encore regardé le document.

– Génial, tu vas adorer ! Tout à fait ton genre.

J'ouvre le dossier et fais la moue :

– Un film de zombies ? C'est une blague ?

– Un vrai truc à la Godard, quoi !

Je prends un accent snob et balance d'un geste élégant mon écharpe par-dessus mon épaule :

– Jamais je ne m'abaisserai à produire de genre d'inepties. Les zombies, c'est pour le bas peuple ! La plèbe, les ignares.

– Tu sais que ce sont des blockbusters aux États-Unis et que la série The Walking Dead cartonne partout ?

– Pfff, une vraie invasion justement ! Que dis-je, un fléau !

Quand la sonnerie du dernier cours retentit, je décide de faire un tour à la salle de gym pour me libérer des tensions de la journée. Danser encore et toujours pour me défouler. Je retrouve l'espace que je connais si bien, choisis une chanson sur mon portable et lance la mélodie. Dès les premières notes, je ferme les yeux et me laisse entraîner. Je ne pense plus à rien. Les problèmes sont loin derrière, ils n'existent plus, je les laisse mourir au rythme de mes mouvements. Je bouge et me balance, lentement d'abord puis de plus en plus vite, laissant mon corps comme endormie s'abandonner. Plus vite. Plus fort. Il se réveille, devient alerte, rapide, agile. Il s'exprime enfin, me laissant un répit, me laissant profiter de cet instant privilégié.

Après de longues minutes, je reprends mes esprits, réajuste mon pull, respire profondément pour calmer ma respiration et les battements de mon cœur qui se sont emballés durant mon exercice et quitte la salle. J'emprunte le couloir qui mène à la sortie pour gagner l'extérieur de l'établissement et prendre l'air avant mon entretien avec Michaël dans « notre » salle de visionnage.

Le sac nonchalamment pendu à une épaule, Antho avance dans ma direction.

– Tu rentres ?

– Pas encore, j'ai rendez-vous avec mon directeur de diplôme pour parler de l'avancée de mon travail.

– Tu sais, ce n'est pas parce que tu parles de « directeur de diplôme » que je ne sais pas de qui il s'agit.

– Je sais. C'est plutôt une stratégie d'évitement pour mon cerveau. J'espère qu'il oubliera de qui je veux parler et qu'il m'empêchera de me faire stresser comme une malade.

– Et ça marche ton truc ?

Je fais mine de réfléchir.

– Absolument pas.

Antho éclate de rire.

– Alors bonne chance avec ton cerveau. On se voit demain matin pour aller en cours ?

Je lui confirme qu'on se retrouve devant les boîtes aux lettres comme d'habitude puis me fraie un passage entre les étudiants qui fourmillent dans la cour pour gagner la salle de visionnage.

Boum. Un pas. Boum. Un autre pas. BOUM. À chaque foulée qui me rapproche du rendez-vous, j'ai l'impression que mon cœur bat plus vite, plus fort, plus violemment.

Une fois arrivée devant la porte, tous les souvenirs liés à cet endroit me reviennent à l'esprit. C'est contre ce mur que Michaël m'a embrassée. C'est dans ce couloir qu'il s'est enfui comme s'il était poursuivi par une meute de Gremlins gesticulant. Et, jusqu'à preuve du contraire, je ne suis pas un Gremlin. Et je ne gesticule pas non plus. Je frappe trois petits coups avec le secret espoir qu'il ne soit pas là pour que je puisse rentrer chez moi mais j'entends du bruit provenant de l'intérieur et sa voix finit par résonner :

– Entre !

Là, qu'est-ce que je fais ? Je n'entre pas. Logique. J'attends comme une statue devant le mur. Tout aussi logiquement, il vient ouvrir et me trouve là, à admirer le mur comme s'il s'agissait du truc le plus passionnant que j'aie vu de ma vie. Il vient se mettre à côté de moi, regarde le béton gris également et fronce les sourcils avant de dire :

– Qu'est-ce que tu fais Angela ?

– Je regarde le mur.

– D'accord. Je comprends pourquoi tu restes là, c'est un très beau mur.

– Je trouve aussi.

Sa présence, son odeur, la chaleur de son corps que je peux sentir par le frôlement de son bras contre le mien me perturbent et je ne bouge pas d'un millimètre, concentrée sur ma respiration. Une fois que je me suis habituée à sa présence, que j'ai réussi à diminuer un tout petit peu mon niveau de stress, je retrouve la force de bouger :

– Je crois que c'est bon, on peut y aller.

– Très bien...

Michaël attend que je fasse le premier pas en direction de la salle et me suit avant de refermer la porte. La lumière à l'intérieur est toujours aussi feutrée, la douce chaleur me plonge dans une torpeur agréable et je m'installe sur le canapé comme si j'étais chez moi. Bon, OK, chez moi je n'aurais pas envie de sauter sur tout ce qui bouge et je regarderais probablement des chaînes YouTube au lieu d'être obsédée par le regard de Michaël. D'ailleurs, il vient de s'installer juste à côté de moi, la télécommande de l'écran entre les mains.

– Je te propose qu'on regarde ton premier court-métrage et qu'on discute des deux autres que tu dois produire après, d'accord ?

– Moi, j'aimerais que tu m'expliques comment je suis censée résister à l'envie de t'embrasser et surtout que tu reviennes sur ta fuite digne de l'Échappée Sauvage.

Évidemment, je n'ai pas osé lui dire le fond de ma pensée. À la place, j'acquiesce et il appuie sur le bouton play. Les premières images apparaissent et malgré la beauté du rendu final, je me rappelle de cette journée de tournage cauchemardesque avec les autres élèves. Les insultes, les regards et les remarques déplacés. La mauvaise ambiance qui a pourri ma journée.

À la fin des cinq minutes, Michaël éteint l'écran et se tourne vers moi pour commenter mon travail :

– Tu as un vrai talent pour créer des ambiances Angela. Ta clairvoyance sur les lumières et la mise en valeur des acteurs sont particulièrement réussies. Tes dialogues mériteraient d'être un peu plus travaillés, plus incisifs comme ta mise en scène qui doit être plus précise. On axera sur ces points d'amélioration pour les deux prochains courts-métrages, d'accord ? Tu me montres tes scénarios suivants ?

Je sors mon MacBook de mon sac pour lui présenter les scénarios que j'aie eu l'occasion d'écrire à Paris pendant le cours de Laure. Il se rapproche pour pouvoir lire sur mon écran, par-dessus mon épaule au lieu de prendre l'ordinateur sur ses genoux. Sa tête n'est qu'à quelques centimètres de mon cou, son corps penché très légèrement sur le mien. Vous connaissez mon petit (que dis-je minuscule) penchant impulsif et, avant même d'avoir réfléchi à mes paroles, je me retrouve à lui dire :

– Tu es trop près, tu me perturbes !

Kniii ? Je viens vraiment de dire ça à Michaël Perez ?

Vu comme il sourit en me regardant, mi-étonné mi-amusé, j'en déduis que oui.

– Ah bon, je te perturbe ?

– Parfaitement. Et le fait que tu fasses semblant qu'il ne s'est rien passé entre nous me perturbe aussi. Il faut que tu me dises comment tu fais, que tu me donnes une solution parce que, moi, quand je te vois, j'ai toujours envie de t'embrasser !

Mais qu'est-ce qu'il me prend ? Je dois être malade ! Je n'ai plus de filtre. On dirait Jim Carrey dans Liar, liar. Sauf que je n'ai (presque) jamais raconté de mensonges. Je sais, à part à Antho. Arrêtez de suivre cette histoire aussi bien ! Michaël se pince les lèvres et regarde le sol en poussant un soupir avant de relever la tête et de me fixer intensément. Mon ventre se prend pour le Silver Star d'Europa-Park.

– Tu n'imagines pas la tempête que tu déclenches en moi à chaque fois que je te vois. Quand tu poses ton regard sur moi comme tu le fais à l'instant...

J'écarquille les yeux tellement les paroles de Michaël me paraissent être sorties d'un film. Un homme ne dit jamais de telles choses dans la vraie vie, non ? C'est trop romantique pour être vrai.

– C'est une réplique tirée de tes longs-métrages ? Non, parce que… cette histoire de tempête là…

Il me lance un regard étonné avant de me faire son sourire irrésistible.

– Comment peux-tu croire un truc pareil ? Tu me perturbes aussi. Vraiment…

– C'est bien joli tout ça mais ça ne me dit pas clairement ce qu'il en est.

Bizarre, on dirait que mon esprit cartésien se réveille. Il faut que je comprenne, il faut que je sache où nous allons. Enfin, pour autant que nous allions quelque part. Ensemble.

– Ce qu'il en est ?

– Parfaitement, ce qu'il en est !

Il a l'air d'hésiter, me fixe comme s'il attendait qu'une solution le frappe. Mes yeux passent des siens à ses lèvres, j'attends un signe, aussi infime soit-il. La distance se réduit encore entre nous, l'écart entre nos visages est si minuscule que je sens son souffle sur ma peau. J'avale ma salive puis je ferme les yeux, la respiration saccadée. La chaleur de sa peau sur la mienne quand il passe lentement son pouce sur ma lèvre inférieure me fait gémir de désir. Il pose délicatement ses lèvres sur les miennes puis joue avec ma langue, me mordille la lèvre, m'embrasse pleinement. J'ai chaud, je frissonne. Notre baiser se fait plus violent, plus passionné et quand il s'éloigne de moi, nous devons chacun reprendre notre souffle. Il me regarde et tente de calmer sa respiration pour me dire :

– C'est assez clair ?

Je tente de faire pareil :

– Disons que c'est un peu plus clair. Je te remercie !

– Oh, c'était un plaisir.

Nous nous mettons ensuite sérieusement au travail et passons deux heures à décortiquer mes scénarios pour les améliorer.

La séance de travail terminée, nous nous levons et sortons de la salle de visionnage. La lumière automatique s'allume lorsque nous gagnons le couloir désert à cette heure-ci et nous éclaire de sa lumière froide et éblouissante. Posté devant la porte, Michaël me fixe de ses yeux sombres. S'il me fait encore une tirade de son cru, je succombe.

– Tu as bien bossé, ces deux courts-métrages seront de vrais petits bijoux.

– J'espère…

– Apprends à avoir confiance en toi Angie.

– Ouh, j'ai encore de sacrés progrès à faire pour y arriver.

– Tu y arriveras.

– Merci. Pour tes encouragements, pour tes conseils, pour cette manière que tu as de croire en moi.

Son regard toujours aussi appuyé me fait frissonner à nouveau, je m'approche de lui et dépose un léger baiser sur ses lèvres. Il ferme les yeux et j'en profite pour respirer son odeur à pleins poumons, pour graver cette scène dans ma mémoire. Pourtant un bruit suspect me fait stopper net notre baiser et me fait tourner la tête dans l'autre direction.

Quelqu'un nous a vus. J'ai aperçu une ombre se glisser contre le mur et j'ai entendu des bruits de pas dans l'escalier métallique qui mène à l'étage des salles de cours. Merde ! Alarmée, je regarde à droite et à gauche avant de demander à Michaël :

– Tu as vu ?

– Vu quoi ?

– Je crois qu'il y avait quelqu'un dans l'escalier. On sait toi comme moi que personne ne doit nous voir ensemble tant que tu es mon professeur, ça pourrait t'attirer des ennuis.

– Je sais. C'était peut-être un élève qui devait terminer un montage.

– Peut-être, j'espère...

– Hey, ne t'inquiète pas comme ça.

Il lève délicatement mon menton pour que je le regarde puis pose ses lèvres sur les miennes pour m'embrasser une nouvelle fois. Il plonge ensuite ses yeux dans les miens et murmure :

– On arrête de jouer ?

– On arrête de jouer. Tu ne t'enfuiras plus comme si j'étais un Gremlin gesticulant ?

– Un Gremlin gesticulant ?

Je balance mes bras dans tous les sens pour qu'il se fasse une image plus précise de la scène et mime sa fuite d'un geste des mains en mettant ma main gauche sur la droite.

– Pfuit, comme ça !

– Pfuit ? Je ne fais pas de « pfuit ». Mais, je te promets de ne plus faire de « pfuit ».

Il refait mon geste en souriant.

Mercredi soir, je me prépare à rejoindre Antho et Sonia au restaurant. C'est la première fois que j'ai une boule au ventre en allant chez mon Italien préféré. Est-ce que je serais capable d'avaler et de savourer ma pizza avec Sonia ? Peut-être qu'avec beaucoup de vin rouge, la soirée se déroulera de la meilleure manière possible ?

Quand j'arrive, les deux tourtereaux sont déjà attablés dans un coin de l'établissement et se sourient en se dévorant des yeux. Ça me fait bizarre de voir Antho regarder une fille de cette manière. Je les salue et commande tout de suite une bouteille de vin rouge. Quitte à la boire seule puisque Antho et Sonia dégustent une bière. Antho me fait la bise et commence tout de suite à me charrier :

– C'était bien hier soir ? Vous avez pu travailler ou… ?

– Ou quoi ? Je suis très professionnelle je te signale !

– Même en face de Michaël Perez ?

Sonia ouvre de grands yeux et s'agite sur sa chaise avant de me demander :

– Tu bosses avec Michaël Perez, le réalisateur ?

– C'est mon directeur de travail de diplôme.

Antho avale une gorgée de bière puis ajoute :

– Et ton prof de scénario…

Sonia nous fixe tous les deux et s'exclame en faisant de grands gestes :

– Ce mec est génial, il fait également un peu de photo. Il a beaucoup de talent, tu sais ! Je le suis sur Instagram !

Antho se marre et continue sur sa lancée :

– Et ton futur potentiel amoureux ? Peut-être ?

– Aaaaargh ! Je ne sais pas exactement ce qu'il est. Oh mon Dieu, j'ai besoin de vin. Il faut que je boive !

Sonia n'a pas l'air de savoir si nous sommes sérieux ou non mais elle se retient de faire un commentaire. Je commence enfin à l'apprécier. Un peu. Le serveur apporte la bouteille de Chianti et je bois directement un verre presque cul sec. Je me resserre et attrape la carte pour faire semblant d'être plongée dans la liste des pizzas. Antho me connaît tellement bien qu'il ne peut se retenir plus longtemps et se met à rire :

– Angie, ne fais pas l'autruche !

– Je ne vois pas du tout de quoi tu parles !

– Tu connais la carte par cœur et tu prends toujours une Calzone ! Avec un supplément de jambon !

– Et bien, j'ai peut-être envie de changement !

– Menteuse !

– Je sais !

Je lui jette un coup d'œil par-dessus le menu et nous éclatons de rire.

Sonia nous observe discrètement et finit par intervenir gentiment :

– Vous êtes très complices tous les deux, c'est chouette d'avoir ce genre d'amitié homme-femme, c'est plutôt rare.

Antho répond en la regardant amoureusement :

– Angie et moi, on est comme frère et sœur. Il y a quelques années, on avait même inventé un truc. Angie, tu te souviens ?

– Quoi, notre langage bien à nous ?

Il acquiesce.

– On lui montre ?

– Chiche ! Tu fais quoi ?

– Je benvoyonne[1] !

– Sur quoi ?

– Le restau dans lequel tu veux aller !

– Arrête de boffer Antho, j'ai envie de bistrotter.

– OK, Angie. Je te laisse choisir le coin mais tu connais mon budget serré…

– Je sais mais arrête de t'inquiéter, on va bouibouir comme d'habitude. Un bon plat de Carbonara et une petite bière chez l'Italien du coin. On pourra même les demir si tu veux !

– Voilà, tu as vu.

Sonia nous jette un regard dubitatif et je me demande si elle nous prend pour des fous. Si ça se trouve, elle a déjà le doigt sur les touches de son téléphone et elle s'apprête à appeler l'asile pour nous enfermer. Après quelques secondes pendant lesquelles je me demande si elle va se lever et partir en courant, elle éclate de rire :

1. *Dictionnaire des verbes à inventer.*

– Je n'ai absolument rien compris ! Mais j'adore ça. Je veux apprendre à parler cette langue, c'est encore mieux que le langage elfique du Seigneur des Anneaux ! Bouibouir ?

Nous récitons en chœur :

– Manger pas cher dans un restaurant pas cher !

Et nous rions tous les trois comme des fous.

Chapitre 14
Tout va bien, ne t'en fais pas

Remotivée par les incroyables changements de ma vie en ce moment, je souris en me préparant pour une nouvelle semaine de cours. Vêtue d'un jean et d'un gros pull en laine blanc, je termine de m'appliquer un peu de mascara avant de sortir de la maison. Apparemment, je ne suis plus tout à fait la même, je me permets enfin d'être plus féminine.

Comme Antho n'a pas le même horaire que moi le lundi, je lui envoie un SMS sur le chemin de l'école.

On se fait une soirée DVD chez moi ce soir ?

J'accélère le pas pour me réchauffer, le froid glacial du matin me transperce comme un million de petites aiguilles et mon écharpe ne suffit pas à arrêter le vent qui s'engouffre dans mon cou. Toujours connectée sur WhatsApp, je vois que mon meilleur ami est en train de m'écrire.

Désolé ma Pépite, on va voir une expo avec Sonia ce soir. Une prochaine fois ? Des bisous.

Le sentiment de solitude, celui que je connais si bien pour l'avoir ressenti des milliers de fois, me frappe à nouveau de plein fouet. Je fais une autre tentative et lui réponds :

Ce week-end alors, samedi soir peut-être ?

Aurélie se trouve à des centaines de kilomètres, Antho a une copine, ma mère a Robert. Et moi, qu'est-ce que j'ai ? Une caméra et des followers sur YouTube que je ne connais même pas dans la vraie vie. Je parcours des yeux les mots qu'il vient de taper :

Argh, on va passer tout le week-end dans le chalet de ses parents à Zermatt. Je t'écris pour qu'on trouve une date !

Depuis quand Antho parle-t-il de lui et Sonia en disant « on » ? Être en couple implique-t-il qu'on parle toujours en « on » ? Et il va déjà rencontrer les parents de sa copine ? Si ça se trouve, ils vont bientôt se marier ! Avoir des enfants ! Déménager sur une île et acheter des chèvres !

Un peu moins guillerette qu'à mon réveil, je pénètre dans l'enceinte du bâtiment pour me rendre à mon casier et y déposer quelques lourds classeurs que je trimballe dans mon sac.

C'est quoi ce truc ? Un petit billet blanc a été coincé dans la porte et je tire dessus pour m'en emparer. Il a été plié en quatre. Je le déplie pour le lire mais je me dis, après réflexion, que je n'aurais jamais dû le faire. La lecture du mot a non seulement fait disparaître définitivement ma bonne humeur mais elle m'a aussi plongée dans un état d'angoisse dont je me serais bien passée.

Je t'ai vue avec lui. Je vais vous dénoncer.

Tout mon sang semble avoir quitté mon corps. Je jette des coups d'œil effrayés de tous les côtés, mais les couloirs sont remplis d'étudiants qui s'activent et aucun d'entre eux ne me paraît suspect. Évidemment, il faudrait être con pour attendre à côté du casier où l'on vient de déposer un message de menace et faire « hey, coucou, c'est moi qui viens de t'écrire ce vilain mot. On va boire un petit mojito pour en discuter » ?

– Salut toi !

Je sursaute et me retourne d'un coup, le cœur battant à tout rompre.

– Hey, je ne voulais pas te faire peur, ça va ? Tu es toute pâle !

Michaël me dévisage comme s'il venait de tomber sur Chucky au beau milieu du couloir.

– Je… kniiii.

– Désolé mais je ne comprends pas « kniiii ».

J'avale péniblement ma salive et lui tends le billet que j'ai froissé entre mes doigts sous l'effet de la tension. Je pointe de l'index de mon autre main le mot et écarquille les yeux en tentant d'être la plus discrète possible pour que les autres ne remarquent pas ma panique.

– Tu veux que je lise ça ?

Je hoche frénétiquement la tête plusieurs fois de suite. Il fronce les sourcils et son air devient de plus en plus sombre au fur et à mesure que ses yeux parcourent le fameux mot. Puis, il lève son regard vers moi, son ton est devenu inquiet :

– Tu as une idée de qui cela provient ?

– Non, j'ai tellement d'ennemis dans cette école que ça pourrait être n'importe quel élève de mon ancienne classe.

Il me sourit et je gronde :

– Quoi ?

– Ma drama queen…

– Oui, d'ailleurs s'ils apprennent qu'on est… qu'on est… enfin ce qu'on est, ils vont peut-être nous virer de l'école, nous lapider en place publique, nous…

– Nous brûler comme des sorcières ?

– Comment tu sais que c'est exactement ce que j'allais dire ?!

– Oh une petite intuition ! D'ailleurs…

Il plante ses yeux dans les miens avec une telle intensité que j'en ai le souffle coupé puis poursuit :

– On est quoi ?

– Hein ? C'est quoi cette question ? Je ne comprends absolument pas ta question. On ne devrait pas poser ce genre de questions dans un moment aussi… aussi… dramatique, tiens !

– Trois fois le mot « question » dans une seule phrase. À croire que cette fameuse question te perturbe vraiment.

Il rit alors que la sonnerie annonçant le début des cours retentit. Le couloir se vide en quelques secondes. Une fois que nous sommes seuls, Michaël appuie son corps contre le mien et passe lentement sa langue sur ses lèvres.

– Mmm, j'ai attendu ce moment tout le week-end.

Il relève mon menton et appuie sa bouche contre la mienne pour m'embrasser. Je frissonne tout en répondant à son baiser. Jamais des lèvres ne m'ont fait cet effet-là, jamais un corps ne m'a fait cet effet-là. C'est comme si nous avions été créés pour être collés l'un à l'autre en permanence. Ce mec est un aimant pour moi, une attraction irrésistible. C'est tellement bon que cela en devient douloureux. J'aimerais ne jamais quitter sa bouche, sa langue, son goût.

– Tu fais quelque chose ce soir ? J'aimerais t'inviter à prendre un verre ailleurs que dans cette école, même si j'adore notre salle de visionnage et nos baisers volés dans les couloirs. Et j'aimerais également t'emmener à l'avant-première de mon dernier film ce vendredi. Toute la presse sera là. Tu serais d'accord ?

– Oh non, ça ne m'intéresse pas du tout. Tu sais, tous ces trucs de cinéma, de people… m'afficher à ton bras. Pfff, ce n'est vraiment pas pour moi.

Je souris à cette idée et à cette réplique débile qui me vient en tête et que je ne formule pas, évidemment. Il me regarde, amusé, comme s'il devinait le fil de mes pensées :

– Tu es en train de te dire que tu ne m'accompagneras pas parce que c'est too much de te montrer avec moi ? Trop de lumières, trop de gens ? Trop de petits fours et de champagne… une vie devant la scène. Une sainte horreur, c'est ça ?

J'éclate de rire et nous nous regardons, complices. Ses yeux pétillent quand il ajoute :

– Tu sais, moi aussi je préfère l'ombre à la lumière la plupart du temps mais ça fait partie du jeu. Tu veux bien jouer ce jeu-là avec moi ?

– Je veux bien jouer avec toi.

Il sourit, satisfait, avant de jeter un coup d'œil à la montre accrochée sur le mur du couloir.

– On est en retard…

Avant d'entrer dans une des salles de classe, il se retourne et me regarde :

– Et ne te fais pas trop de soucis pour ce mot. L'année est bientôt terminée, on ne risque vraiment pas grand-chose. Il faut juste que l'on soit un peu plus discret dans l'enceinte de l'école.

Il me fait un clin d'œil puis ouvre la porte et j'acquiesce avant de fermer mon casier et de courir pour rejoindre mon cours, des étoiles plein les yeux et des papillons dans le ventre.

J'ai encore le goût de Michaël sur les lèvres.

C'est au moment de me préparer pour mon premier rendez-vous avec le réalisateur que je me mets à stresser comme une malade. Je m'agite. J'ai des palpitations, je ne sais plus comment m'habiller, comment me tenir, comment sourire. Ah ça c'est faux, je souris niaisement depuis que je l'ai vu avant mes cours. Flûte ! Est-ce que je sais encore parler ?

Essayons, tiens :

– Bonjour Michaël, tu vas bien depuis ce matin ?

Apparemment, je suis encore capable de produire un son.

Talons ? Je risque encore de trébucher comme une débile. Baskets ? Je risque de passer pour une adolescente. Ballerines ? On est en hiver, bordel. Pas le choix, ce sera des bottes. Mais pourquoi je réfléchis à tous ces trucs débiles ? J'ai envie de m'arracher les cheveux.

J'opte pour un jean et un col roulé noir qui me donne un air élégant, je lisse mes cheveux et applique un peu de mascara.

Quand j'arrive devant le bar à vins où il m'a donné rendez-vous, j'hésite à entrer tellement je suis nerveuse. Comment vais-je lui dire bonjour ? Un baiser sur la joue ? Sur les lèvres ? Tout le monde va nous voir ! Impossible d'être discrets ou de passer inaperçus, tout le monde le connaît à Genève. Est-il prêt à prendre ce risque ? Un signe de la main ? Pire, une poignée de main ? Genre « bonjour Monsieur le professeur » ?

J'entre et je l'aperçois au fond de l'établissement, élégant et charismatique comme à son habitude, il porte un jean et un tee-shirt qui souligne la courbe de ses épaules et qui laisse deviner les muscles de ses pectoraux. J'aurais aimé arriver la première juste pour ne pas avoir à prendre l'initiative de ce « bonjour » qui me prend la tête depuis deux heures. En arrivant devant lui, je me sens comme une adolescente lors de son premier rendez-vous : complètement débile. J'ai envie de tourner une mèche de cheveux entre mes doigts et de faire une bulle de chewing-gum pour compléter le tableau. Surtout ne dis pas « euh ».

– Euh…

Raté. Vite, dis autre chose ! J'ajoute dans un éclair de lucidité.

– Salut !

– Salut.

Il se lève.

Option 1 : il va se pencher pour m'embrasser et je vais tendre la joue par mégarde. Résultat : la honte.

Option 2 : il me tend la joue et je rate ses lèvres, écrasant ma bouche contre la commissure de sa lèvre supérieure. Résultat : la méga méga honte.

Option 3 : on ne bouge pas, on reste debout comme des cons, exactement comme c'est le cas en ce moment. Résultat ? Embarras assuré.

Heureusement, il prend vite les devants, passe sa main derrière ma nuque et m'attire à lui pour poser délicatement un baiser sur mes lèvres puis murmure :

– Voilà qui me semble plus convenable comme accueil. Assieds-toi ! Qu'est-ce que tu bois ?

– Vodka cul sec.

– Directement ?

– Oups, je viens vraiment de le dire à haute voix ? J'étais sûre de l'avoir juste pensé. Un verre de vin blanc m'ira très bien pour le moment.

Il me sourit puis passe commande et prend un verre de vin rouge pour lui. Je choisis de m'installer à côté de lui plutôt qu'en face parce que j'ai toujours trouvé cette position moins intimidante. Une fois servi, il sirote une gorgée de vin en le gardant en bouche quelques secondes avant de l'avaler avec un air satisfait et de plonger ses yeux dans les miens.

– J'adore ce bar, ils proposent vraiment d'excellents crus. Ta journée s'est bien passée ?

– Pas trop mal, même si j'ai encore du mal à croiser certaines personnes à l'école. Heureusement que je ne suis pas tombée sur Crachin…

Le regard de Michaël s'assombrit.

– Ils ont été durs avec toi, n'est-ce pas ? Et je ne parle même pas de ta prof qui n'a vraiment pas eu un comportement professionnel.

– Disons que ce n'a pas été une période facile. Mais grâce à toi, c'est terminé tout ça.

– Je suis heureux que tu sois sortie de cette spirale infernale. Tu vas enfin pouvoir te concentrer sur tes projets de films. D'ailleurs, sur quoi travailles-tu en ce moment ? Je veux dire, à part ta série de courts-métrages ?

Je pense instantanément à ma chaîne YouTube qui est ma priorité absolue depuis que je suis rentrée de Paris et le projet que je souhaite développer sur le long terme. Mais pour le moment, j'ai toujours de la peine à dévoiler ce que je fais à mon entourage malgré le succès croissant du « Monde d'Angie ». J'avale une gorgée de vin et reste évasive sur le sujet :

– Disons que je travaille sur un projet qui me tient à cœur… mais il est encore un peu tôt pour en parler.

Il me fixe avec une lueur amusée dans le regard et je sens sa jambe se coller à la mienne :

– J'ai hâte de voir ce que tu nous prépares pour le début de ta carrière. Est-ce que tu es toujours libre vendredi ?

– Oui, je pense pouvoir venir. Comment est-ce que la soirée va se dérouler ?

– Le complexe de cinéma de Genève organise une grande soirée avec présentation et projection à la presse. Si tu le souhaites, tu peux inviter ton ami, celui avec qui tu es toujours fourrée à l'école.

– Antho ? Sa copine pourrait venir aussi ?

– Bien sûr, tu pourras me les présenter.

– Tu veux les rencontrer ?

– Je veux rencontrer tous les gens qui comptent pour toi, Angie.

C'est l'une des plus belles choses que l'on m'ait dites. Apparemment, Michaël souhaite s'intégrer à ma vie en faisant la connaissance des personnes qui en font partie.

Et moi, ça me fait drôlement flipper. Je n'ai pas l'habitude de compter sur quelqu'un, de compter vraiment pour quelqu'un. Quand on s'attache, quand on se livre et qu'on ouvre son cœur, on laisse la possibilité d'être blessée. D'être abandonnée. D'être perdue. Je connais ce sentiment mieux que personne à cause de mon père. J'essaie de ne pas laisser transparaître mes doutes et mes craintes et reprends le fil de la conversation :

– Je lui propose ça tout de suite. Je sais qu'il avait des plans pour le week-end…

Avec le secret espoir qu'Antho accepte de venir pour rencontrer Michaël, je sors mon téléphone et tapote sur WhatsApp :

Antho, vous serez encore à Genève vendredi soir ? Michaël nous invite à la projection en avant-première de son film. Sonia et toi êtes les bienvenus ! On pourra boire du champagne et faire semblant de se la péter (alors qu'on piquera des petits fours qu'on mettra dans nos sacs pour se faire une réserve).

Michaël caresse ma cuisse et jette un coup d'œil sur mon écran que je tiens quasiment sous son nez :

– Tu vas vraiment piquer des petits fours ? J'ai déjà essayé d'en mettre une fois dans la poche de ma veste mais ce n'était pas très judicieux. Je les avais oubliés et le lendemain, j'ai retrouvé de la mayonnaise et des morceaux de crabe dans mon veston Armani. Une très mauvaise idée, je te le jure ! Il a pué pendant des lustres et je ne te raconte même pas la honte quand j'ai dû expliquer au pressing ce qui avait taché le tissu.

J'éclate de rire.

– Tu rigoles, tu n'as pas fait ça ?

– Si, je l'ai fait ! Je n'avais vraiment pas beaucoup d'argent quand j'ai commencé ma carrière, ma mère m'avait offert un veston élégant. Et j'adorais le crabe.

Nous pouffons en nous dévorant des yeux tandis que mon portable vibre en faisant trembler la table, laissant apparaître la réponse d'Antho sur mon écran.

Sonia est tellement emballée qu'on viendra avec plaisir et on partira samedi matin à Zermatt.

Michaël lève les yeux vers moi avec un sourire.

– Alors, vous serez tous là vendredi. Oh my God, double pression pour moi ! Non seulement je dois présenter le film mais en plus je dois rencontrer tes amis. Il faut que la presse aime mon travail et que tes amis m'aiment, moi.

J'avance la main pour caresser son avant-bras, décris des cercles sur sa peau et rive mon regard au sien pour lui demander :

– Qu'est ce qui t'effraie le plus ?

– Tes amis, bien sûr !

Nous partons à nouveau dans un long éclat de rire.

Il est près de minuit quand Michaël insiste pour m'accompagner en Uber jusqu'au pied de mon immeuble. Une fois arrivés, il sort de la voiture pour me conduire jusqu'à l'entrée « pour être certain qu'il ne m'arrive rien ».

Je m'appuie contre le mur du bâtiment, ce qui enclenche la lumière automatique, et le fixe en tentant de garder mon sérieux :

– Tu sais, il n'y a que cinq mètres entre le véhicule et la porte. Il y avait peu de chance pour que je me fasse attaquer.

– Tu ne sais jamais. Les chiens sauvages des villes peuvent être particulièrement dangereux une fois la nuit tombée. Ils sont gros, méchants et… sauvages, justement !

– Les chiens sauvages des villes ?

Je lève un sourcil et il me regarde avec son air déterminé. Celui que je connais déjà si bien, celui qui me fait craquer et qui me donne des frissons dans tout le corps. Il pousse un soupir et appuie son coude à côté de ma tête, si bien que son visage me surplombe légèrement et que je peux sentir l'odeur poivrée et fraîche de son parfum et la chaleur qui émane de sa peau. J'ai envie de lui embrasser le cou. Il baisse légèrement son menton et son regard accroche le mien avant qu'il avoue dans un demi-sourire :

– En vérité, c'est une excuse pourrie parce que je n'avais pas envie de t'embrasser devant le chauffeur, sur une banquette de taxi en similicuir, pour te souhaiter bonne nuit.

– C'est la meilleure excuse du monde, je trouve. Bien meilleure que celle des chiens sauvages.

Il me sourit puis approche ses lèvres des miennes. Nos bouches se touchent, nos langues jouent l'une avec l'autre et après avoir laissé place à la douceur des premiers instants, nous nous embrassons plus passionnément, plus profondément. Je passe ma main dans ses cheveux et tire dessus comme pour tenter d'exprimer ma frustration de ne pas sentir sa peau contre la mienne à cet instant. J'ai tellement envie de lui que j'ai l'impression de brûler de l'intérieur. Je sens mon ventre s'enflammer en même temps que mes joues.

Nos souffles s'accélèrent et Michaël ouvre le haut de ma veste pour passer sa main sous mon pull et effleurer la peau de mes côtes. Ce contact, si intense, me fait frissonner et mes abdos se contractent sous la caresse de ses doigts. Si ça continue, je risque de lui faire l'amour dans la rue. C'est là qu'il s'écarte de moi, le souffle court et qu'il pose ses mains de part et d'autre de mon visage en tentant de reprendre sa respiration.

– Si tu continues de m'embrasser comme ça, je risque de ne plus pouvoir me retenir et de te déshabiller dehors malgré le froid…

– J'étais en train de penser la même chose.

Ses yeux noirs m'observent dans la lumière blanche du néon. Il me regarde comme si j'étais la plus belle. Dans ses yeux, j'ai l'impression d'être la plus belle, j'ai l'impression d'être incroyable. Exceptionnelle. Comment quelqu'un peut-il me faire ressentir ça ? Comment puis-je me voir si différemment à travers d'autres yeux ? Alors que mes lèvres effleurent encore les siennes pour lui dire un dernier au revoir, je murmure contre elles :

– Pourquoi moi ?

Tout aussi doucement, il susurre, ses yeux accrochés aux miens :

– Tu ne te rends pas compte de ce que tu dégages n'est-ce pas ? Tu ne te rends pas compte de l'effet que tu fais sur les gens.

– D'habitude, c'est plutôt un effet désastreux...

– Là, il s'agit de ton interprétation Angéla. Tu ne vois pas comment ils te regardent avec ce mélange d'admiration et d'envie ? Tu es magnifique, tu es créative, tu es talentueuse, tu es intelligente. Tu possèdes tellement d'atouts. Et tu ne t'en rends même pas compte...

Au moment de le quitter, il plante ses yeux dans les miens une nouvelle fois pour me demander comme une douce et délicieuse provocation :

– Alors, Angie... on est quoi ?

Il caresse mon visage, parcourt lentement l'angle de ma mâchoire avec ses doigts puis effleure mon menton avec son pouce avant d'approcher ses lèvres et de m'embrasser encore. Je ne sais pas quoi lui répondre, je préfère me perdre dans les sensations que j'éprouve à cet instant.

Grisée par ce que je ressens, encouragée certainement par l'alcool qui coule dans mes veines, je réponds :

– On est quoi ? Je vais te le dire…

Je prends deux secondes de plus pour laisser planer le suspense. Un délicieux silence s'installe avant que je lui souffle avec une pointe d'hésitation :

– On est… ensemble ?

– On est ensemble.

Et mon cœur fait un nouveau bond.

Mardi soir, alors que je repense à Michaël et que je suis en train d'écrire un mail à Aurélie pour lui raconter les derniers détails de ma vie genevoise trépidante, j'entends mon téléphone vibrer sur mon lit. Je le saisis et observe avec curiosité le message qui s'affiche sur l'écran et qui provient d'un numéro encore inconnu.

Coucou Angie, c'est Sonia ! J'ai hâte de venir vendredi, c'est génial ! Dis, est-ce que tu pourrais passer à l'appart demain soir ? Antho ne sera pas là et j'aimerais bien papoter entre filles. En plus, je ne sais absolument pas quoi mettre pour la soirée, j'ai vraiment besoin d'un avis féminin !

J'accepte avec plaisir sa proposition, j'ai vraiment envie de m'entendre avec elle. Et, qui sait, elle pourrait même devenir une bonne copine ?

Le lendemain, je prends le chemin de l'appartement d'Antho, une bouteille de vin blanc dans mon sac pour passer un moment avec Sonia. Malgré notre première soirée au restaurant qui s'était plutôt bien passée, je n'arrive pas à cerner cette fille. Notre première discussion en tête-à-tête me revient à l'esprit et je ne peux contrôler l'appréhension qui m'envahit d'un coup alors que je m'apprête à sonner. Cette fille, je ne la sens pas. Je tente de me raisonner en pensant à Antho. Après tout, s'il l'aime c'est qu'elle doit avoir des qualités que j'ignore. Impossible qu'il soit tombé amoureux d'une pimbêche avec un mauvais fond, je lui fais suffisamment confiance sur ce point. La porte s'ouvre et je me force à afficher un grand sourire de circonstance. Sonia me sourit également et m'invite à entrer. Sur la table basse, elle a préparé un petit apéro avec des olives et quelques chips, je m'empresse de lui tendre la bouteille de blanc. Plus vite je boirai un verre, plus vite je parviendrai peut-être à faire disparaître ce sentiment de malaise.

– Oh super, merci pour le vin ! Je vais nous chercher deux verres. Fais comme chez toi, installe-toi seulement.

Dans le salon, j'aperçois de nouveaux cadres photos sur le meuble TV qui n'étaient pas là lors de ma dernière visite et en m'approchant, je constate que ce sont des photos d'elle et d'Antho. Au bar, au restaurant, dans la rue, au bord du Rhône, dans la ville, en train de s'embrasser, de se regarder, de rire. On dirait qu'ils sont ensemble depuis des années. Ce que je trouve curieux, c'est cette volonté d'exposer leur bonheur et leur couple aux yeux de tout le monde. Il n'y a aucune image des autres colocs de l'appartement, juste leur duo qui joue à la mélodie du bonheur. Partout. J'ai envie de lui dire que ce n'est pas une bonne idée d'entretenir une telle obsession et qu'elle devrait peut-être se lancer dans une collection de timbres ou acheter un poisson rouge si elle est en manque d'affection, mais je me retiens.

Sonia revient avec les verres et nous sert du vin avant de prendre place à côté de moi et de dire un peu trop gaiement à mon goût :

– C'est génial pour vendredi, on a hâte de venir au cinéma pour l'avant-première. Et avec Michaël, ça se passe bien ?

Un peu déstabilisée par une question aussi personnelle (sans même avoir avalé une goutte d'alcool), je ne sais pas exactement quoi lui répondre.

– C'est le début, je ne sais pas trop où tout ça va nous mener.

– Mais tu l'aimes, non ?

J'ouvre de grands yeux, me tortille sur le canapé et avale une gorgée de vin de plus en plus mal à l'aise. J'ai l'impression de passer un interrogatoire. Sonia remarque mon trouble et se presse d'ajouter :

– Je veux dire, vous êtes vraiment en couple ?

– Je crois, oui…

C'est à ce moment qu'elle pousse un soupir de soulagement, s'enfonce dans les coussins et me regarde avec un drôle de sourire.

– Tant mieux, tu pourras laisser Antho tranquille comme ça.

Je ne suis pas certaine d'avoir bien entendu. C'est pour cette raison que je demande très pertinemment :

– Pardon ?

– Ben oui, maintenant que tu as un homme dans ta vie, tu pourras nous laisser vivre notre vie ensemble.

Abasourdie par ses paroles, je n'arrive plus à répliquer quoi que ce soit. Sonia a l'air complètement perchée dans son délire et continue sur sa lancée en jouant carte sur table avec une franchise, ou une bêtise, de plus en plus effrayante :

– Écoute, je sais très bien ce qu'il ressentait pour toi avant mais c'est terminé. Tu l'as fait souffrir, tu lui as menti, tu dois le laisser tranquille maintenant. Il est avec moi et il a tout ce dont il a besoin.

La soirée filles est en train de virer à la catastrophe et je doute que le vin puisse rattraper le désastre qui est en train de se produire sous mes yeux. Je la questionne dans un dernier espoir de ne pas la détester complètement et définitivement :

– Qu'est-ce que tu veux dire ?

– Je veux te dire que tu n'as plus besoin de lui et qu'il n'a plus besoin de toi.

Impossible de me contenir plus longtemps et de jouer à la bonne copine :

– C'est pour me dire ça que tu m'as proposé de venir ce soir ? Je n'arrive pas à le croire. Pendant la soirée au restaurant italien, tu as passé ton temps à nous jouer ton petit cinéma comme si on s'entendait bien ? Alors qu'en fait, tu ne me supportes pas ? C'est quoi ton problème ?

– Mon problème, c'est que je l'aime depuis des mois et qu'il ne me voyait même pas avant que tu ne disparaisses de sa vie. Je ne te laisserai pas me le reprendre.

– Mais Sonia, ça n'a rien à voir ! Antho est mon ami et...

– L'amitié entre hommes et femmes, ça n'existe pas.

– Antho sait très bien qu'il ne se serait jamais rien passé entre nous. Tout est clair et tout a toujours été très clair.

– Tu te mens à toi-même, c'est hallucinant ! Tu n'étais pas là quand il me parlait de toi. Si tu l'avais entendu « Angie est géniale. Angie est tellement formidable. Angie est tellement belle. Angie va avoir tellement de succès ». Angie par ci et Angie par là. Tout le temps ! Et moi, j'ai joué à la bonne copine, je l'ai écouté, je l'ai soutenu, j'ai été là pour lui alors que toi, Angéla, tu le reléguais à la deuxième position pour aller jouer dans un film avec ton prof. Tu n'étais pas honnête avec lui, tu lui mentais, tu jouais avec lui alors qu'il te donnait tout, que tu prenais toute la place dans sa tête. Heureusement qu'il s'est réveillé. Tu ne le mérites vraiment pas.

– Je ne l'ai jamais voulu de la manière dont tu le voulais Sonia.

– Tu ne le voulais plus tout court...

– C'est faux, j'ai toujours gardé une place centrale pour Antho dans ma vie et dans mon cœur. Enfin, excepté mon erreur, évidemment. Antho compte pour moi comme un frère.

– Ce n'est pas d'un amour filial dont il a besoin.

Cette fille est complètement à l'ouest ma parole ! J'ai envie de lui balancer une olive dans l'œil pour qu'elle réalise à quel point elle n'est pas dans la réalité. Je lorgne toujours le petit pot d'olives en répliquant avec tout le calme dont je suis encore capable à ce stade, ce qui n'est pas brillant :

– Avec moi, c'est ce qu'il a et c'est ce que nous allons garder Sonia. Je ne renoncerai pas à son amitié et à notre relation pour toi. Jamais.

– Il t'aime…

– Non, il m'a peut-être aimée mais c'était une erreur et ses sentiments ne l'auraient mené nulle part. Il t'aime, toi, maintenant et c'est tout ce qui devrait compter pour toi.

Le regard vague, elle observe la neige tomber par la fenêtre en murmurant comme une folle :

– Je refuse d'être un deuxième choix. Tant que tu feras partie de sa vie, je serai un deuxième choix.

Elle reporte son attention sur moi et la lueur que j'aperçois dans son regard me fait vraiment peur.

– Je veux la première place Angie, et crois-moi, je l'obtiendrai. Je finirai bien par lui montrer ton vrai visage et là, il comprendra son erreur et il se détachera définitivement de toi.

Complètement déstabilisée par la scène surréaliste qui est en train de se dérouler, j'explose, incapable de me retenir plus longtemps :

– Mais t'es complètement folle ma parole !

Je sais, je n'aurais jamais dû lui balancer ça. Je suis consciente qu'on ne fait pas entendre raison à une folle en la provoquant et en perdant son sang-froid mais je n'ai pas pu m'en empêcher. Vous auriez fait pareil n'est-ce pas ? Ceux qui disent non sont des menteurs !

Je pense à Antho et tente une dernière tentative de lui faire entendre raison :

– Qu'est-ce que tu attends de moi, Sonia ? Que je disparaisse de sa vie et que j'enterre notre amitié ?

– Parfaitement !

– Alors mets-toi bien ça dans le crâne : ça n'arrivera jamais. J'ai déjà perdu un frère, il est hors de question que cela se reproduise.

Sur ces bonnes paroles, je la laisse ruminer sa colère et sa frustration puis me lève et quitte l'appartement en claquant la porte.

Dans la rue, je tente vainement de calmer ma respiration et de contenir ma colère en inspirant plusieurs fois l'air glacial de l'hiver. Il ne s'est pas vraiment passé ce qui vient de se passer, non ? Si ? Il faut absolument que je parle à Antho de cette soirée et de cette discussion entre

Sonia et moi. J'étudie les différentes options parce que lui dire frontalement « ta copine est folle » ne me semble pas être l'approche la plus judicieuse. Sans compter qu'ils vont être collés l'un à l'autre durant toute la soirée de vendredi. Je doute même qu'il me croit. Moi-même, j'ai du mal à y croire.

Vendredi arrive bien trop vite et les sentiments qui m'envahissent sont tous plus contradictoires les uns que les autres. Entre le stress de participer à un événement public avec Michaël, les présentations officielles avec Antho et la présence de Sonia (à qui j'ai dorénavant envie d'arracher les cheveux un par un), je me sens comme une cocotte-minute prête à exploser.

Après ma douche, j'essaie de focaliser mon attention sur mon dressing et me torture l'esprit quant à la tenue à choisir. Qu'est-on censé porter pour ce type d'événement ?

J'opte pour la classique petite robe noire qui fait toujours son effet malgré sa simplicité et l'enfile avec des collants. Avec ses manches en dentelle et son décolleté discret, je pense qu'elle atteint le juste milieu entre le classique et le sexy. Les escarpins que je ne porte jamais sont rangés en ligne dans mon armoire et je les observe une seconde avant de tendre ma main vers ceux de couleur rouge que je compte assortir à mon rouge à lèvres. Satisfaite, je fixe mon reflet dans le miroir. J'ai presque du mal à me reconnaître et j'ai presque peur de sortir ainsi et d'attirer les regards sur moi. Même si je me sens mieux dans ma peau depuis quelques semaines et depuis mon aventure parisienne, je suis toujours réfractaire à l'idée d'attirer l'attention, je préfère passer inaperçue sous mes gros pulls gris. Ma carapace. Ma barrière contre le monde.

Le bip de mon téléphone me pousse à quitter mon dressing et à lire le SMS qu'Antho vient de m'envoyer.

On se rejoint devant le cinéma. Sonia est excitée comme une puce. Pourquoi ce genre de soirée vous fait autant d'effet ? Ce n'est qu'un film. Un film réalisé par un mec canon, OK, mais un film quand même. Et on n'est pas à Cannes mais à Genève. Au mieux, il y aura un journaliste de La Tribune. La foule de photographes qui attend devant l'entrée, c'est un mythe. Juste pour vous rendre dingues !

Il me fait rire et je tapote pour le provoquer.

Ton cerveau reptilien n'est pas assez évolué pour comprendre l'effet grisant de faire partie des privilégiés qui assisteront à la naissance d'un chef-d'œuvre. Et tout ceci avant le commun des mortels.

J'enfile mes hauts talons et pense à aller chercher des pansements dans la salle de bains que je glisse dans mon sac. Au cas où. Quand je reviens, Antho m'a répondu.

Hey Proust, tes phrases sont beaucoup trop longues. Mon cerveau reptilien a dû les lire trois fois avant de tout comprendre. Le commun des mortels a parfois un goût de chiotte !

Du tac au tac, je réponds :

Tu es jaloux !

Je vois qu'il est en train de rédiger quelque chose et son message ne tarde pas à s'afficher sur le fil de la conversation :

Pas du tout ! Moi aussi je suis beau. Je n'ai pas encore de succès ni d'argent mais ça ne saurait tarder ! Je compte sur l'Euromillions.

Après lui avoir envoyé trois smileys qui éclatent de rire, je lui rappelle qu'on pourra discuter de vive voix dans une petite demi-heure.

En arrivant devant le cinéma, je tente de repérer Antho et Sonia parmi la foule de bobos chics, de femmes en talons et d'hommes en costume qui attendent devant l'entrée ou qui fument une cigarette tout en me concentrant sur mes pas et ma démarche. *Ne pas trébucher, ne pas trébucher, rester focalisée sur ses pieds* !

– Wow, Angie, tu es magnifique !

La voix de mon meilleur ami me pousse à me retourner et je tombe nez à nez avec eux. *Merde Antho, tais-toi*, je pense en jetant un regard de biais à Sonia qui doit avoir du mal à gérer son commentaire avec sa jalousie maladive. Mais elle ne laisse rien paraître et affiche un sourire poli, force est de constater qu'elle joue très bien la comédie. Dans sa tête, je suis sûre qu'elle ne pense qu'à une chose : me noyer dans le magnum de champagne qui doit certainement trôner sur le buffet à l'intérieur du cinéma. Je les embrasse chaleureusement. Enfin, elle, un peu moins hein, faut pas pousser mémé dans les bras de Sonia non plus.

– Hey salut ! Vous aussi vous êtes beaux !

Antho a fait l'effort d'enfiler un veston gris un peu trop petit pour lui mais il porte une chemise blanche qui lui donne fière allure. Sonia a choisi de mettre une robe bleue qui met en valeur ses formes et s'est coiffée d'un chignon élégant. Je la regarde attentivement. Elle a presque l'air normal, pendue au bras de son petit ami. Ce qui est d'autant plus inquiétant. Les psychopathes n'ont pas tous l'air d'être des fous, n'est-ce pas ?

Je propose en amorçant un mouvement :

– On entre ?

Je donne mon nom au colosse en costard noir qui garde l'entrée et il vérifie attentivement sur sa liste avant d'acquiescer et de nous laisser passer :

– Angela Decker, vous faites partie des VIP. Monsieur Perez vous attend à l'étage pour ouvrir le champagne.

Il fait un signe de tête à son collègue qui garde l'escalier qui mène à l'étage et nous indique le chemin pendant que je balbutie un pauvre merci, le rouge aux joues. Sonia rejette ses cheveux en arrière, se remet une couche de gloss et glapit :

– Oh mon Dieu, oh mon Dieu. Je suis VIP ! Antho, comment je suis ? Mes cheveux, ça va ? Et mon rouge à lèvres ?

J'ai envie de lui dire qu'elle s'est plantée de couleur mais, une fois de plus, je retiens les mots assassins qui enflent dans ma gorge.

Antho la rassure sur son look l'air gêné et évite mon regard tandis que nous entrons dans le cinéma qui embaume cette odeur caractéristique de pop-corns chauds. Nous grimpons l'escalier et arrivons dans une salle privatisée où l'ambiance calme et la musique lounge contrastent avec l'effervescence de la foule qui attend en bas.

J'aperçois Michaël en pleine discussion avec un homme aux tempes grisonnantes et au charisme impressionnant et l'observe un instant. Dès qu'il m'aperçoit, son visage s'éclaire et il me lance un grand sourire. Il pose sa main sur le bras de son interlocuteur et semble s'excuser en nous désignant d'un geste de tête avant de le quitter et d'avancer vers nous.

Mon cœur bat à tout rompre et ma gorge devient aussi sèche qu'un shortbread, plus il s'approche, plus je transpire. Arrivé à ma hauteur, il me regarde fixement de ses prunelles noires puis m'embrasse doucement avant de prononcer :

– Bonsoir, toi. Tu es absolument époustouflante.

Je murmure un timide « merci » avant de me tourner vers Antho et Sonia pour procéder aux présentations :

– Michaël, je te présente Anthony, mon meilleur ami et Sonia, sa copine tarée.

Évidemment, je n'ai pas dit le dernier mot. Il se penche légèrement vers eux pour les saluer dans un grand sourire et fait la bise à Sonia puis tend la main à Antho en s'exclamant :

– Anthony, ravi de faire votre connaissance. Sonia, vous êtes très en beauté.

Sonia glousse. Antho répond à la poignée de main du réalisateur et moi, j'assiste à la scène comme si elle n'était pas réelle. Sonia pose sa main sur l'avant-bras de Michaël et, les yeux pétillants, commence à s'emballer :

– Michaël, vous êtes l'un des plus grands réalisateurs suisses de tous les temps. Le travail sur la photographie que vous avez effectué sur « Mon temps ne vaut rien » était absolument fabuleux…

– À vrai dire, c'est grâce au travail de Damien Murrat, le chef de la photo, que cet aspect-là a été un vrai succès.

– Vous savez vous entourer des bonnes personnes. D'ailleurs, je suis moi-même photographe et…

Son culot me coupe le souffle, même Antho a l'air de vouloir se cacher dans un trou. Je le vois regarder à droite et à gauche certainement à la recherche d'une machine à pop-corn où enfermer

Sonia. Michaël, lui, ne bronche pas et écoute patiemment Sonia déblatérer son monologue avec une patience d'ange. Sans se départir de son sourire et après quinze minutes de discussion, il fait glisser sa main dans le bas de mon dos et s'excuse auprès du couple :

– Ne m'en voulez pas, je vous ravis Angela pendant quelques minutes, j'ai des gens à lui présenter. À tout de suite !

Soulagée, je le suis dans un coin de la salle où nous rejoignons un groupe qui sirote des coupes de champagne sous les regards déçus de Sonia. Michaël en attrape deux sur le buffet et m'en tend une avant de trinquer avec moi :

– À nous ! Merci d'avoir accepté de venir.

– À nous. Merci de m'avoir invitée.

Nous nous dévorons des yeux, attirant peu à peu l'attention des convives autour de nous. Michaël s'approche de moi, passe son bras autour de ma taille pour m'attirer à lui et chuchote à mon oreille :

– Si je pouvais, je les laisserais tous et je te kidnapperais pour passer la soirée en tête à tête avec toi.

Je rosis de ravissement et l'attire contre moi, la main dans son dos, hésitant à l'embrasser à cause des regards posés sur nous. Il semble saisir mon hésitation et me regarde, une lueur d'amusement dans le regard, avant de me sourire. Il pose nos deux coupes sur le buffet à côté de lui et relève mon menton vers lui avec sa main libre avant de poser ses lèvres sur les miennes devant tout le monde.

– Voilà, comme ça, c'est clair.

J'éclate de rire et l'embrasse encore, oubliant le monde autour de nous, les regards appuyés, la jalousie de certaines, l'étonnement des autres et le qu'en-dira-t-on. À cet instant, il n'y a que lui et moi. Après ce petit interlude privé, il me prend par la main pour me présenter les personnes qui nous entourent. Il y a l'homme avec qui je l'avais aperçu en arrivant qui est son producteur, Donatella, l'actrice principale toujours aussi détestable, Laurent qui lui donne la réplique et toute l'équipe technique avec les caméramans, les éclairagistes, les preneurs de son, les monteurs et Kevin.

Une annonce nous prévient que la projection du film débutera dans un quart d'heure et Michaël me quitte pour quelques minutes afin d'aller régler les derniers détails. Je retrouve Antho qui sirote un verre de vin.

– Hey ! Ta cavalière t'a abandonné pour faire sa pub auprès d'autres personnes importantes ?

Il me jette un regard perçant et plisse les paupières en grondant :

– Mauvaise langue ! Ton karma te rattrapera, perfide Hobbit ! Elle est allée aux toilettes avant le film.

J'éclate de rire et m'excuse en terminant ma coupe de champagne :

– Oups ! Pardon !

Pour moi, c'est l'occasion ou jamais de sonder Antho et de lui parler seul à seul. Avec mon tact et ma délicatesse légendaires, je lui demande :

– Tu ne trouves pas qu'elle exagère légèrement avec son petit cinéma quand on est arrivé ?

Oups, encore raté. Antho regarde au loin mais je le vois grimacer très légèrement, comme s'il cherchait la bonne réponse à donner.

– C'est une superbe opportunité pour elle, il faut oser se mettre en avant et avoir du culot pour faire une belle carrière. Tu dois la comprendre.

– Arrête Antho, tu ne penses pas ça sérieusement.

– T'as raison ma Pépite, j'ai trouvé ça un peu déplacé et…

– Gênant ?

– Un peu mais bon, elle ose, elle est comme ça. Cette fille, c'est l'inverse de moi. Elle est franche et directe, elle est déterminée et carriériste… mais je te jure qu'elle a un bon fond.

Je guette le retour de Sonia et me dis que c'est le bon moment pour lui parler de son guet-apens de l'autre soir. Je plonge mon regard dans celui d'Antho, arbore l'air le plus sérieux dont je suis capable, inspire profondément et m'apprête à dire…

– Alors, de quoi vous parlez ?

Merde, Sonia. J'écarquille les yeux, pousse un léger soupir, déçue de ne pas pouvoir aborder le sujet qui me brûle les lèvres avec mon meilleur ami et tente de trouver un truc à dire en lançant un regard désespéré à Antho. J'espère qu'il va comprendre le message que j'essaie de lui transmettre, c'est-à-dire « vas-y parle, dis un truc crédible, sinon on va se griller ». Voilà. Je lance :

– De Michaël !

Alors qu'Antho s'exclame en même temps :

– Du temps !

Nous nous regardons en écarquillant les yeux sous le regard méfiant de Sonia. Flûte ! Heureusement, une fille s'approche de moi et me fixe bizarrement. Ce qui, en temps normal, pourrait m'effrayer un peu. Mais là tout de suite, je me fiche de son regard suspicieux, cela provoque une diversion bien venue. La fille nous approche pour me demander :

– Angie ?

Comment connaît-elle mon nom ? J'obtiens rapidement ma réponse puisqu'elle poursuit :

– Angie du « Monde d'Angie » ? C'est bien toi ? J'adore tes vidéos ! On peut prendre une photo ensemble ?

Prise au dépourvu et toujours étonnée que ce genre de choses se produisent, je bégaie :

– Bbb… bien sûr.

Elle sort son smartphone tout sourire et passe son bras autour de mon épaule avant de tendre l'objet à Antho pour qu'il fasse la photo sous l'œil dubitatif et jaloux de Sonia.

Elle nous remercie puis s'éloigne alors que j'aperçois Michaël revenir, l'air de se demander ce qu'il se passe et pourquoi je me fais approcher et prendre en photo avec des inconnues. Il fronce les sourcils et suit du regard la fille qui s'éloigne avant de me questionner :

– Qu'est-ce qu'elle voulait ?

– Oh juste une photo. Elle a vu un de mes courts-métrages et elle apprécie mon travail.

Antho s'apprête à compléter ma réponse mais je le stoppe dans son élan en faisant les gros yeux et en tentant d'être la plus discrète possible en faisant « non » de la tête. Je n'ai pas envie de parler de ma chaîne à Michaël pour le moment. Je prétexte le premier truc qui me vient à l'esprit en les incitant à rejoindre la salle de cinéma.

– C'est l'heure, on devrait aller s'asseoir à nos places !

Une fois installés, lorsque la lumière s'éteint, Antho se penche vers moi dans l'obscurité et chuchote :

– Pourquoi tu ne lui as pas dit la vérité sur cette fille qui voulait faire une photo avec toi ?

– Il ne sait rien de mon activité parallèle et c'est très bien comme ça pour le moment.

– Tu devrais le lui dire. Angie, tu devrais être fière de toi…

Je réfléchis à ce qu'il vient de me dire et aux raisons qui me poussent à rester discrète et je réalise que je n'ai pas encore toutes les réponses.

C'est avec des souvenirs plein la tête que je rentre chez moi après le film. En retrouvant mon lit ce soir-là, je pense à cette folle soirée Et aux derniers mots de Michaël : « vendredi soir, j'aimerais beaucoup t'inviter chez moi… ».

Vendredi soir, c'est la première soirée que je passe dans l'appartement de Michaël, un superbe loft qui surplombe Genève avec une terrasse de la taille du trois pièces de ma mère. Profitant de la vue, emmitouflée dans mon manteau et ma grosse écharpe autour du cou, j'observe avec de grands yeux le spectacle qui se déroule devant moi. On aperçoit les lumières de la ville et le jet d'eau qui domine le lac, le bourdonnement sourd des voitures et le babillement des passants semblent lointains dans cet oasis de silence. La musique du salon qui filtre à travers la porte vitrée ouverte m'aide à me détendre tandis que Michaël me rejoint, deux coupes de champagne à la main. Moi, je m'extasie sur la vue :

– C'est à couper le souffle.

– Moi, c'est toi qui me coupes le souffle.

Il me fait craquer. Nous trinquons et j'avale une gorgée du liquide pétillant, contente mais stressée d'être si près de lui. Je sens le champagne descendre dans ma gorge et réchauffer mon ventre. Je cligne des yeux de bien-être, Michaël à côté de moi, le regard perdu dans le vague. Et, alors que je ne m'y attendais pas du tout, il avoue dans un doux murmure :

– Je suis heureux de t'avoir rencontrée Angela. Tu es différente des femmes que j'ai l'occasion de côtoyer. D'habitude, je n'arrive pas à les cerner et je me demande toujours les raisons de leur présence à mes côtés. Toi, tu es authentique et sincère.

J'ai l'impression que notre relation est « vraie » et… ça me fait un bien fou.

– Je t'ai toujours apprécié pour « toi ». Pour ton « vrai » toi. Tu as quelque chose de singulier qui m'attire, tu es tellement créatif, sûr de toi, déterminé et tellement doué. Qui ne craquerait pas pour toi ?

– J'ai aussi plein de défauts, tu sais.

– Oh, je sais, j'ai aussi pu m'en apercevoir ! Tu es un poil arrogant, fier et beaucoup trop cynique.

– Je ne suis pas comme ça, c'est faux. Enfin, pas complètement…

Il me fait un clin d'œil puis se rembrunit en expliquant :

– Tu commences à connaître ce milieu, ce n'est pas toujours évident de maintenir une relation dans ce monde d'apparences. Ce n'est pas évident de ne pas se perdre soi-même et de ne pas perdre la personne qu'on aime. Il faut beaucoup de respect et de confiance pour tenir le coup.

– Tu crois qu'on peut y arriver ?

– Je ne le crois pas…

Après une seconde de pause, il rive ses yeux noirs aux miens pour poursuivre :

– ... j'en suis certain.

Il m'embrasse longuement, ses lèvres pressées contre les miennes, sa langue joue avec la mienne et un désir puissant m'envahit à nouveau. Il a le goût du champagne, de la folie, de l'avenir, de l'amour. Après m'avoir embrassée, il m'étreint pendant de longues secondes et je me réchauffe au contact de son corps, profitant de ce contact contre lui comme s'il était mon unique refuge.

Quand il se décolle de moi, je sens le froid m'envahir à nouveau. Toutes les cellules de mon être semblent crier leur manque. Il dépose un baiser sur ma joue puis me regarde avec des yeux pétillants :

– Rejoins-moi dans dix minutes, je commence à préparer le repas.

J'acquiesce et le regarde s'éloigner puis je prends le temps de siroter le reste de ma coupe de champagne, les yeux toujours rivés aux lumières de la ville.

Peu après, je décide de le rejoindre en cuisine pour lui proposer mon aide et tombe sur un Michaël à l'air plus que perplexe devant une grande casserole. D'après l'odeur, je discerne de l'alcool et du fromage. Mon pressentiment est confirmé par un sachet de fondue ouvert et vide à côté de lui, posé sur le plan de travail.

Il lève les yeux sur moi, me regarde, dépité, et fait une moue tellement adorable que je m'approche du caquelon pour y jeter un œil. Je retiens un éclat de rire en apercevant le résultat, un infâme liquide jaunâtre beaucoup trop clair et inconsistant flotte au fond. Il essaie de le brasser comme si ça allait changer quelque chose :

– Je ne sais pas faire une fondue, c'est la honte !

– Mmm à vue de nez, je dirais que tu as dû te tromper dans les dosages.

– Je suis une catastrophe ! Comment peut-on réussir à faire un film mais rater un truc aussi basique ?

– On ne peut pas être doué en tout. Heureusement que tu as plein de défauts, je suis ravie d'en avoir découvert un autre.

Il lève un sourcil, plonge la spatule dans la fondue ratée et me la tend :

– Tu ne veux pas goûter pour me dire ce qu'il manque ?

Je fais la grimace, secoue la tête et me gratte le menton :

– Rien qu'en la voyant, je sais ce qu'il manque…

– Du champagne ?

– Si tu ajoutes du liquide, ce sera définitivement le cocktail le plus bizarre que j'ai vu de ma vie. Ce n'est pas une fondue au champagne, c'est du champagne à la fondue. Il manque du fromage !

– Il manque du fromage dans ma fondue ? C'est très paradoxal.

Je n'arrive plus à me retenir et pique un fou rire devant son air ahuri. Il secoue sa spatule devant mon nez :

– Tu te moques de moi, c'est très vilain Mademoiselle Decker !

Heureusement, Michaël est prévoyant et a pensé à faire une réserve.

– Donne-moi le deuxième paquet et de la Maïzena, on va rectifier ça en trois coups de spatule.

Quelques minutes plus tard, la fondue a repris la forme d'une fondue et Michaël me regarde, impressionné :

– Tu es une magicienne !

– Je ne sais pas faire de film mais je sais faire une fondue !

– Toi, tu sais faire les deux. Tu es la meilleure.

Il m'embrasse et nous passons à table. Une fois le repas dégusté, je n'en peux plus, je suis repue et j'ai l'impression que mon ventre va éclater. Mais Michaël a vu les choses en grand pour sa première invitation et il revient avec deux assiettes de dessert. Je le regarde, sceptique, devant les deux meringues accompagnées de double-crème qu'il pose devant moi :

– Est-ce que ton but est de me tuer Monsieur Perez ?

– Te tuer avec du double-crème ?

– Je crois surtout que j'ai envie d'un autre dessert…

Enhardie par le champagne et par le désir que je retiens depuis des mois pour lui, je me lève et viens m'asseoir sur ses genoux avant de l'attirer par la nuque pour l'embrasser. Contre mes lèvres et les yeux fermés, il répond à mon baiser puis murmure, le souffle court :

– Mmm, je crois que je préfère tes lèvres aux meringues. Tu n'imagines pas comme ce que je viens de te confier est un aveu sentimental important à mes yeux.

Il me fait un sourire craquant et je fonds à nouveau. Il positionne délicatement mes jambes de manière à ce qu'elles soient de part et d'autre de son corps et se lève en me maintenant contre lui.

– Je crois que nous avons suffisamment profité du salon…

Il m'entraîne alors dans sa chambre et me pose doucement sur le lit. Mon cœur est prêt à exploser, toutes mes terminaisons nerveuses sont en ébullition tandis que je sens son corps agile se positionner au-dessus du mien.

– Angela, tu me fais un effet de dingue. J'ai tellement envie de toi. J'en crève…

Il glisse alors dans mon cou, remonte jusqu'à mon oreille pour la mordiller puis descend les bretelles de ma robe pour embrasser la fine peau de mes épaules. Lentement, très lentement, il me déshabille, à chaque seconde qui s'écoule, il prend le temps de me regarder, d'observer chaque recoin de mon corps, chaque centimètre carré de mes courbes.

Nous passons la nuit à faire l'amour, tendrement, passionnément. Jamais un homme ne m'a fait cet effet-là, jamais je n'ai ressenti une telle intensité, une telle osmose, une telle passion. Lui aussi me fait un effet de dingue. Tellement dingue que ça me fait peur.

Pour le moment, dans l'obscurité et l'ambiance feutrée de sa chambre, je ferme les yeux, prête à m'endormir entre ses bras, son souffle chaud sur ma nuque et je profite de ce sentiment de sécurité que je n'avais plus ressenti depuis longtemps.

Chapitre 15
« Sonia n’est pas celle que tu crois… »

Après ce week-end riche en émotions, j’ai encore la tête ailleurs quand je retourne au cours le lundi matin.

Au détour d’un couloir, j’aperçois Madame Crachin et mon ventre se tord automatiquement comme dans un réflexe pavlovien, son air mesquin, son sourire carnassier, son allure d’hyène, tout en elle me rappelle de mauvais souvenirs. Elle a l’air en grande discussion avec un élève et jette des regards méfiants autour d’elle. Je me demande quelle messe basse elle est encore en train de jouer et les observe quelques instants avant d’être interrompue par Antho qui arrive plus tôt que d’habitude d’un pas nonchalant, son écharpe enroulée n’importe comment autour de son cou. Il appuie son coude sur mon casier et se penche vers moi l’air complice :

– Alors ton week-end avec Mister love ?

– Tu peux parler monsieur « so in love ». Sonia skie bien ? Ses parents sont aussi sympas qu'elle ?

Il fronce les sourcils :

– Pourquoi est-ce que je sens une pointe d'animosité dans le si charmant ton de ta voix, ma Pépite ?

La conversation et le double jeu de sa copine me reviennent trop vite en mémoire :

– Antho, il faut qu'on parle. Mais pas ici et pas maintenant.

– De quoi veux-tu me parler ? Oh merde, t'as l'air vachement sérieuse tout à coup. Il s'est passé un truc ? Tu ne vas pas me faire poireauter comme un débile ? Raconte-moi !

Il me regarde d'un œil sceptique avant d'ajouter en soupirant devant mon air contrit :

– Si, tu vas me faire poireauter comme un débile. Pfff. C'est méchant !

La sonnerie retentit et je claque la porte du casier en le regardant d'un air désolé :

– Tu vas devoir être patient mon Antho, c'est l'heure de rejoindre le monde merveilleux des filmakers.

– Rhaaa c'est trop injuste. Tu ne paies rien pour attendre.

Je lui fais un clin d'œil et m'éloigne dans les couloirs en le laissant dépité et la moue boudeuse. Il me court après sur quelques mètres pour me soudoyer :

– Une bière chez moi après les cours ? Je sais que tu ne résistes pas à une proposition d'apéro. Alors ?

– Sonia sera là ?

– Elle termine à vingt heures ce soir… mais…

– OK, alors on se fait un apéro chez toi et je rentrerai tôt.

– Mais… oh non, tu vas me parler d'elle. Je le savais ! Je le savais !

– Antho, il faut vraiment qu'on y aille, on est en retard.

Je le retrouve après les cours, devant le bâtiment de l'école, afin que nous allions ensemble chez lui. Stressée, j'avance en silence, me demandant comment je vais bien pouvoir lui parler de sa copine sans qu'il se mette en colère et qu'il pense que je suis jalouse. Je vous rassure, ce n'est absolument pas le cas. J'aime Antho de tout mon cœur et j'ai peur que Sonia lui fasse du mal à cause de son caractère excessif et de son double jeu. Ses réactions, ses menaces et ses crises contre moi me font penser au pire et c'est mon meilleur ami qui risque de faire les frais de toutes ces tensions.

Antho qui me fixe depuis un moment, espérant certainement que mon mutisme prenne fin, rompt finalement le silence pesant et souligne d'un ton calme et posé :

– Tu ne dis rien, c'est mauvais signe.

– C'est que… en fait, je réfléchis.

– Toi ?

– Hey !

Je lui balance une petite tape amicale et nous nous sourions même si je sens son impatience se décupler au fil des minutes. Heureusement, nous sommes arrivés chez lui et après avoir retiré nos épais manteaux d'hiver, nous sirotons une première bière assis dans son canapé. Peut-être que si je la bois super vite, je serais légèrement pompette et que j'oserais enfin me lancer et lui raconter la vérité sur celle qu'il fréquente ? Toujours perdue dans mes pensées, je bois la bière au goulot aussi vite que possible sous les yeux étonnés et perplexes d'Antho.

– Tu t'exerces pour le concours de la buveuse de bière la plus rapide de Genève ?

Je souris, ravie qu'il m'offre une petite diversion :

– Oh ça existe ça ?

– Angie, tu vas enfin me parler ou est-ce que tu as décidé de passer les quelques heures que nous avons en tête à tête avec ta bouteille ?

Mal à l'aise, je me tortille sur le canapé, ramène l'une de mes jambes sous mes fesses et pose ma bière pour fixer enfin mon ami qui me regarde d'un air inquiet.

– Bon. Alors… c'est arrivé juste avant la soirée de l'avant-première.

Je déglutis et prends une profonde inspiration avant de continuer mon récit.

– Tu n'étais pas là et Sonia m'avait proposé de passer ici pour papoter entre filles. Évidemment, j'ai accepté. Je me disais que ce serait vraiment bien qu'on puisse s'entendre et apprendre à mieux se connaître mais en fait, la soirée ne s'est pas très bien passée…

– Comment ça « pas très bien passée » ? Qu'est-ce que tu lui as dit ?

J'écarquille les yeux :

– Pourquoi est-ce que tu crois que j'aurais pu lui dire quelque chose de méchant ?

– Tu lui as dit quelque chose de méchant ?

– Bien sûr que non ! Laisse-moi t'expliquer la suite, sans m'interrompre, s'il te plaît, c'est important.

Je le vois grimacer et avaler une gorgée de bière avant de reporter son attention sur moi. Je fais appel à tout le tact dont je suis capable et tente de trouver les bons mots :

– Donc, j'étais venue avec l'idée de me faire une amie et…

– Oui, j'avais compris et ensuite ?

Je gronde :

– Antho. OK, alors en fait, pour te dire franchement les choses, elle voulait me dire de ne plus t'approcher. Elle m'a dit que tu n'avais plus besoin de moi maintenant qu'elle était là et que, tant que je serais dans les parages, elle n'aurait pas la place qu'elle souhaite avoir auprès de toi. Elle a continué en disant qu'elle ne voulait pas être un deuxième choix et que je devais disparaître de ta vie…

Il soupire, passe la main dans ses cheveux, le regard lointain. Après quelques secondes, il reporte son attention sur moi et je peux lire de la déception dans ses grands yeux :

– Pourquoi tu fais ça Angie ?

– Pourquoi je fais quoi ?

Je comprends avec horreur qu'il ne me croit pas. Il secoue la tête et marmonne entre ses dents :

– Elle ne dirait jamais des choses pareilles. Je la connais…

– Je n'ai aucune raison de te mentir.

– Tu l'as déjà fait une fois…

– Antho… tu ne peux pas croire que je serais capable de te mentir sur un truc aussi grave et aussi important. Tu sais à quel point tu comptes pour moi et…

Il m'observe d'un air dur, les lèvres pincées. Sa colère ne tarde pas à exploser et il hurle :

– Alors pourquoi tu fais ça ? Pourquoi tu essaies de tout gâcher ?

– Je n'essaie pas de tout gâcher. Je veux rester ton amie et je veux que tu saches à qui tu as affaire.

– J'ai bien compris que tu voulais rester mon amie Angie. Mais là, tu ne te comportes pas comme une amie, tu essaies de me dire que ma copine, la fille dont je suis tombée amoureux et que j'aime, est une menteuse et une manipulatrice. Ce que j'ai compris maintenant, c'est que tu ne l'apprécies pas. Génial. Mais ne me fais pas avaler tes saloperies sur elle, je t'en prie. Maintenant, j'aimerais que tu t'en ailles. J'ai envie d'être seul.

– Mais, je…

– Angie, va-t'en s'il te plaît.

Je comprends que la discussion est terminée. Et qu'Antho m'en veut dorénavant à mort. Magnifique, vive la franchise. Je me lève, j'ai tellement mal au ventre et au cœur que j'ai envie de vomir, et quitte l'appartement.

En rentrant chez moi, je m'enferme dans ma chambre et repense à tout ça. Aurais-je dû me taire et garder la discussion avec Sonia secrète ? Impossible, Antho devait connaître la vérité. Et maintenant ?

Je pousse un soupir et hésite à écrire à mon meilleur ami. Mon portable dans la main, je décide finalement de le laisser digérer ce que je lui ai confié. Je remarque que j'ai un message et espère qu'il s'agit de lui, d'un signe de paix, quelques lignes pour apaiser ce rendez-vous pourri. J'espère qu'il m'a écrit pour me dire qu'il me croit, pour me dire qu'il va réfléchir à tout ça. Mais ce n'est pas lui.

Mon cœur fait un bond et je souris malgré tout.

Je n'arrête pas de penser à toi.

Michaël. Enfin un peu de positif dans tout ce bordel. Je lui réponds qu'il occupe toutes mes pensées également et me connecte ensuite sur ma boîte mail dans laquelle je trouve un message d'Aurélie. Grâce à elle, je me sens instantanément moins seule. Elle me raconte ses dernières aventures parisiennes, me donne des nouvelles de sa mère puis me parle du Salon Beauty Guests, un salon d'influenceuses, auquel elle a été conviée et qui aura lieu au mois de juin. Elle m'explique qu'elle leur a parlé de moi pour que je puisse y venir également et qu'elle leur a envoyé le lien vers mes vidéos.

Après lui avoir expliqué les derniers événements, je poursuis la lecture de mes autres mails et manque de peu d'effacer un message que je prends pour un spam. En objet, il est écrit « Magazine Femina ». Persuadée qu'il s'agit d'une publicité pour un média féminin et que je vais tomber sur une offre d'abonnement, je lis les premières lignes distraitement.

Bonjour, je suis journaliste au Femina et j'écris un article sur les bloggeuses et les YouTubeuses qui rencontrent de plus en plus de succès en Suisse romande. La fille d'une de mes collègues vous adore, seriez-vous d'accord de répondre à quelques questions sur votre parcours et sur votre chaîne ?

Je vous remercie pour votre retour et vous souhaite une belle journée.

Cordialement,

Marie Fournier

Quoi ? Évidemment, je réalise bien vite qu'il ne s'agit pas de démarchage (oui, mon cerveau fonctionne encore, heureusement). Oh mon Dieu ! Moi, dans la presse ? Avec ma chaîne ? Mon nom ? Ma tête ? Ma vraie tête ?

Non, non, une fausse Angie. Prends un sosie, t'as raison. Tu n'as qu'à demander à Antho de mettre une perruque et ce sera réglé !

Malgré ma timidité maladive, je sais que je ne peux pas refuser une opportunité pareille. Si le Femina parle de ma chaîne, c'est tout simplement énorme. Une vraie reconnaissance. Une excellente publicité pour mes vidéos et pour mon travail. Une visibilité qu'on ne refuse pas.

Alors pourquoi est-ce que je meurs de trouille ?

Les doigts tremblants, je réponds que je suis évidemment partante pour l'interview et donne mon numéro de téléphone à la journaliste pour qu'elle puisse m'appeler quand bon lui semble.

Ce qu'elle ne manque pas de faire dès le lendemain matin alors que je suis en train de descendre dans l'ascenseur de l'immeuble pour me rendre aux cours. Je réponds à ses questions et note avec un pincement au cœur l'absence d'Antho devant les boîtes aux lettres. Apparemment, il m'en veut toujours. Je ravale ma déception et me concentre sur la voix de la journaliste qui me demande dans quelles circonstances j'ai créé ma chaîne.

Je suis toujours en grande conversation avec elle quand j'arrive à l'école. Quinze minutes plus tard et après lui avoir gentiment demandé de me tenir au courant de la date de publication de l'article, nous arrivons au bout de l'entretien. C'est vraiment très bizarre de parler de soi, de ses projets, de sa passion et de livrer ainsi une partie de ses secrets à une inconnue. Au début de la discussion, je me demandais en permanence si ce que je disais était approprié, clair, intelligent et pertinent. Après tout, mes propos vont devenir publics, j'ai intérêt à ne pas dire de conneries ! Heureusement, au fur et à mesure de l'interview, j'ai pu lâcher prise et lui parler comme s'il s'agissait d'une connaissance. Je suis curieuse de voir ce qu'elle va écrire et les réactions de mon entourage quand le papier sortira.

J'arrête d'y penser quand j'aperçois Antho franchir l'enceinte de l'école, tête baissée, il avance sans regarder autour de lui. Je fonce dans sa direction, bien décidée à le radoucir et à passer outre notre discussion d'hier comme si de rien n'était et lui lance d'un ton enjoué :

– Salut ! Tu as bien dormi ?

Je meurs d'envie de lui parler du Femina mais je me retiens, je sais que ce n'est pas le bon moment. Il relève à peine la tête pour me jeter un regard qui veut certainement dire « soit tu es tarée… soit tu es tarée + ne me parle pas » et grogne :

– Non.

Je décide d'ignorer sa réponse peu engageante et le questionne de la manière la plus légère possible, comme si je lui demandais ce qu'il pensait du temps ou des pommes de terre en robe des champs :

– Tu as parlé à Sonia de notre discussion ?

– Non. À quoi bon ?

– Pour savoir la vérité, pour connaître son point de vue peut-être ? Je comprends que tu ne veuilles pas admettre qu'elle ait pu me tenir ce genre de discours mais c'est important Antho…

Voilà, je m'emballe de nouveau. Je m'enfonce serait encore plus juste.

– Le sujet est clos Angie. Je ne veux plus qu'on en parle. Je vais juste faire en sorte que vous ne vous croisiez plus.

– Et tu penses vraiment que ça peut marcher ?

– Dans la mesure où je n'ai pas envie de perdre l'une de vous, je n'ai pas le choix. J'avais envie que vous vous entendiez bien mais je constate qu'on ne vit pas dans le monde de Candy. Maintenant, excuse-moi mais je dois y aller.

Et il me laisse seule dans les couloirs, entourée par des dizaines d'élèves qui s'agitent dans tous les sens. À quelques mètres, Michaël est en grande conversation avec l'une des professeurs mais son regard ne fixe qu'une seule chose : moi. Dès que je lève les yeux sur lui, il me sourit et me fait un petit geste pour me montrer la cage d'escalier qui descend vers les salles de projection. J'acquiesce et le vois prendre congé de sa collègue qui fait une moue de déception quand il la quitte pour s'éloigner des élèves.

Une fois qu'il a disparu, je me fonds dans la foule et zigzague au milieu des étudiants pour le rejoindre. À l'abri des regards indiscrets, il m'attire à lui et m'embrasse doucement :

– Bonjour Mademoiselle Decker. Vous n'imaginez pas comme vous m'avez manqué depuis ce week-end.

Je me perds dans ce baiser et l'embrasse encore tandis qu'une douce chaleur se répand dans mon corps et dans mon bas-ventre.

– J'ai envie de toi…

C'est vraiment moi qui viens de dire ça en plein milieu de mon école ? Et ta main ? Angie, qu'est-ce que tu es en train de faire ? Range-moi ces doigts ! Sans vraiment m'en rendre compte et sans vraiment le vouloir (mon œil), j'ai glissé mon pouce sous sa chemise et je suis actuellement en train de caresser ses abdominaux. Je le saisis par la nuque pour que ses lèvres ne quittent pas les miennes et m'amuse à jouer avec sa langue. Il murmure contre ma bouche :

– J'aimerais tellement qu'on soit ailleurs, très loin de tout ça. Loin de l'école. Loin de Genève. Juste toi et moi.

– Si tu savais comme ça me plairait…

Comme le bonhomme commence à bien me connaître, il doit certainement détecter une pointe de regret et de nostalgie dans le ton de ma voix. Il me fixe et remonte mon menton pour que je le regarde également :

– Angie, est-ce que tout va bien ?

– Oui, ça va. Tout va bien. Comme d'habitude quoi. Comme un jour froid pendant un hiver froid, quoi. C'est parfaitement normal.

Je dis vraiment n'importe quoi, moi.

– Angie, c'est écrit sur ton visage que quelque chose te tracasse ! Je le vois là et là…

Il a montré mon front puis mes yeux. Je pince les lèvres, hésitant à lui confier mes petits tracas avec mon meilleur ami.

– Oh, je n'ai pas envie de t'ennuyer avec ça. Ce n'est rien de grave…

– Tu ne m'ennuies jamais. Qu'est-ce qu'il y a ?

– On est un peu en froid avec Antho. Comme l'hiver, tout ça, tout ça…

– À cause de Sonia j'imagine ?

– Comment le sais-tu ? Ce n'est pourtant pas écrit sur mon front que j'ai un problème avec elle, non ?

J'ai envie de vérifier dans un miroir. Juste pour être sûre. Parce que j'aurais l'air vraiment bête de me balader avec une inscription « je hais Sonia » sur le front.

– Disons que j'ai bien vu que son petit discours lors de l'avant-première ne t'avait pas particulièrement plu.

– Bon, à la base, je n'avais rien contre elle. Enfin, avant qu'elle ne me dise qu'elle voulait que je disparaisse de la vie de mon meilleur pote… et, à la base, Antho n'avait presque rien contre moi, avant que je ne lui confie toute l'histoire.

– Ah merde. C'est compliqué votre trio…

– On n'est pas un trio !

– Toi + elle + lui.

– Oui mais bon, on est des êtres civilisés, on devrait pouvoir s'entendre. Si cette fille n'était pas psychorigide, manipulatrice et si elle n'avait pas un si grand manque de confiance en elle, on aurait pu s'entendre.

Il lève un sourcil et m'observe une lueur d'amusement dans le regard. Je me sens obligée d'ajouter :

– Arrête de me regarder comme ça, ce n'est pas de ma faute si elle est complètement folle !

Nous éclatons de rire, trop vite interrompus par la sonnerie qui annonce le début de la journée.

Mickaël soupire :

– Bon, il faut y aller. On se voit plus tard ?

– Bien sûr !

Nous nous embrassons et remontons rejoindre nos classes respectives.

Quelques semaines plus tard, l'article du *Femina* est publié. On est dimanche et, évidemment, je me suis ruée dès le matin sur les exemplaires du kiosque de la gare Cornavin. Assise sur mon lit, je feuillette l'article, toujours incrédule devant ma première interview. Je la relis pour la cinquième fois.

« *Le Monde d'Angie* »,
***un rayon de soleil sur YouTube*[1]**

Pétillante, honnête et authentique, elle fait partie des YouTubeuses suisses les plus populaires. Rencontre avec Angela Decker, une jeune femme pleine de vie qui nous fait rire et nous inspire… en vidéos.

« Je pense que l'optimisme et la confiance en soi sont des muscles. On naît tous avec, mais tout le monde ne les entraîne pas. » Ainsi Angela Decker résume-t-elle sa philosophie

1. *Article paru le 4 octobre 2016 dans le Femina et écrit par Ellen de Meester.*

de vie, d'une positivité à toute épreuve. Sur YouTube, elle est connue sous le nom de « Le Monde d'Angie ». Son sourire, perceptible même par téléphone, est aussi contagieux qu'il semble perpétuellement illuminer son visage.

L'univers de cette belle Genevoise, ou ce qu'elle nous en dévoile au travers de ses vidéos, est un joyeux concentré de « girl talks », de beauté, de mode, de rires et de thèmes plus sérieux qu'elle aborde sans aucun tabou. Toutefois, Angela ne fait pas partie de ces créatrices de contenu « copié-collé » qui reprennent dans leurs contenus en ligne des sujets quasiment identiques. Pour n'en citer qu'une seule, sa série « Nos pensées » (vidéos dans lesquelles elle narre les pensées des filles dans une situation particulière comme sous la douche ou pendant les règles...) est peut-être l'un des meilleurs exemples de son originalité et de son humour.

Naissance d'une étoile 2.0.

Lancée en 2012, sa chaîne fait indéniablement partie des plus populaires de Suisse. « Je pense que comme beaucoup d'autres, ma chaîne est née par hasard, explique-t-elle. Je poursuivais mes études d'audiovisuel lorsque j'ai découvert l'univers des YouTubeuses "lifestyle". Après mes cours, je regardais des vidéos pour me changer les idées et cela me faisait beaucoup de bien : dans ma classe, j'étais presque la seule fille et j'avais peu d'amies. Le côté girly me manquait et je le retrouvais dans ces vidéos. »

C'est lorsque le meilleur ami d'Angela lui a soudainement demandé pourquoi elle ne passait pas devant la caméra qu'elle a finalement décidé de se lancer.

« Au fond, ça avait du sens, se remémore-t-elle. J'aime le théâtre, j'aime parler et partager et je me diplômais en tant que filmmaker… Sans trop y réfléchir, j'ai posté une première vidéo : ça m'a plu, ça a plu aux gens, les vidéos se sont enchaîné et les abonnés ont suivi. »

Une belle famille de « chipies »

Comment ne pas être séduite par les plaisanteries et la joie de vivre de la jeune femme ? Sa chaîne fait partie des plus suivies de Suisse et lorsqu'Angela parle de ses followers, c'est avec beaucoup de tendresse : « J'ai la chance d'avoir des abonnés incroyables ! Sur ma chaîne, vous ne trouverez que très peu de personnes négatives ("Je touche du bois", ajoute-t-elle).

Je reste aussi sincère et naturelle que je le peux et cela, je pense qu'elles l'ont compris. »

Angela surnomme ses abonnées « ses chipies » et ses « chip's ». Sa communauté, elle la porte dans son cœur :

« Il y a un véritable échange entre nous, estime-t-elle. Certaines me voient comme une grande sœur, d'autres une copine. Elles me disent souvent que je les aide beaucoup, que je leur donne le sourire et c'est réciproque ! »

Tête joliment faite, tête bien remplie, Angela comprend bien quel genre de responsabilités accompagne forcément le rôle d'influenceuse web. « En tant que YouTubeur, nous sommes libres de créer le contenu qui nous plaît, raisonne-t-elle. Mais c'est une liberté à double tranchant, car il faut être conscient que ce que l'on fait et dit va être suivi, interprété, parfois appliqué. »

Franchise et authenticité

Sur sa chaîne, il n'est pas question uniquement de jeans et de mascara. Les sujets plus lourds, mais nécessaires, y trouvent également leur place, abordés avec la délicatesse et la maturité dont peuvent réellement bénéficier les jeunes filles en quête de réponses : drogue, alcool, manque de confiance en soi, chirurgie esthétique... Angela ouvre le dialogue avec beaucoup d'honnêteté et d'ouverture d'esprit. Loin de « raconter sa vie », elle propose des clés de compréhension, des réflexions personnelles et ne porte aucun jugement. Jamais. Voilà une manière de voir les choses qui nous fait vraiment du bien.

Et pour ce qui est de la confiance en elle, la jolie brune est un peu pareille que nous : « Comme tout le monde, j'ai mes moments de doute, de réticence, avoue-t-elle. C'est normal, c'est la nature humaine. Surtout que sur YouTube, on s'expose vraiment aux jugements et aux critiques des autres. Mais si on se laisse contrôler par ses peurs, on ne fait plus rien dans la vie. »

Un sourire qu'on aime retrouver

Si Angela déploie d'excellents conseils pour se sentir mieux dans sa peau, peut-être est-ce grâce au chemin personnel qui est le sien : « Aujourd'hui, je suis plus indulgente envers moi-même, à l'aise avec le fait de ne pas être parfaite, explique-t-elle. On ne peut pas contrôler le jugement des autres, mais on peut travailler sur notre auto-jugement. D'ailleurs, j'ai certainement déjà fait des vidéos dans lesquelles je me trouve complètement ridicule. Tant mieux ! Ça m'apprend ce qui est à refaire et à éviter. En plus, ça donne des super dossiers à mes amis pour se moquer de moi… j'adore ! »

Cette tranquillité posée, assurée, mêlée au tourbillon de bonne humeur et de fraîcheur qu'on retrouve dans les vidéos d'Angela, fait d'elle une YouTubeuse unique. Sans doute sa manière optimiste de voir la vie émane-t-elle des contenus visuels qu'elle produit, au travers de ce sourire qui embellit nos journées : « J'essaie de voir le positif dans chaque point négatif. C'est une façon de voir la vie, c'est une question de perspectives. »

Paroles inspirantes, messages encourageants, nous sommes déjà complètement fans ! Sans oublier le fait qu'Angela nous fait rire aux éclats, nous émeut et nous donne de très bons conseils (si, si, on en a testé quelques-uns !) Une petite perle youtubesque à découvrir sans plus attendre, si vous ne la connaissiez pas déjà.

Comme j'ai besoin de partager cette nouvelle et que ma mère est encore chez Robert – je n'avais pas osé lui parler de l'article avant de l'avoir vraiment entre les mains –, je saisis mon téléphone et tente de joindre Antho. Pas de réponse. Je tente une nouvelle fois. Il m'avait bien prévenu qu'il partait en week-end avec Sonia en France voisine mais j'avais l'espoir qu'il me répondrait tout de même. Apparemment, il tient sa parole et évite de me parler quand il est avec elle. Cette idée me rend triste et je me demande pour la millième fois si j'ai eu les bonnes réactions, si je n'ai pas été trop excessive, si j'aurais dû prendre sur moi et accuser le coup concernant les paroles de Sonia.

Pour me changer les idées, je partage l'article sur Facebook et remarque que j'ai déjà quelques abonnées en plus sur ma chaîne. Ravie et heureuse, je me prépare et prends une douche avant de rejoindre Michaël chez lui. Nous étions convenus de passer notre dimanche après-midi ensemble et je ne manque pas de glisser un exemplaire du Femina dans mon sac avant de quitter l'appartement, impatiente de lui montrer l'article et de lui parler pour la première fois de ma chaîne. Il est temps que j'assume ce que je fais. Et que j'en sois fière.

Quand j'arrive chez lui, je suis nerveuse, cette bonne vieille nervosité qui me confirme que Michaël prend de plus en plus de place dans mon cœur. Pas la peine de le cacher ou d'utiliser des métaphores, je suis amoureuse de lui.

Dès qu'il m'ouvre la porte, je remarque son air renfrogné mais décide d'être patiente (vous me connaissez, ce n'est pourtant pas mon fort) et de ne pas l'agresser avec mes questions tout de suite. Je suis certaine d'y parvenir. C'est pour ça que je lui demande avec tact après l'avoir embrassé :

– Ça ne va pas ? Tu fais vraiment une drôle de tête.

Saperlipopette, encore raté. Je suis incorrigible.

– Si, si ça va…

Phrase typique de l'homme qui a décidé de jouer à la perfection le rôle de l'ours. Il va falloir le dérider pour le pousser à me parler mais il est encore un peu tôt pour le saouler avec du whisky, il faudra donc que je trouve une autre tactique. Comme il n'a pas complètement oublié la politesse, il me demande si je veux boire quelque chose :

– Vodka ?

– Hein ?

– C'était juste pour voir ta capacité de réaction. Je veux bien un café s'il te plaît !

Même pas un sourire, mais quelle mouche l'a piqué ? Une fois assise dans son canapé, je l'observe s'activer dans la cuisine et préparer les boissons en remplissant la cafetière italienne de café moulu. Il revient cinq minutes après avec deux cafés fumants et le *Femina* posé sur le plateau.

Prise d'un élan d'enthousiasme, je m'en saisis et lui lance en le brandissant devant moi, toute joyeuse :

– Tu as vu l'article ?

– Disons que des connaissances qui t'ont aperçue à mon avant-première m'en ont parlé et j'ai acheté le journal pour le lire.

Pourquoi est-ce que je décèle autant d'ennui et de reproches dans sa voix ? Je tente un :

– C'est génial, non ?

Il relève la tête et me fixe d'un air sombre, les yeux soudain sévères :

– Ce que j'aimerais comprendre, c'est pour quelles raisons tu ne m'as jamais parlé de ce truc.

– Ce truc ?

– Ta chaîne… ou je ne sais pas comment l'appeler.

Je ressens un premier coup en cœur devant tant de condescendance.

– Il s'agit d'une chaîne YouTube et c'est un espace de créativité qui me permet de m'exprimer et de partager une multitude de choses avec ma communauté.

– Et tu n'as rien de mieux à faire ?

– Qu'est-ce que tu veux dire ?

Il pose sa tasse, pousse un soupir comme pour me signifier que je suis la plus stupide des filles qu'il a jamais rencontrées et explique :

– Tu trouves que c'est flatteur de faire des vidéos dans lesquelles tu parles de pinceaux de maquillage et où tu te balades en minijupes ?

– Je te signale que ça ne se restreint pas à ça. Il y a également des vidéos qui parlent de chirurgie, de santé comme l'insomnie…

Pourquoi est-ce que je me sens obligée de me justifier ? Il continue, l'air de plus en plus ennuyé :

– La plupart de tes vidéos évoquent les looks d'hiver, la routine maquillage ou comment réaliser un trait d'eye-liner…

– Et alors, qu'est-ce que ça peut te faire ?

– Je trouve ça pauvre et dénué de sens artistique.

Là, je tombe de haut. Et autant vous dire que la chute est douloureuse. Je retiens un hoquet et les larmes brûlantes que je sens poindre aux coins de mes yeux.

– Tu es vraiment en train de me dire ça ? Tu es vraiment en train de critiquer ce que je fais de cette manière-là ? Je n'arrive pas à y croire…

Après quelques secondes pendant lesquelles je me sens paralysée, je sens que je dois quitter cet endroit et m'éloigner de Michaël pour réfléchir à tout ça. J'essuie une larme sur ma joue d'un geste sec, ma résistance a apparemment ses propres limites, et me lève du canapé.

– Je crois que je ferais mieux d'y aller.

En quelques pas, je suis à la porte et aperçois Michaël se tenir la tête entre les mains avant de se lever et de tenter de me rattraper. Je suis en train de dévaler les escaliers quand je l'entends me crier :

– Angie, attends ! Je ne voulais pas te blesser. Tu dois comprendre que je ne peux pas sortir avec n'importe qui, je dois faire attention à mon image et…

La suite se perd dans la cage d'escalier.

J'ai besoin de prendre l'air et me balade pendant deux heures dans les rues gelées de Genève. Pourtant, le froid ne m'atteint même pas. Je crois que la température intérieure de mon corps est encore plus glacée que l'air ambiant. Comment a-t-il pu me dire de telles horreurs ? Comment a-t-il osé me parler comme ça et juger mon travail de manière aussi brutale ? Comment ai-je pu croire qu'il me soutiendrait ? Qu'il serait heureux pour moi ?

C'est complètement déprimée que je rentre chez moi, ne sachant plus où j'en suis et me sentant plus seule que jamais.

Mon téléphone vibre alors que je suis sur mon lit en train de fixer le plafond et de rejouer dans ma tête la scène de l'après-midi. Quand je constate qu'il s'agit d'un message de Michaël, j'hésite à le lire ou à l'effacer tout de suite. Par curiosité, je glisse mon doigt sur l'écran et laisse mes yeux parcourir les lignes qui s'affichent sur mon écran.

Excuse-moi, je ne voulais pas être aussi dur avec toi. J'avais juste besoin de digérer cette information. J'ai envie de t'aider dans ta carrière cinématographique Angie, je peux te conseiller, te pousser dans la bonne direction, te livrer mes astuces pour tes courts-métrages. Concentre-toi là-dessus, c'est mieux pour toi. Fais-moi confiance et ne mets pas ta crédibilité en jeu pour ça…

De rage, je tape :

Qui es-tu pour oser me dire ce qui est mieux pour moi ?

Juste Michaël Perez, l'un des réalisateurs les plus doués de sa génération. Pfff, je pousse un long soupir et efface aussitôt ce que je viens d'écrire. J'ai envie de retrouver Aurélie, de retourner à Paris, de me confier à une véritable amie qui connaît le monde de YouTube et qui partage la même passion que moi. De papoter, de boire des mojitos, de goûter une nouvelle fois à la légèreté de la vie. De croire en mes rêves et de croire en moi, ce sentiment si précieux que j'ai tant de mal à éprouver.

Pourtant, grâce à ma communauté, à ses filles qui me suivent et qui me portent, j'ai lentement repris confiance en moi. Je me sens mieux dans ma peau, plus belle, plus forte. Je remonte la pente même si je ressens de plus en plus de pression. Je n'ai pas envie de les décevoir, pas envie de faire quelque chose de faux, j'ai peur d'être prise pour un modèle à suivre. N'y a-t-il que moi pour sentir à quel point je suis un modèle bancal ?

Je fais une autre tentative pour appeler Antho mais il filtre toujours mes appels, ce qui accentue encore davantage mon sentiment de solitude.

Pour m'occuper l'esprit, je décide de travailler sur les courts-métrages qui valideront mon année puis sur ma prochaine vidéo. Hors de question que je me laisse abattre. Et pour ceux qui se le demandent, je n'ai pas écrit à Michaël de toute la soirée, trop perturbée par nos derniers échanges pour réagir.

En me rendant à l'école le lendemain, je réalise à quel point je suis épuisée. Je n'ai pas dormi de la nuit, passant des heures à ressasser ma conversation avec Michaël. Évidemment entre dormir et me torturer, mon cerveau a rapidement fait son choix. Ce matin, je ne sais pas encore si je vais passer mon temps à l'éviter ou si je vais viser la confrontation directe avec lui dès que je le verrai pour régler cette dispute. Je suis toujours en train d'hésiter devant mon casier quand je sens une présence derrière moi. Merde !

– Mademoiselle Decker, j'aimerais vous parler dans mon bureau. Maintenant.

Pas besoin d'être devin pour identifier de qui il s'agit. Saluons l'entrée de Michaël tout en classe et en autorité. Le plus sèchement possible, je lui réponds en évitant de le regarder et en restant concentrée sur mes classeurs devant moi :

– Je suis désolée Monsieur Perez mais j'ai des cours et je ne peux pas me permettre d'être en retard.

– J'ai prévenu votre professeur que vous alliez avoir dix minutes de retard parce que je devais régler quelque chose d'urgent avec vous.

Je fais claquer la porte de mon casier, de mauvaise humeur qu'il ne me laisse pas le choix.

– Vous êtes incorrigible, Monsieur Perez. Et insupportable, aussi !

– C'est ça d'être artiste Angela.

– Rhaaa, ce n'est pas une excuse valable ! Chuuutttt !

Je le fixe, espérant qu'il va arrêter d'argumenter et se taire mais il me regarde, une lueur espiègle dans le regard. Et cette lueur-là me fait craquer.

– Ah non, ne me regarde pas comme ça ! Je te l'interdis.

– Tu m'interdis de te regarder ?

– Pas de me regarder tout court. Mais de me regarder « comme ça », avec tes petits yeux malicieux.

– J'ai des petits yeux malicieux ?

Je gémis, prête à rendre les armes :

– Michaël…

– Veuillez me suivre, Mademoiselle, moi et mes petits yeux malicieux.

Je m'exécute à contrecœur et lui emboîte le pas dans les couloirs de l'école jusqu'à une pièce située au deuxième étage. Il ferme la porte, passe derrière le grand bureau en acajou et saisit quelque chose sous la table. Toujours à moitié fâchée contre lui, je gronde :

– Tu es conscient que tu es en plein abus de pouvoir là ?

Il me fixe de ses yeux sombres et s'approche de moi par-dessus le meuble pour déposer un léger baiser sur mes lèvres puis me tend la magnifique rose blanche qu'il tenait dans ses mains.

– Pour toi. Je tiens à m'excuser pour hier soir. Je suis désolé, je n'aurais pas dû réagir de manière aussi excessive.

– Mouais. Vous soufflez très bien le chaud et le froid Monsieur Perez.

– J'ai plein de défauts mais je sais reconnaître mes erreurs.

Pas complètement convaincue, je décide de mettre un terme à notre échange :

– Merci. Il faut vraiment que je retourne en cours…

– Je suis pardonné ?

Tout en prononçant cette phrase, il fait le tour de son bureau et vient se planter devant moi pour me prendre dans ses bras. Il commence à m'enlacer et à m'embrasser doucement le cou en remontant vers mon oreille. Je pousse un grognement d'aise et ferme les yeux, rêvant de retrouver le corps de Michaël contre le mien, de préférence nu. Le désir que je ressens pour lui est violent. Intense. Tellement bon. Alors qu'il mordille mon lobe avec un savoir-faire perturbant, il murmure une nouvelle fois :

– Dis-moi que je suis pardonné.

– Là encore, tu abuses de ton pouvoir…

Son nez frôle ma joue et ses lèvres trouvent bientôt les miennes. Mon corps tout entier réagit instantanément à ce contact et je sens toutes mes cellules se réchauffer, mon souffle devient court et mon cœur bat de plus en plus vite tant j'ai envie de lui. Je halète alors qu'il caresse mon ventre puis remonte pour effleurer mes côtes :

– Tu. Es. Pardonné.

– Tant mieux. Je déteste quand on se dispute.

– Moi aussi. Je te laisserais bien me faire l'amour sur ce bureau mais il faut vraiment que je retourne en cours.

– Mmm, tu me donnes des idées…

Je me détache de lui avec peine et lui donne un dernier baiser avant de me diriger vers la porte, la rose à la main.

– À plus tard, Monsieur Perez. Et merci pour la rose, elle est magnifique.

– Comme toi.

Je lui souris avant de quitter son bureau, le cœur plus léger qu'à mon arrivée. Plus léger, oui, mais pas complètement guéri non plus. Il me faudra un peu de temps pour oublier ses paroles blessantes, son manque de soutien par rapport à mes projets et la condescendance que j'ai décelée dans ses propos.

Chapitre 16
Michaël *vs* YouTube

L'hiver arrive enfin à sa fin et les températures remontent en même temps que les journées s'allongent. J'aurai bientôt terminé mon travail de diplôme, en effet mes trois courts-métrages, dont j'ai élargi la thématique sur le sujet de la relation mère-enfant, avancent dans le bon sens. Michaël est ravi du job que j'ai accompli sur les scénarios et le tournage et une fois que j'aurai effectué le montage, j'aurai terminé ce gros projet qui devrait valider mon année et ma formation en audiovisuel. Comme je souhaitais éviter des problèmes liés à mes camarades de classe, la grosse claque que je m'étais pris la première fois m'avait suffi et m'avait définitivement vaccinée, j'avais demandé à Antho et à ma mère de tourner avec moi les deux films que je devais encore produire. Heureusement, ils avaient accepté et nous étions parvenus à un résultat qui dépassait de loin mes espérances.

En séance vendredi matin avec Michaël, installés dans une salle de projection de l'école, nous visionnons les rushs, concentrés sur les images qui défilent devant nos yeux. En regardant ce que j'ai tourné, il m'avoue :

– J'aime beaucoup ce choix de tourner certaines scènes en noir et blanc, cette idée donne du poids et du caractère à ton projet.

– J'ai toujours adoré le noir et blanc, il y a une force quasi poétique qui s'en dégage. J'aime aussi la lenteur instaurée par le rythme des plans, je trouve que ça permet aux spectateurs de réfléchir aux liens qui unissent une mère à son enfant.

Il me regarde intensément, me fait un léger sourire et je crois déceler une pointe d'admiration et de respect dans son regard. Il s'approche doucement de moi, pose ses lèvres sur les miennes et m'embrasse durant de longues secondes tandis que les images continuent de défiler. Quand il se détache de moi, il cale une mèche de mes cheveux derrière mon oreille et caresse le contour de ma mâchoire :

– J'adore quand tu parles comme ça de cinéma. Tu me donnes des frissons…

– J'adore te donner des frissons…

– Je suis certaine que tu m'en donneras encore plus ce soir. On se voit toujours chez moi vers vingt heures et on va à la réception de mon ami producteur ?

– Parfait, je passe chez moi pour me préparer après les cours et je te rejoins ! Est-ce que tu as la date de passage pour l'examen et la présentation des courts-métrages ?

– On est en train de faire les plannings. Tu devrais passer dans la semaine du 11 juin sauf erreur.

– OK, parfait. J'adore travailler sur ce type de projet mais j'ai hâte d'obtenir mon diplôme et de débuter ma vie professionnelle loin de cette école.

– Je comprends, je sais combien cette année a été compliquée pour toi. Mais n'oublie pas que tu dois avoir terminé les films pour fin avril histoire qu'on ait le temps de régler les derniers détails.

– Je sais Monsieur Perez, ce sera fait !

– Je n'en doute pas. Je connais ton professionnalisme. Tu iras loin Angie, crois-moi, je me répète mais tu es vraiment douée pour ce métier…

– Fais attention, je risque de prendre goût à tes compliments.

En disant ces mots, je repense pourtant à ses critiques concernant ma chaîne et mon ventre se serre. Au fond de moi, je sais exactement où je souhaite me diriger et ce que je compte développer sur YouTube.

Mon avenir se jouera en réalisant mes vidéos et non des longs-métrages parce que j'ai compris que mon indépendance et ma liberté sont les clés de mon bonheur. Je fourmille d'idées, d'envies. Je travaille sur des vidéos plus complètes, plus scénarisées et plus humoristiques qui m'apportent une énorme satisfaction. C'est extrêmement stimulant pour moi de tout créer de A à Z, en plus cela me permet de développer mes compétences en écriture, en production, en tournage et de jouer comme je le désire. Le tout en gérant la totalité du processus créatif.

La sonnerie annonçant la pause de dix heures retentit, il est temps de quitter Michaël pour aller à mon prochain cours. Je me lève et dépose un dernier baiser sur ses lèvres :

– À ce soir Monsieur Perez.

– À ce soir Mademoiselle Decker.

Après les cours, je me dépêche de rentrer chez moi. Je jette un coup d'œil à mon téléphone pour vérifier l'heure et constate que j'ai juste le temps de lire mes courriels avant de prendre une douche. Installée sur le canapé, la radio en fond sonore, je me connecte à ma boîte mails et me mets à trier les quelques propositions de collaboration que j'ai reçues pour ma chaîne quand je tombe sur l'invitation du salon Beauty Guests, le fameux événement des YouTubeuses dont m'avait parlé Aurélie. Je souris devant mon écran avec la douce et agréable sensation que les choses avancent dans le bon sens et que je suis sur la bonne voie. Ma voie.

Objet : Invitation au salon Beauty Guests à Paris

Chère « Le Monde d'Angie »,

Nous sommes heureux de vous inviter au salon Beauty Guests des YouTubeuses beauté les plus en vue du moment. Le salon se tiendra Porte de Versailles du vendredi 1er au dimanche 3 juin 2013. Au programme ? Des rencontres avec vos abonnées et pleins d'autres activités.

Évidemment, nous prendrons en charge vos frais de déplacement, logement et nourriture. Et vous proposons également un forfait de 300 euros par jour de présence.

Merci de nous faire savoir si vous êtes intéressée à vous joindre à nous pour cet événement.

Cordialement,

L'équipe de Beauty Guests

J'écris ensuite à Aurélie pour partager ma joie avec elle et pour lui raconter les dernières péripéties de ma vie genevoise. La sonnerie de mon téléphone m'interrompt en pleine rédaction et je décroche rapidement en voyant que c'est Antho qui essaie de m'appeler. Son hurlement manque de peu de me percer les tympans.

– Angiiiiie ! Tu es dans le journal *Femina* ! Mais celui que j'aie entre les mains dates déjà du mois de février ! C'est pour ça que les autres élèves te regardaient bizarrement à l'école, je comprends enfin. Tcheu le boulet !

J'éclate de rire malgré le fait que j'aurais bien aimé lui en parler avant.

– Ah oui, le *Femina* m'a demandé une interview en début d'année.

– Et tu ne m'as rien dit ?

– En fait, c'était juste après notre dispute à propos de Sonia et puis quand l'article est enfin sorti, tu étais en week-end avec elle… j'ai essayé de te joindre mais tu n'as pas répondu et tu n'as pas rappelé après.

– Oh ma Pépite… je suis désolé. Je vais me rattraper ! Il faut qu'on se fasse une soirée ou un apéro bientôt.

Même si je meurs d'envie de le croire et de le voir, sa proposition sonne comme une fausse promesse.

Je me ronge l'ongle du pouce et réponds avec une pointe de scepticisme :

– Bien sûr, quand tu veux.

Je retiens un soupir, resserre nerveusement mes doigts autour de mon smartphone, m'attendant presque à être déçue à nouveau. Ce qui ne manque pas d'arriver quand il ajoute :

– On se redit, il faut que je…

Je complète sa phrase :

– ... regarde avec Sonia.

Un silence s'installe et je regrette aussitôt ce que je viens de dire. Pour lui montrer ma bonne volonté, je lui demande un peu trop joyeusement :

– Et ça va avec elle ? Elle te rend toujours heureux ?

– Oui, ça va bien. Tu me connais, je ne suis pas très doué avec les filles. C'est ma première relation longue alors ça me fait un peu bizarre de partager autant de trucs avec quelqu'un, ça me change de mon ordinateur. Et avec Michaël, comment ça se passe ?

– Bien, bien.

Je retiens les mots qui me brûlent la langue, je retiens les confidences, je retiens tout ce que j'aimerais lui avouer sur mes doutes, l'amour qui me bouffe et le manque de soutien de Michaël par rapport à mes projets. C'est la première fois que je ne parle pas de ce que je ressens à mon meilleur ami. Prise de court par mon timing serré et de plus en plus mal à l'aise au téléphone, j'en profite pour couper court à la conversation :

– Écoute, je n'ai pas beaucoup de temps là. Je dois rejoindre Michaël pour une soirée chez un producteur. Mais on se rappelle vite pour fixer une date et je te raconterai tout.

– OK, très bien. Alors amusez-vous bien et encore bravo pour l'article. Je suis super fier de toi ma Pépite.

Touchée par ses mots, je le remercie avant de raccrocher et de filer sous la douche, le cœur serré par ce constat amer : notre relation est en train de s'effilocher comme une vieille pelote de laine. Et j'ai l'impression de ne pas avoir les bonnes aiguilles pour retricoter nos liens.

Je retrouve mon petit ami à vingt heures et nous quittons rapidement son appartement pour prendre un Uber et rejoindre le quartier huppé de Genève. La réception bat son plein quand nous arrivons dans un superbe penthouse avec des poutres apparentes et des murs composés de pierres grises de plusieurs nuances différentes.

Michaël attrape deux coupes de champagne sur un plateau qu'un serveur nous présente et resserre sa poigne autour de ma taille en balayant la salle des yeux. Je profite de l'avoir pour moi toute seule pour lui confier la bonne nouvelle concernant le salon à Paris.

– Il faut que je te dise quelque chose ! J'ai reçu une proposition super intéressante aujourd'hui ! Je suis invitée à Paris début juin pour participer à un grand salon de YouTubeuses. Je vais pouvoir rencontrer les filles qui me suivent et papoter avec elles, ça va être fantastique.

Au lieu de partager mon enthousiasme et ma joie, Michaël avale une gorgée de champagne avant de me regarder sévèrement et de froncer les sourcils :

– C'est quand exactement ?

– Du vendredi 1er au dimanche 3 juin.

Il se mord la lèvre et je remarque qu'il est préoccupé par quelque chose qui semble m'échapper. Il sort son téléphone et vérifie son agenda, l'air de plus en plus sérieux. Alarmée, je le questionne :

– Quoi, il y a un problème ?

Il range son iPhone dans la poche de son veston d'un geste sec.

– Le film sort en France juste avant l'été et on organise une soirée ce week-end-là, le samedi, dans le Sud, pour le présenter. J'aimerais que tu sois là, c'est important. Et puis ce sera juste avant tes examens.

Incapable de me retenir, je siffle entre mes dents en me détachant de lui :

– Sous-entendu le salon n'est pas important ? Et puis, je suis prête pour les examens, je n'ai pas arrêté de travailler.

– Disons qu'entre la sortie du film et un salon rempli de gamins hystériques… il faut savoir faire la part des choses. Tu n'es pas d'accord ?

– Je n'arrive pas à croire que tu recommences à critiquer ce que je fais et à parler comme ça des filles qui me soutiennent et qui aiment ce que je partage avec elles. Tu n'arrives pas à me soutenir ? Tu n'arrives pas à réaliser que c'est important pour moi, Michaël ? C'est ce que je souhaite faire et c'est une superbe opportunité pour moi de me rendre à ce salon à Paris.

– Une superbe opportunité ? De quoi, d'aller faire le clown et de poser avec des adolescentes attardées qui veulent juste faire une photo ? Bravo, c'est un bel objectif dans la vie.

– Tu vas m'offrir un bouquet de roses blanches demain pour t'excuser pour cette réplique ? Parce que j'en ai un peu marre de tes débordements puis de tes excuses.

– Et moi, j'en ai marre de tenter de te faire voir que tu vaux bien mieux que ça et que tu devrais utiliser ton temps à travailler sur de vrais projets artistiques.

– De vrais projets artistiques ?

Il passe la main dans ses cheveux, m'attire de nouveau à lui et glisse son nez dans mon cou avant de murmurer contre ma peau :

– S'il te plaît Angie, viens avec moi dans le Sud. Je tiens beaucoup à ce que tu sois là. Je pourrais te présenter des gens intéressants pour ta carrière… j'ai besoin que tu sois à mes côtés, j'ai besoin de ton soutien, de ta présence, de ton sourire.

Je me retiens de lui dire que, moi aussi, j'ai besoin de tout ce qu'il vient de citer. Et je me retiens de lui confier que j'ai bien réfléchi et que je compte continuer ma chaîne YouTube. C'est ce que je souhaite faire de ma vie, c'est ce que j'ai envie de développer et de voir grandir. Comme j'en ai marre de me battre contre lui et que je suis épuisée, j'enfouis mes rêves au fond de moi, je les garde précieusement, je les préserve de son jugement. D'autant plus que je n'ai pas envie de le perdre, lui. Du coup, je rends les armes à contrecœur et abdique en soupirant :

– OK, c'est bon, je viendrai avec toi. Je vais écrire aux organisateurs pour les prévenir que j'ai déjà un événement prévu qui tombe aux mêmes dates que le salon.

– Merci ma chérie, tu es la meilleure.

Il dépose un baiser sur mes cheveux et retourne à son observation minutieuse de la pièce remplie d'invités qui discutent, rient et dégustent des petits fours hors de prix. Moi, je me sens plus seule que jamais et j'ai l'impression d'avoir le cœur et toutes les cellules de mon corps en morceaux.

– Viens, je vais te présenter Sébastien, notre hôte et le producteur dont je te parlais.

Avec autorité, il m'attrape par la main et me traîne à sa suite alors que je me force à afficher un sourire qui, je l'espère, fera illusion.

– Sébastien, c'est un plaisir de te voir ! Très réussie ta soirée.

– Michaël, c'est super que tu aies pu venir.

– J'aimerais te présenter Angela Decker, une future filmaker de talent. Je crois beaucoup en elle.

– Angela, je suis enchanté. Michaël m'a déjà parlé de vous ! Comme ça, vous avez assisté au tournage de son prochain chef-d'œuvre ?

L'homme en cravate fait un clin d'œil à Michaël qui lui répond par un mouvement de tête assurée. Les souvenirs de mon expérience me reviennent à l'esprit et je raconte avec un enthousiasme légèrement feint à cause de notre dispute :

– Oui, c'était incroyable. Une expérience particulièrement formatrice. D'ailleurs, j'ai même eu l'occasion de jouer un petit rôle pour la première fois.

Là, Michaël fait une sorte de rictus que je n'avais jamais vu sur son visage auparavant et crache d'un ton cynique :

– Jouer c'est un grand mot.

Il éclate de rire et lance devant son ami en s'amusant de moi :

– Elle a dit deux mots. C'était quoi déjà ? Bonjour et croissant ? Mais tu étais trop mignonne avec ton espèce de bonnet de boulangère, ton tablier et ton pantalon moulant. Ça mettait tes fesses en valeur.

Son pote renchérit malgré mon air ahuri et mes joues qui me brûlent, indices évidents de mon malaise :

– Michaël a toujours su mettre les atouts des femmes en valeur. N'est-ce pas Michaël ?

– En même temps, quand on a un cul pareil, ce serait con de ne pas le montrer. Non ?

Complètement choquée, je suis tétanisée, paralysée. Mes membres refusent de bouger alors que mon cerveau a du mal à gérer les informations qui lui parviennent. Cette scène n'est pas réellement en train de se dérouler. Si ?

J'ai l'impression que mon esprit et mon corps se sont dissociés. L'un flotte quelque part ailleurs tandis que l'autre semble rempli de plomb.

Le reste de la soirée se déroule sans nouvelle dispute. Évidemment puisque je n'ai plus prononcé un seul mot. Vers minuit, nous quittons enfin cet enfer doré pour rejoindre l'appartement de Michaël.

C'est dans le taxi que j'ai l'impression de me réveiller du cauchemar que je viens de vivre.

Dès que je franchis le seuil, je rejoins la pièce centrale, dépose mon écharpe d'un geste mesuré sur le canapé du salon et me retourne lentement vers Michaël, les lèvres serrées, le cœur battant la chamade dans ma poitrine. Une colère sourde et violente fait rage en moi. J'inspire pour ne pas exploser et tente de garder mon calme quand je l'interroge :

– C'était quoi ce petit numéro tout à l'heure ?

Il a l'air de tomber des nues.

– De quoi tu parles ?

– « Jouer, c'est un grand mot » et « en même temps, quand on a un cul pareil, ce serait con de ne pas le montrer » ?

– Ah « ça » ? C'était rien, c'est le milieu qui veut ça. C'est comme un jeu, tu comprends. Il ne faut pas le prendre au sérieux, ce n'est pas grave.

Il reprend ses activités comme si de rien n'était et retire ses chaussures et sa veste. Il n'a pas encore compris à quel point je lui en veux, à quel point je commence à le voir sous un autre jour, à quel point il est en train de jouer à un jeu dangereux. Je gronde, plus choquée et énervée que jamais :

– Un jeu ? Tu m'humilies devant tes amis et tu appelles ça un jeu ?

Il cesse tout de suite ce qu'il était en train de faire et se tourne à nouveau vers moi. Son visage se crispe et ses yeux se durcissent, pour la première fois depuis que je le connais, il me fait peur. Il siffle à voix basse :

– Tu sais quoi ? Tu me saoules Angie. Viens au lit et arrête de parler pour ne rien dire, tu me fatigues.

Je suis tellement sous le choc de cette scène invraisemblable que je suis incapable de parler et de lui répondre. Si je me permettais de lui rentrer dans le cadre et de lui dire le fond de ma pensée, c'est-à-dire qu'en ce moment c'est l'un des plus gros connards de la terre, je le perdrais certainement. Et je l'aime trop pour prendre le risque. Que suis-je censée faire ?

J'ai tellement envie d'écrire à Antho pour tout lui raconter. Pour qu'il m'aide à trouver une solution à tout ce bordel. Il me manque tellement.

Mais je le connais et j'ai peur de son jugement et de ce qu'il penserait de Michaël si je lui expliquais toute la situation. Antho serait capable d'élaborer un plan de secours et d'imaginer un scénario digne d'un film d'horreur comme dans SAW pour achever mon copain.

Alors, je ne fais rien. Je ne réagis pas.

Je le rejoins au lit. Je le laisse me toucher. Mais ce soir-là, je n'arrive pas à me détacher des événements. Pour la première fois, je ne me sens pas à ma place dans ses bras. Je ressasse. Je commence à me sentir enfermée, emprisonnée. Je l'aime et je le déteste en même temps.

Je lui ai donné mon corps, nous avons fait l'amour. Pourtant, une part de moi vient de mourir.

J'ai mal.

Et je me déteste.

En me réveillant, je prétexte que j'ai du boulot sur mes courts-métrages pour m'éclipser de chez Michaël, j'ai besoin d'air, j'ai besoin de réfléchir loin de lui.

Une fois dans ma chambre, l'ordinateur sur les genoux, deux coussins coincés dans mon dos sur mon lit, je me connecte à ma messagerie. À regret, j'écris au salon Beauty Guests pour leur demander un délai de réflexion concernant ma participation.

Je ne souhaite pas fermer cette porte tout de suite, quelque chose m'en empêche, un pressentiment peut-être. Je ne sais pas pourquoi mais je sais au plus profond de moi que je manquerais quelque chose d'important si je n'y allais pas. Il faut juste que je trouve une solution, ou que je crée une faille spatio-temporelle, pour éviter l'engagement que j'ai pris hier soir avec Michaël.

Même si je ressens de la rage et de la tristesse, je me surprends à être plus forte que ce que je croyais. Je commence à me connaître, à savoir ce que je veux et à prendre confiance en moi. Cette métamorphose vient également en partie de mes abonnées qui m'envoient de plus en plus de messages sur ma boîte mail. Elles me confient toutes des anecdotes, des événements et des histoires toutes plus personnelles et touchantes les unes que les autres. Je prends beaucoup de temps pour leur répondre mais je constate que je suis un peu perdue face à l'ampleur et la responsabilité de cette tâche. Ces filles que je ne connais pas me livrent leurs problèmes, leurs inquiétudes, leurs soucis comme si j'avais les réponses pour les résoudre, pour les apaiser, pour les effacer. Je n'ai pas ce pouvoir, je fais du mieux que je peux même si j'ai souvent la sensation que ce n'est pas suffisant.

Même si mes followers me soutiennent, m'écrivent et me laissent de plus en plus de commentaires, je me sens toujours seule. Aurélie me manque. J'aimerais vraiment avoir une bande de copines avec qui sortir, avec qui parler, avec qui discuter des hommes et de la vie. À la place, je me connecte sur YouTube et je regarde des vidéos de filles. Elles sont mes copines virtuelles. Elles compensent le manque, ces amitiés que je n'ai pas. Je me demande si elles se sentent aussi seules et isolées que moi. Stars sur écran, étoiles virtuelles mais solitaires et abandonnées dans la vraie vie.

Les mois d'avril et de mai filent à la vitesse d'un éclair. Entre les révisions, le travail sur mes courts-métrages et ma chaîne qui se développe toujours et qui gagne régulièrement des abonnés, notamment grâce aux deux vidéos que je poste chaque semaine, je suis surbookée. J'ai hâte que le semestre se termine, ce qui signifierait que :

1) je serai enfin diplômée et je pourrai gagner ma vie (et déménager et manger des pizzas tous les soirs. Ah et éviter Robert et ma mère amoureuse comme jamais)

2) je ne verrai plus jamais Crachin (et je n'aurai donc plus envie de lui faire manger des araignées

et de la voir s'étouffer avec leurs pattes, ce qui est un fantasme plutôt curieux, j'en conviens)

Le premier week-end de juin ne tarde pas à se profiler. Comme nous sommes censés partir ce soir pour le sud de la France afin d'assister au lancement du film de Michaël, nous avions décidé de nous retrouver chez lui après les cours puis de passer chez moi récupérer mes affaires avant de prendre la route. En franchissant la porte, je ne le vois pas dans le salon et lance pour l'avertir de ma présence :

– Michaël ? Désolée, je suis un peu en retard. J'ai discuté avec une fille de l'école qui me suit sur YouTube et elle avait plusieurs questions sur la manière de créer du contenu pour le web.

Michaël déboule de la chambre et me jette un regard glacial alors qu'il pousse sa valise dans l'entrée.

– Il faut que tu arrêtes tes conneries, cette fois j'en ai marre.

– Pardon ?

– On a un timing serré. Et j'aimerais que tu te concentres sur autre chose que ces trucs de YouTube.

– On va de nouveau s'engueuler pour ça ? Je te signale que je pourrais être à Paris en ce moment et qu'à la place, je suis là. Avec toi. Pour te soutenir. TOI ! Alors arrête avec tes reproches et tes remarques. C'est quoi en fait le problème ? Tu ne supportes pas que quelqu'un d'autre reçoive de l'attention ? C'est dingue !

– Bien sûr que si, mais une attention méritée. Par pour…

– Pour quoi ?

– Pour ça ! Ce n'est pas de l'art. Ce n'est pas esthétique, ça ne transmet pas de message.

Ses mots me blessent tellement que j'ai envie de pleurer. Et de vomir.

– Est-ce que tu as seulement regardé une seule de mes vidéos pour critiquer mon travail aussi sévèrement ?

– Non, je n'en ai pas besoin. J'ai encore des choses à préparer, tu peux m'attendre dans le salon le temps que je termine.

– Non, merci. Je vais y aller.

Sur ces paroles, je me dépêche de rejoindre la porte et de partir loin de cet enfer. Je n'ai pas envie de supporter ses méchancetés une minute de plus. Alors que j'ouvre pour sortir, j'entends Michaël hurler :

– Angela, ne fais pas de caprice, tu n'es plus une gamine ! Je viens te chercher dans deux heures chez toi. Sois prête, on ne doit pas être en retard.

Énervée et plus triste que jamais, j'arrive chez moi dans tous mes états. Je me sens oppressée, dans une impasse comme enfermée dans une pièce dont les murs se referment sur moi. Et je peux vous dire un truc, c'est beaucoup moins marrant que dans Indiana Jones. Je dois sortir de là sinon je vais devenir dingue. Là, c'est le déclic. Il se passe quelque chose de puissant en moi, comme si une barrière cédait. Comme si je me libérais d'un poids.

Et si… ?

Si j'osais le faire ?

Poussée par une énergie salvatrice, je prends une décision en espérant qu'il ne sera pas trop tard. Il faut que je m'organise. Et vite. Je prends mon téléphone et appelle l'organisation du salon Beauty Guests pour vérifier si je peux toujours venir, je prépare ma valise et je fonce à la gare.

Objectif : Paris !

Je n'arrive pas à réaliser ce que je suis en train de faire et pourtant, je suis persuadée que c'est la bonne solution. En attendant le TGV, j'écris à Aurélie :

Je débarque à Paris, je ne peux pas manquer ça ! J'arriverai vers 22 heures, je peux venir chez toi ?

P-S : j'ai besoin d'un mojito.

Non. De quinze mojitos.

Son message ne se fait pas attendre :

C'est trop parfait pour être vrai ! Je t'attends ! En plus, il faut toujours que je te parle d'un truc. LE fameux truc ! Celui que je te cache depuis des mois ! J'ai trop hâte ! Et je te raconterai la première journée de folie du salon.
Vivement que tu sois là ❤

Une fois dans le TGV, j'ai l'impression de respirer à nouveau. L'aventure peut commencer. J'ai besoin de retrouver de l'énergie, de la motivation, un souffle que j'ai l'impression d'avoir perdu. J'ai besoin de baigner dans une ambiance positive et de m'entourer de personnes qui croient en moi et en ce que je fais. Le SMS que je redoutais arrive, Michaël est arrivé devant mon immeuble et je parcours rapidement les mots qu'il m'a écrits :

Où es-tu ? Je t'attends devant chez toi dans la voiture.

Je souris, assise dans le train, et je ferme les yeux cinq minutes pour savourer cette incroyable sensation de liberté qui m'envahit. Je n'ai plus peur. Je sais que je suis exactement là où je dois être. Même si je l'aime, même si je ne veux pas le perdre.

C'est une décision à double tranchant. Soit il la comprendra et l'acceptera. Soit il sera tellement en colère qu'il me quittera sur le champ. Avec les deux faces que je lui connais, j'ignore quelle décision il prendra.

Je prends mon courage à deux mains pour lui répondre :

Je suis désolée Michaël, je ne viens pas. Je pars à Paris pour le salon dont je t'ai parlé. J'espère que tu comprendras ma décision même si tu ne la cautionnes pas et que tout se passera bien dans le Sud.

Je penserai fort à toi, je sais que tu vas assurer mais ce n'est pas ma place, ce n'est pas là où je dois être ce week-end.

La seule réponse que j'obtiens est un silence qui me tue et qui accentue mon angoisse. Où en est-on ? Sommes-nous toujours ensemble ?

Je l'imagine fulminer, s'énerver, peut-être frapper son volant pour évacuer sa frustration. Commence alors un autre jeu que je déteste : le « vas-tu m'écrire » ?

J'essaie de penser à autre chose, à Aurélie, à Paris et à tout ce qu'il m'attend là-bas mais j'avais oublié à quel point les problèmes sentimentaux prenaient de la place dans le cœur, dans la tête et dans tout le corps. Mon léger foulard me serre le cou, j'ai l'impression que ma cage thoracique se calcifie et que mon ventre est devenu aussi dur que du béton. Je me mords violemment la lèvre pour ne pas pleurer et vérifie encore une fois mon smartphone en me retenant de l'appeler.

Pense à toi Angie.

À ta vie.

À ton futur.

À ce que tu aimes.

Plus de trois heures plus tard, le train arrive à la Gare de Lyon, les premiers passagers pressés sont déjà debout depuis une dizaine de minutes et patientent dans le couloir en attendant que nous soyons immobilisés pour descendre.

Une fois dehors, l'atmosphère de Paris, la chaleur de la ville et le vent qui souffle et fait voler mes cheveux me saisissent et j'accélère le pas pour prendre l'escalator et gagner le métro.

Je ne peux m'empêcher de sourire quand j'arrive devant l'appartement d'Aurélie, tous les bons souvenirs que j'ai vécus ici me reviennent en mémoire. Je sonne et ne tarde pas à entendre des bruits provenant de l'intérieur avant que la porte s'ouvre sur ma copine qui est en train de se brosser les dents vêtue d'un jean et d'un gros pull à mailles. En me voyant, elle pousse un hurlement comme si elle ne s'attendait pas à me voir débarquer :

– Angiiiiiie ! Ch'est tellement bien que tu chois là !

Elle lâche sa brosse à dents pour me prendre dans ses bras, la bouche pleine de dentifrice. Je suis là depuis deux minutes et elle me redonne déjà le sourire.

– Viens, entre ! Mes parents sont au restaurant et nous, on sort dans cinq minutes pour rejoindre d'autres YouTubeuses dans un bar. Je termine de me préparer, si tu veux tu peux aller dans ma chambre pour te changer.

J'acquiesce et retrouve avec bonheur l'intérieur cosy et chaleureux de ce lieu qui m'avait tant manqué alors que je rejoins la chambre.

Une fois apprêtées pour sortir, nous marchons bras dessus bras dessous dans les rues animées de Paris et je suis toujours aussi émerveillée par l'ambiance et l'aura de la Ville lumière. Mes yeux observent avidement tout ce qui se déroule devant eux, les jeunes qui rient, les vitrines qui brillent toujours en pleine nuit, le trafic incessant des voitures sur les boulevards. Interrompue dans ma rêverie par Aurélie, je mets quelques secondes à atterrir :

– Dis, je suis super contente que tu sois là mais je ne suis pas complètement blonde. Alors, ma belle, qu'est-ce qu'il se passe ? Je t'ai vue avec tes petits yeux inquiets et j'ai remarqué que tu regardais ton téléphone toutes les trois minutes.

– Alors ça, c'est faux ! J'essaie de me retenir et de le faire toutes les cinq minutes depuis mon départ de Genève.

Nous éclatons de rire même si mon cœur a toujours aussi mal. Je lui avais raconté que je ne pensais pas venir au salon parce que je comptais suivre Michaël et assister aux événements prévus pour la promotion de son film. Je lui confie la suite de l'histoire :

– Disons que nous nous sommes disputés avec Michaël…

– Oh… et, c'est grave ?

– Je ne sais pas trop. Je n'ai pas de nouvelle, il doit m'en vouloir à mort de ne pas l'avoir accompagné dans le Sud.

– Mais toi, tu peux aussi lui en vouloir à mort de ne pas t'avoir soutenue pour ta venue au salon.

– Tu es la voix de la raison… je le sais bien mais j'ai quand même l'impression qu'un bloc de béton est tombé sur mon corps. Je déteste cette incertitude.

– Tu penses vraiment que c'est fini ?

– Michaël est surprenant à plus d'un titre. Et pas toujours dans le bon sens… j'ai tellement peur de le perdre, tu sais. Je l'aime et parfois, je le hais.

– Je comprends, mais tu as fait le bon choix, tu t'es respectée Angie, tu es venue ici parce que c'était la bonne chose à faire. Je suis fière de toi, moi.

Ce qu'elle me dit me touche tellement que je n'arrive plus à retenir mes larmes. Son soutien et sa compréhension me rappellent également à quel point j'aurais aimé que Michaël prononce ces mots. Aurélie surprend mon geste alors que j'essuie une larme de ma joue en reniflant piteusement.

– Ah non, il ne mérite pas que tu pleures ! Pense aux mojitos, d'ailleurs, on est arrivées et j'offre la première tournée !

Le brouhaha du bar nous enveloppe dès que nous y pénétrons, tout comme la chaleur presque étouffante qui règne à l'intérieur. Aurélie trace jusqu'à une table du fond où un groupe de filles toutes plus canons les unes que les autres babillent joyeusement en buvant des cocktails. Mon Dieu, je reconnais la plupart de ces YouTubeuses que j'ai pris l'habitude de suivre sur les réseaux depuis des mois. Aurélie salue tout le monde d'un geste de la main et toutes les têtes se tournent vers nous :

– Salut tout le monde ! Je vous présente Angie de la chaîne « Le Monde d'Angie » !

Un mix de saluts enthousiastes résonne et je fais un bonjour à la cantonade, intimidée de me retrouver au milieu de tous ces visages connus. Alors, je ne peux m'empêcher de sentir mes joues s'enflammer quand l'une d'elles me sourit et lance :

– Oh, Angie, c'est tellement cool que tu sois là ! J'adore ta chaîne, j'étais tellement triste quand l'organisation m'a dit que tu ne pouvais pas venir !

Une autre acquiesce suivie d'une bonne partie de la tablée. Les yeux écarquillés, je n'arrive pas à croire ce que je viens d'entendre. Elles me connaissent aussi ! C'est incroyable.

Nous passons les heures suivantes à parler de YouTube, de notre manière de travailler, du salon et des rencontres qu'elles ont pu y faire aujourd'hui. Elles sont toutes tellement rayonnantes, motivées, passionnées qu'elles me transmettent toute l'énergie dont j'avais tant besoin. Nous sommes pareilles, nous nous comprenons, nous vibrons pour les mêmes choses, nous vivons les mêmes difficultés, nous sommes confrontés aux mêmes problématiques.

Je sirote mon troisième mojito, légèrement apaisée mais toujours inquiète et nerveuse à cause du silence de Michaël. Je me demande s'il a fait bonne route, s'il est bien arrivé à destination, s'il m'en veut toujours. Le plus discrètement possible, je sors mon téléphone et regarde s'il m'a écrit. Mon cerveau n'arrive pas à fonctionner normalement. Ni mon cœur d'ailleurs.

Avant de le ranger, je remarque le regard inquisiteur d'Aurélie posé sur moi. Grillée ! Elle plisse les yeux et me demande en pointant du doigt mon cocktail et mon téléphone :

– Hey ho, tu t'es noyée dans ton mojito ?

– J'aurais préféré. Tu crois que je peux m'intoxiquer avec le citron ? Désolée, je pense encore à Michaël...

– Il ne t'a toujours pas donné de nouvelles ?

Je vérifie mon écran une nouvelle fois, comme si le fait d'en parler allait provoquer une réaction magique chez lui et le pousser à m'envoyer un texto. Constat : rien. J'ai tellement mal à l'intérieur que j'ai l'impression de crever.

– Non...

– Et tu ne veux pas lui écrire ?

– Si... non. Oh, j'en sais rien. Pour lui dire quoi ?

– Que tu t'éclates à Paris avec moi ? Que c'est un débile de ne pas soutenir une étoile comme toi ? Qu'il n'a rien compris aux femmes, au couple et à l'amour ? Nan mais sérieux ! Ce mec est peut-être beau et célèbre mais son attitude envers toi est pitoyable.

– Bam, merci pour ta franchise. Je me sens beaucoup mieux tout à coup.

Je termine mon mojito cul sec.

– M'en faut un autre.

Je lève le bras d'un geste maladroit pour attirer l'attention du serveur et recommande une tournée avec l'espoir de noyer mon désarroi dans les citrons. Et le rhum.

La soirée se poursuit et, au fil des heures, les autres filles quittent gentiment le bar pour rejoindre leurs hôtels ou pour poursuivre la soirée en boîte. Nous nous retrouvons alors en petit comité, l'occasion rêvée pour parler de projets plus personnels. Et depuis le temps que j'attends ça, j'en profite pour questionner Aurélie :

– D'ailleurs toi !

– Quoi, moi ? Moi et mon mojito s'il te plaît ! Ne l'exclus pas de la conversation. En ce moment, c'est le truc le plus important de ma vie ! Avec toi ! Oh je suis tellement contente que tu sois là, Angie. Tu m'as trop manqué !

Je mâchouille ma paille dans un état second (est-ce cette sensation que l'on ressent avant un coma éthylique ?) et la regarde en souriant.

– Est-ce que ton mojito peut m'expliquer ton projet secret ? Ce fameux secret que tu gardes depuis des mois va finir par me tuer !

Je me tourne vers le mojito et me baisse vers lui comme pour lui faire une confidence. Je crois que je suis bourrée.

– Petit mojito, peux-tu me confier ce que ta chère maîtresse manigance dans son coin comme un vilain troll des catacombes ?

Elle s'indigne en faisant de grands gestes et en renversant sa paille dans la foulée, preuve incontestable qu'elle se trouve dans le même état que moi :

– Hey, je ne suis pas un troll des catacombes ! Je suis la reine des citrons !

– Ah oui, c'est beaucoup mieux !

Elle se penche vers moi et nous pouffons avant qu'elle jette des regards à droite et à gauche comme pour vérifier qu'aucun espion ne se trouve dans les parages. Elle susurre :

– J'ai eu une idée merveilleuse !

– J'avais cru comprendre...

Elle met son doigt sur ses lèvres et postillonne du cocktail en m'ordonnant :

– Chuuut ! J'aimerais te proposer de travailler avec moi sur un truc génial. Un truc vraiment génial !

– Qui est ?

Elle hurle dans le bar :

– Une web-série !

– Une web-série ? Oh mais c'est une idée trop géniale et merveilleuse !

– Tu vois, je te l'avais dit !

– Tu penses à quoi exactement ?

– Alors, on pourrait l'appeler « Life as girls » et ce serait l'histoire de deux colocataires. On parlerait des garçons, des trucs de filles, du sport, des soirées au bar, du monde du travail, du spa, de la vie de deux copines qui partagent leur vie…

– J'adore ton idée ! Et on pourrait aussi faire des bêtisiers !

– Oui, ce sera super marrant. Oh, je suis trop contente ! Demain, je te montrerai ce que j'ai déjà écrit !

– C'est donc sur ce projet que tu travaillais pour le cours de scénario ?

– Bravo Sherlock, tu es très perspecice. Euh non, c'est pas ça.

– Persepace !

– Perspicace ! finissons-nous par entonner en chœur.

Nous tombons dans les bras l'une de l'autre et je sens enfin le poids qui comprimait ma poitrine s'envoler. Cette nouvelle perspective me donne des ailes et je n'ai qu'une envie : me lancer à fond dans ce nouveau projet.

Chapitre 17
Réconciliation ?

Quand le réveil sonne, j'ai l'impression d'avoir dormi trente minutes. Aurélie grommelle dans son coussin :

– C'est l'heure de se lever ?

– Non, c'est juste le réveil qui avait envie de nous faire un coucou.

– Je déteste les mojitos.

– La reine des citrons n'a pas assez dormi ? Tu ne devrais pas critiquer tes sujets.

– Ouille ma tête. J'ai vraiment dit que j'étais la reine des citrons ?

– Je crois bien que oui…

– Oh la vache.

Elle jette un coup d'œil à l'heure avant de balancer son duvet d'un coup de pied :

– On doit être au salon dans une heure, on est

à la bourre. Je croyais que les Suisses étaient toujours à l'heure.

– C'est un mythe. Un peu comme le monstre du Loch Ness, tu vois. Ou les trolls des catacombes.

– Ça, ce n'est même pas un mythe. Ça n'existe pas !

– Si, regarde dans ton miroir et tu en verras un !

Je pouffe comme une débile, fière de ma blague alors qu'Aurélie tente de me frapper en balançant sa main dans le vide. Je m'étire de tout mon long pour dissiper le brouillard dans lequel se trouve toujours mon esprit mais la réalité me frappe de plein fouet et je me rue sur mon téléphone.

Rien.

Nouveau coup au cœur.

La meilleure manière pour oublier ma tristesse, c'est de bouger et de m'activer. Nous nous douchons rapidement, nous coiffons et nous maquillons pour gommer les traces de fatigue de cette nuit trop courte. Aurélie ne manque pas d'ajouter tout en me mettant une deuxième couche de blush :

– On doit avoir bonne mine, tu n'imagines pas le nombre de photos qu'on prend avec nous dans la journée ! Tu vas être hallucinée ma belle !

La file qui s'étire devant l'entrée du salon Beauty Guests est impressionnante. Des jeunes filles et quelques garçons se pressent devant l'entrée avec des smartphones, prêts à dégainer à la vue de leurs YouTubeuses préférées. Jamais je n'aurais imaginé un tel engouement pour ce genre de rencontres.

À l'intérieur, des coins sont aménagés pour chacune des invités, les organisateurs courent partout pour ranger les derniers témoins de la folie du vendredi et aménagent les préparatifs pour le samedi. Aurélie avance d'une manière experte dans le salon et me fait une visite guidée des lieux :

– Aujourd'hui, ça va être encore plus chargé qu'hier ! Tu es prête à recevoir ta dose d'amour, Angie ?

– Je crois bien que oui !

Quelques minutes plus tard, c'est parti. Un déferlement. Une vague qui m'enveloppe. Un raz-de-marée.

« Angie, on t'aime » !

« Angie, tu es la meilleure » !

« Angie, j'adore tes vidéos en plus, tu es trop belle » !

Clic. Clic. Photos. Sourires. Démesure. Câlins à n'en plus finir. Compliments. Encouragements.

À la fin de la journée, j'affiche un sourire béat, je suis dans le monde des Bisounours et je n'ai pas envie d'atterrir. Pourtant, malgré toute cette joie, je ne peux m'empêcher d'entendre cette petite voix dans ma tête qui me dit « tu ne fais que des vidéos sur YouTube, Angie ». Je me pose la question en boucle : est-ce que je mérite tout cet amour, toute cette attention, toute cette admiration, alors que je n'ai fait que « ça » ? Épuisée par ces rencontres et ces sentiments contradictoires mais gonflée à bloc par la richesse de cette journée, je ne bouge pas de ma chaise. Aurélie finit par apparaître à mes côtés et s'écroule sur le siège à côté du mien en soufflant, la voix rauque :

– Mon Dieu, je suis morte.

– *Idem*. Je suis une barbe à papa rose bonbon.

– Hein ? Là, il faudra que tu m'expliques le rapport parce que je ne comprends pas très bien.

– Cette journée était complètement dingue, Aurélie ! Ces filles sont tellement adorables ! Je peux en ramener quelques-unes avec moi à la maison pour qu'elles me motivent quand je déprime ?

– Non, tu ne peux pas parce qu'elles ne rentreraient pas dans ta valise ! Mais quand ça n'ira pas, tu repenseras à toutes ces filles merveilleuses qui te soutiennent et qui adorent tes vidéos. Il y a quand même un truc dingue…

– Mmm ?

– Nos vies ont l'air tellement parfaites quand on regarde nos vidéos.

– Oui mais ce n'est qu'une partie de nos vies. Si seulement, elles savaient ce qu'il y a derrière...

– On vit toutes des difficultés. Et on en parle aussi parfois.

– C'est vrai. Mais peut-être pas assez. J'ai parfois l'impression qu'elles nous idéalisent beaucoup trop, comme si notre quotidien était magique, tu vois ? Comme si on était heureuse et de bonne humeur tout le temps. Comme si nos existences étaient plus simples que les leurs, tu vois ce que je veux dire ?

– Bien sûr ! En même temps, on a aussi fait le choix de partager des éléments positifs sur nos chaînes pour leur donner du bonheur, de la joie. Et, je pense qu'à nous aussi, ça nous fait du bien de travailler et de montrer ça.

Je réfléchis à ce qu'elle vient de dire et je crois qu'elle a raison.

Un autre point positif de cette journée ?

Je n'ai pas vérifié toutes les cinq minutes si j'avais un message de Michaël.

– Alors, tu en penses quoi ?

Aurélie est penchée par-dessus mon épaule tandis que je lis ses ébauches de scénarios pour notre web-série. Nous profitons des quelques heures avant mon départ pour prendre l'apéro et travailler sur le pilote de notre projet. J'ai déjà pris des notes pour le tournage dans la marge et j'ai ajouté des idées de scènes à développer. Je me tourne vers elle avec un grand sourire :

– Franchement ? J'adore !

– C'est vrai ?

– Non, c'est nul, je dis juste ça pour que tu ne te rues pas sur les passants en pleurant et en demandant des câlins.

Elle me balance une petite tape dans le bras en riant.

– Aurélie, tu as vraiment eu une idée géniale ! Et dès le mois de septembre, j'aurai du temps libre comme j'aurai terminé ma formation. On pourra se pencher plus sérieusement sur les scripts et le tournage.

– C'est génial, je me réjouis !

Nous nous sourions, plus que ravies de ce nouveau défi qui nous attend.

Je passe le trajet en train à dormir, ce week-end à Paris entre les sorties, les rencontres, les discussions et le travail avec Aurélie m'a épuisée. J'ai hâte d'arriver chez moi et d'aller me coucher avant d'affronter une nouvelle semaine et les cours qui m'attendent demain matin.

Mais, parfois, les choses ne se passent pas comme prévu. Et mes petits plans « pépères » sont vite oubliés.

En arrivant devant mon immeuble, je la vois. Sa voiture. Garée devant l'entrée. Mon cœur se met à battre la chamade et ma respiration s'emballe de plus en plus au fur et à mesure que j'avance dans sa direction. À moins d'escalader la façade, je n'ai aucune solution pour éviter ce chemin. Et comme je ne suis pas une araignée, cela risque d'être compliqué. Je n'ai jamais autant rêvé d'avoir huit pattes.

Dès qu'il m'aperçoit, Michaël descend de la voiture et avance vers moi, son regard sombre et déterminé rivé au mien. Je déglutis alors que mon corps tout entier frissonne. Sa présence me fait l'effet d'un coup de poing. Il est beau à tomber. Mon corps s'enflamme dès qu'il m'attrape par le poignet pour me tirer vers lui et m'embrasser comme si nos vies en dépendaient. Nos lèvres s'accrochent, nos souffles se mêlent, nos langues se cherchent.

Sans prononcer un mot, il me prend doucement par la main, me fait monter dans sa voiture et nous conduit jusque chez lui. Le trajet se déroule en silence, nous semblons n'attendre qu'une seule chose : que nos corps puissent enfin se retrouver.

Que les tensions de ces derniers jours se dissipent en faisant peut-être ce que nous faisons de mieux ensemble : l'amour.

Ce mec est une drogue.

Ma drogue.

À peine devant sa porte, nous sommes attirés l'un par l'autre comme des aimants, comme si une force puissante et invisible nous poussait l'un vers l'autre. C'est irréversible. Irrésistible. Une évidence. Rien ne peut nous arrêter.

Il me plaque contre la paroi, fait glisser la fermeture éclair de ma veste pour passer ses mains sous mes vêtements et explorer ma peau. Son contact a l'effet d'une bombe. Je frémis, je halète. J'ai chaud.

Sa bouche ne quitte plus la mienne, ses doigts parcourent mes côtes, mes flancs, le bas de mon dos. Mes mains se mettent également à caresser son corps. D'une main, il parvient à ouvrir la porte et me fait entrer chez lui sans cesser de m'embrasser. Dès qu'il récupère l'usage de ses deux mains, il se met à me déshabiller, ma veste ne résiste pas longtemps à ses assauts, mon pull et mon débardeur la rejoignent vite sur le sol. De mon côté, je fais pareil et me retrouve rapidement contre son torse nu. Peau contre peau.

Sa chaleur m'envahit, me transcende.

D'un geste, il me saisit par les fesses et j'enroule mes jambes autour de sa taille. Nos yeux ne se quittent plus et toujours sans prononcer un mot, il m'emmène dans sa chambre, me dépose sur le lit et se positionne au-dessus de moi, entre mes jambes. Il embrasse mon cou, mon ventre, mes cuisses.

Je perds pied.

Je me perds en lui.

Je me perds tout court.

Lundi matin, je retrouve Michaël dans sa cuisine et l'observe alors qu'il me sert une tasse de café. Il me la tend en me fixant et j'essaie de décrypter le sens de son regard, j'essaie de comprendre ce qu'il se passe dans sa tête. Je murmure un merci à peine audible pour rompre ce silence qui nous enveloppe depuis hier soir. Il porte la tasse à ses lèvres sans cesser de me regarder. Je prends les devants et lui pose la question qui me brûle les lèvres :

– Tu vas rester longtemps sans prononcer un mot ? C'est une nouvelle stratégie ?

Il esquisse un sourire. Et hoche la tête de haut en bas. À mon tour de sourire.

– Pourquoi ?

Il continue de sourire, quitte sa position près du plan de travail où il était adossé et vient derrière moi. Il pose son café fumant et m'enlace en glissant sa tête dans mon cou et en respirant mon odeur à pleins poumons. Ses mains autour de ma taille me poussent à me retourner et je me retrouve en face de lui. Il relève mon menton, plante à nouveau ses yeux dans les miens et m'embrasse doucement, sensuellement. C'est si bon, si doux.

Nous empruntons sa voiture pour nous rendre à l'école et partons tôt pour éviter les embouteillages du centre-ville. Alors que nous parcourons les couloirs encore déserts à cette heure-ci, je le saisis par le bras et le force à s'arrêter et à me regarder :

– Monsieur Perez, allez-vous enfin me dire pour quelle raison vous ne prononcez plus un seul mot ?

Il se mord la lèvre, penche la tête et inspire profondément alors que mille et un scénarios s'entrechoquent dans ma tête. D'un geste tendre, il caresse la ligne de ma mâchoire puis ouvre la bouche et sa voix résonne alors qu'il répond à mon interrogation :

– Parce quand on ne parle pas, on ne s'engueule pas. Et que j'ai pris conscience de quelque chose d'important ce week-end.

– Ah bon ? Tu as pris conscience que tu voulais tenter une nouvelle expérience en devenant sourd-muet ?

Il me jette un regard malicieux et m'offre un sourire radieux. Je craque et le questionne :

– Plus sérieusement, de quoi s'agit-il ?

– J'ai pris conscience que…

Il pousse un nouveau soupir, mon cœur se serre et j'attends qu'il continue en retenant mon souffle.

– ... que je t'aime.

Je garde le silence tant son aveu me bouleverse. Il regarde dans le vague puis reporte son attention sur moi et replace une mèche de cheveux derrière mon oreille. Il n'a pas terminé et continue :

– Et je ne veux pas tout bousiller. Je ne veux pas te perdre, Angie.

Je m'approche et murmure contre ses lèvres avant de l'embrasser :

– Tu ne me perdras pas. Jamais. Parce que, moi aussi, je t'aime. Malgré tes sautes d'humeur, malgré ton sale caractère, malgré ton côté autoritaire et ta rigidité.

Il fait mine de s'indigner :

– Hey, je ne suis pas si horrible !

– Non, tu es aussi touchant, sensible, talentueux. Et incroyablement doué de tes dix doigts.

Je lui fais un clin d'œil avant de me détacher de lui et de lui envoyer un dernier baiser en soufflant dans ma main. La dernière semaine de cours avant les examens ne va pas tarder à commencer et entre les révisions et mes courts-métrages à peaufiner, j'ai encore du boulot.

Chapitre 18
Vague à l'âme

Lundi 11 juin, c'est parti. Les examens. Le stress. La boule au ventre. La gorge sèche et les mains moites. Je déteste ça.

Entre les derniers dossiers à rendre, les cas pratiques à boucler et à discuter et les heures passées devant des feuilles remplies de questions, je travaille jour et nuit pour terminer ma formation en beauté.

Vendredi matin, je n'ai plus qu'une épreuve à passer, la plus importante pour moi : la soutenance de mon travail de diplôme, le travail qui clôture mes trois ans d'études. Je triture mes doigts nerveusement et fais les cent pas pendant que je patiente devant la salle où je vais présenter mes trois courts-métrages. Heureusement que je peux compter sur la présence et le soutien de Michaël, évidemment présent puisqu'il a dirigé mon projet. Cette simple idée m'aide à me détendre.

Je sursaute quand la porte s'ouvre, à fleur de peau après cette semaine intense et le manque de sommeil. Le directeur me salue :

– Mademoiselle Decker, ça va être à vous. Vous êtes prête ?

J'avale ma salive, qui me donne l'impression d'être plus difficile à avaler qu'un gâteau sec, et acquiesce avant d'inspirer une grande bouffée d'air et de le suivre à l'intérieur. Il rejoint l'autre homme et m'invite à prendre place devant eux, au milieu de la pièce. Le problème ? L'autre homme n'est pas Michaël. Je fronce les sourcils et me permets de le questionner :

– Excusez-moi mais où se trouve Monsieur Perez ?

– Il a malheureusement eu un empêchement de dernière minute. Il est remplacé comme expert par Monsieur Zimmerman.

– Quoi ? Mais, ce n'est pas possible. Je… c'est tout de même mon directeur de travail de diplôme.

Complètement déstabilisée, je tente de reprendre contenance et de maîtriser le stress qui me submerge. Je n'ai pas le choix, je dois commencer, les deux hommes attendent que je débute ma présentation avant de lancer les films. Je m'exécute mais mon esprit me joue des tours et n'arrête pas de se demander :

1) si Michaël est mort

2) s'il ne l'est pas, vais-je le tuer ?

Tant bien que mal, je termine ma soutenance en expliquant mes choix de plans et l'importance du noir et blanc dans le message que je voulais transmettre. Est-ce que mon travail les a convaincus ? Difficile à dire même si les questions qu'ils m'ont posées démontraient leur intérêt.

Quand je sors, dans le même état que si j'avais participé à un Ironman, je ne suis pas seulement furieuse, je suis également déçue et triste.

Après avoir pris l'air pour me détendre et être passée à la cafeteria pour boire un café, je sors mon téléphone et compose le numéro de Michaël. J'ai besoin de comprendre.

Il répond à la sixième sonnerie. *Maîtrise-toi. Ne l'agresse pas. Sois calme. Posée.*

– Tu étais où ? Tu aurais dû être là pour la présentation de mon travail de diplôme ! C'est quoi ton excuse ? Tu m'as laissée tomber. C'était important pour moi et tu le savais ! Franchement, je n'arrive même pas à y croire.

Ratée.

– Je suis désolé, j'ai eu un truc important à faire.

– Plus important que mon examen de fin d'études ?

Il répond froidement :

– Les études ne sont pas le truc le plus important, Angela. Quand on est adulte, on a des obligations, tu sais.

– Arrête de me parler comme à une gamine Michaël.

Encore plus bouleversée qu'il ne s'excuse même pas pour son absence, je raccroche, les larmes aux yeux. Quelques secondes plus tard, mon portable vibre et je peux lire sur mon écran un message de Michaël qui me tord le ventre :

Une femme adulte accepterait la discussion sans se vexer comme tu le fais.

Encore plus blessée qu'il ose m'attaquer de cette manière, je réponds du tac au tac :

Un homme adulte aurait eu la décence de me prévenir et se serait excusé de son comportement.

Je rentre chez ma mère, complètement vidée. Le stress des examens retombe, la vie à cent kilomètres-heure aussi, les journées remplies par les révisions sont terminées. C'est le vide. Et le vide, ça pousse drôlement à la réflexion, vous ne trouvez pas ? Du coup, je cogite encore sur le comportement de mon copain.

Il critique mes choix et ma chaîne.

Il m'avoue qu'il m'aime.

Il manque ma soutenance et me rabroue encore.

Je n'y comprends rien.

Malgré ma peine, je ne peux pas rester focalisée sur lui, j'ai du travail à faire pour ma chaîne et pour la web-série avec Aurélie. Je dois penser à autre chose, faire quelque chose, m'occuper l'esprit pour qu'il ne prenne pas toute la place. Ces projets me permettent de tenir le cap et de ne pas complètement sombrer. Oui, mais pour combien de temps ?

Samedi soir, je retrouve Antho dans un bar pour fêter la fin de la session d'examen. Plusieurs étudiants ont eu la même idée que nous et discutent dans une ambiance bon enfant autour de quelques bières.

Je commande deux mojitos et rejoins Antho qui s'est installé sur une table haute, un peu à l'écart de la foule. Je l'observe en ramenant nos boissons, tente de ne pas en renverser en chemin, et réalise à quel point il me manque depuis qu'il est avec

Sonia. Je dépose les cocktails devant moi et grimpe maladroitement sur un tabouret en m'exclamant :

– Santé, à nous et à ces examens !

– Santé ! Vivement la semaine prochaine qu'on ait ces fichus résultats ! Au fait, comment s'est passée la présentation de tes courts-métrages ?

J'étais tellement fâchée et épuisée hier que je ne lui avais pas encore raconté ma mésaventure. D'ailleurs, Antho n'est pas au courant de toutes les tensions qu'il y a entre Michaël et moi. Avant de me laisser répondre, il ajoute :

– J'ai vu Michaël dans un café hier matin. Il n'aurait pas dû être à l'école pour superviser ton passage ? L'heure de ton examen a été déplacée ?

– Dans un café ? Non, il n'était pas là. Apparemment, il a eu une urgence. Mais bon, à moins d'avoir eu un incendie chez lui ou avoir eu une crise cardiaque, je ne vois pas ce qui peut justifier son absence.

– Une urgence ? Il n'est pas venu à ta soutenance ? Tu plaisantes ?

– J'aurais préféré. Mais je crois que mon sens de l'humour s'est écrasé en même temps que ma foi en l'amour.

– Tout de suite les grands mots ! Et c'était quoi son excuse ? Il te l'a dit ?

– Apparemment, il aurait eu un truc important à faire…

– C'est vague…

Là, Antho sort son portable et cherche quelque chose puis me montre son écran. Une photo de mon copain en train de rire avec une blonde magnifique. Prise vendredi matin, à l'heure précise de mon examen. Aïe.

– C'était ça son truc super important ? Je suis désolé ma Pépite…

– Pas autant que moi. Tu peux m'envoyer cette photo ? Je crois qu'il faut que je lui demande une explication. Crois-moi, ça ne va pas se passer comme ça.

– Angie ?

– Mmm ?

– Tu es heureuse avec lui ?

Je lève les yeux, prise de court par sa question. Si je l'étais au début, j'ai l'impression que la déception a pris le pas sur l'euphorie depuis quelques mois.

– Franchement, je ne sais plus très bien.

– Pourquoi tu restes alors ?

– Ce n'est pas aussi simple. J'ai des sentiments pour lui…

– Je ne veux pas paraître méchant mais tu ne respires pas vraiment le bonheur.

Je me mords la lèvre et décide de tout lui raconter. Son manque de soutien et les critiques sur ma chaîne YouTube, le voyage avorté dans le Sud, le salon Beauty Guests à Paris. Ma peine, ma désillusion, son côté pervers narcissique que j'ai de plus en plus de mal à supporter, les deux faces de sa personnalité, son « je t'aime ». Je lui montre les derniers messages que nous avons échangés puis range mon téléphone dans un soupir :

– En fait, je ne sais plus très bien où j'en suis.

Perplexe, Antho tire une nouvelle gorgée de mojito sur sa paille :

– Il t'a réécrit ou appelé depuis hier ?

– Non, c'est le silence radio.

– Ma Pépite, je ne veux pas que tu le prennes mal ou que tu penses que c'est une marque de jalousie ou je ne sais pas quelle connerie hein… mais ce mec n'est pas pour toi. Il te faut quelqu'un qui croit en toi, qui te pousse à réaliser ce qui te rend heureuse, qui te motive, qui te donne des ailes. Qui te fasse sourire.

J'écrase rageusement les citrons au fond de mon verre :

– Tu devrais écrire des livres.

– Arrête ! C'est ça l'amour. Ce n'est pas d'être triste et déçue en permanence.

– Je ne suis pas…

Il m'interrompt en grondant :

– Pépite.

– Bon d'accord, ce n'est pas terrible en ce moment.

– Fais quelque chose alors.

Amen.

Il faut qu'on parle.

J'aurais bien aimé lui écrire ce type de phrase bien sèche mais je n'ai pas réussi. Dimanche matin, j'essaie désespérément de rédiger un message pour Michaël en buvant mon café.

Essai 36, scène 3, action :

Est-ce que tu serais libre pour discuter un moment aujourd'hui ? J'ai besoin de te parler.

Mitigée sur l'effet escompté, un bon coup de stress, je relis pour la troisième fois les lignes que je viens de taper. Pfff. C'est nul !

Mon portable sonne. Merde. C'est lui.

J'aurais adoré lui envoyer un SMS avant qu'il ne le fasse lui, court-circuitant par la même occasion ma tentative de contrôler la situation. Surtout avec ce texto :

Tu avais raison. Je m'excuse. J'aurais dû agir autrement et mieux m'organiser pour ce rendez-vous. Je regrette Angie. Est-ce que tu aurais un moment aujourd'hui ? Je meurs d'envie de te voir, d'être avec toi. Je suis désolé.

Je t'aime

Remerde ! Qu'est-ce que je fais ? Oui, son message me touche et, comme vous, j'ai poussé un petit gémissement en parcourant les lignes. Je me suis même dit « c'est trop chou ». Je suis folle.

Puis, j'ai repensé à la photo.

À la pétasse blonde.

Et j'ai ressenti ce pincement au cœur si caractéristique.

Comme j'ai l'esprit combatif et que j'ai besoin d'une explication rationnelle du type « cette fille est », au choix :

1) sa sœur
2) sa cousine
3) sa mère

Je lui demande si je peux venir dans la foulée, c'est-à-dire dans l'heure qui suit pour enfin cesser de me torturer comme je sais si bien le faire.

Je débarque donc à son appartement et me répète « ne craque pas trop vite, ne baisse pas ta garde trop vite ». Mon but ? Avoir une explication, une bonne excuse, une raison qui explique (et que je peux comprendre) son absence à mon examen. Il ouvre la porte avant que je ne sois vraiment prête à entrer en confrontation avec lui.

OK, vous avez raison, je n'aurais pas été prête même en ayant eu plus de temps.

Il m'observe et m'accueille de sa voix grave qui me fait un effet de dingue.

– Salut. Entre, je t'en prie…

Je ne me fais pas prier plus longtemps et le frôle en passant devant lui. Il saisit l'occasion pour me stopper dans mon élan, me saisir par la nuque pour que je le regarde et m'embrasser doucement. Dans un souffle, je lui réponds :

– Salut.

Il m'entraîne au salon et m'incite à m'asseoir, se positionnant tout près de moi, si près que je sens son souffle dans mon cou. Je lève les yeux sur lui, tentant de deviner ses pensées, de deviner ce qu'il se passe dans sa tête, et entame doucement la conversation :

– Tu peux m'expliquer pourquoi tu n'étais pas là ?

Je ne montre pas tout de suite la photo pour éviter de lui faire une crise de jalousie et surtout pour voir les explications qu'il me donne.

– J'ai eu un rendez-vous important et imprévu pour le boulot.

Je voulais vraiment me retenir mais en entendant son excuse, je n'y parviens tout simplement pas et explose :

– Alors le truc plus important que mon examen, c'était un café avec une autre femme ? Je rêve !

Au moins, il a l'intelligence d'éviter de me demander comment je l'ai appris, il a compris que ce n'était pas le débat le plus important. Il me regarde comme si j'étais devenue une espionne de la CIA et se justifie :

– Ce n'était pas n'importe qui.

– Mais je m'en fous de qui c'était ! À ce moment-là, tu as jugé que cette personne était plus importante que moi.

– C'était une actrice qui pourrait jouer le rôle principal féminin de mon prochain film.

– Et tu vas me faire croire que tu ne pouvais absolument pas la rencontrer une autre fois ? Arrête, tu n'es pas crédible Michaël.

Il pousse un profond soupir.

– Je n'ai pas de justification à te donner, Angela. Il s'agit de mon travail, mon vrai travail et si on continue à sortir ensemble, tu dois accepter que je rencontre des actrices. C'est normal et ce n'est pas pour autant que tu passes après elles.

– Tu fais glisser le débat vers autre chose Michaël. Je ne te reproche pas de voir des actrices, je te reproche de m'avoir plantée à un examen important pour lequel tu avais en plus une responsabilité en tant que directeur de mémoire.

– J'ai besoin de ton soutien ma chérie, pas qu'on se dispute sans arrêt.

Je n'aurais pas dû relancer le sujet mais ma bouche articule toute seule :

– J'ai le même besoin que toi Michaël. Pour ma carrière de YouTubeuse, j'aimerais que tu me soutiennes, que tu sois fière de moi et de ce que j'accomplis.

Je repense à ce qu'a dit Antho à propos de l'amour et suis suspendue aux lèvres de Michaël avec l'espoir qu'il me dise enfin les mots que j'attends. À la place, un silence beaucoup trop long s'installe.

– On en a déjà parlé, Angie. Je ne cautionne pas ces vidéos girly, c'est un travail qui ne m'intéresse pas, qui ne me parle pas. Tu ne peux pas me demander de changer mon système de valeurs et ce que je valorise.

– Ton système de valeurs ? Est-ce que tu es en train de me dire que tu n'arriveras jamais à me soutenir ? Sois honnête, j'ai besoin de savoir.

– Là, ce sont mes limites. Je ne peux pas. Je suis un homme entier, je ne ferai jamais semblant.

– OK, ça a le mérite d'être clair…

La déception que je ressens et la sensation qu'il n'y a aucune issue pour notre couple me paralysent. Dans un souffle, je murmure :

– En gros, j'ai l'impression de devoir choisir entre ma chaîne et toi…

Le choix le plus stupide de ma vie.

Le fait qu'il ne réponde rien m'effraie encore plus, je regarde dans le vague, perdue. Il me prend dans ses bras et me serre contre lui, fort. Si fort que je n'arrive plus à respirer.

C'est le jour J, le jour où nous recevons les résultats de nos examens. Je suis avec Antho chez moi, tous les deux assis sur mon lit avec nos ordinateurs sur les genoux, attendant nerveusement que le portail informatique de l'école publie les résultats de la session de printemps 2013. Les yeux rivés sur la montre, nous rafraîchissons la page toutes les secondes pour être sûrs de ne pas manquer l'information.

Dix-sept heures !

Clic !

Antho :

– AAAAAH !

Moi :

– HIIIIII !

Nous nous regardons en même temps et prononçons :

– Ça veut dire quoi AHHHH ?

– Ça veut dire quoi HIIII ?

Il me sourit :

– C'est bon ?

J'acquiesce trois fois de suite, le cœur battant la chamade.

– Et toi ?

Il fait pareil et nous sautons dans les bras l'un de l'autre, soulagés et heureux. Nous avons réussi notre année, nous allons être diplômés !

Quelques jours plus tard, juste avant les grandes vacances d'été, nous avons vêtu nos plus beaux habits et sommes tous prêts pour la cérémonie de remise qui se déroule à l'école. L'un après l'autre, nous sommes appelés sur la scène pour recevoir nos diplômes et une poignée de main du directeur sous les applaudissements des élèves présents dans l'amphithéâtre.

La promotion 2013 est prête à fêter la fin de sa scolarité !

Alors que je me dirige vers les toilettes avant de rejoindre les autres au traditionnel apéro organisé pour célébrer nos papiers, je sens une présence derrière moi. Instinctivement, je frissonne.

– Alors, vous avez fini par obtenir votre diplôme Mademoiselle Decker ?

Cette voix que je reconnaîtrais entre mille me fait l'effet d'une bombe et je me retourne lentement pour me retrouver en face de deux petits yeux porcins. Et malfaisants.

– Il semblerait que vos petites manigances n'aient pas suffi à me faire virer Madame Crachin.

– Pourtant, ce n'est pas faute d'avoir essayé mais il semblerait que votre liaison avec Monsieur Perez vous ait sauvée de toutes mes tentatives. J'ai bien essayé d'avertir le directeur, preuve à l'appui, mais il n'a rien voulu entendre.

– C'est mon travail de qualité qui m'a permis d'obtenir mon diplôme Madame Crachin. Contrairement à ce que vous pensez, je suis douée pour le métier de filmaker. Et je suis vraiment navrée si cela vous déplaît.

Face à elle et à son sourire mauvais, je percute enfin en repensant à certains détails, au bruit dans l'escalier quand j'ai embrassé Michaël, à ses messes basses avec certains de mes camarades :

– Alors, c'est vous qui nous faisiez espionner par des élèves ? Mais vous êtes complètement folle et obsédée ma parole ! C'est quoi votre problème avec moi ?

– Michaël mérite beaucoup mieux que vous. Et je pense sincèrement que votre physique de poupée ne compensera jamais votre manque de personnalité.

– Cette fois, ça suffit !

Ah, tiens, cette voix aussi je la connais bien. Il s'agit de celle du directeur. Monsieur Dubuis s'approche de nous, une coupe de champagne à la main et s'énerve en s'approchant de Madame Crachin. Je crois que je ne l'ai jamais vu perdre son calme avant aujourd'hui, il fait de grands gestes et renverse la moitié de son vin en hurlant sur elle :

– Comment osez-vous tenir ce genre de propos à une élève ? C'est complètement indigne de la part d'un professeur de mon école.

– Mais elle entretient une liaison avec un professeur justement ! C'est contre le règlement !

– Ce n'était pas un professeur mais un chargé de cours. Et ce n'est pas à vous d'en juger. Votre acharnement contre Mademoiselle Decker est inacceptable et je ne tolérerai pas votre attitude plus longtemps.

Mon regard passe de droite à gauche, j'ai l'impression d'assister à un match de tennis. J'attends une seule chose : l'ace que Monsieur Dubuis ne devrait pas tarder à servir ! Je ne me trompe pas puisque je le vois rougir de colère et fulminer :

– Vous êtes virée Madame Crachin. Rassemblez vos affaires et videz votre casier. Notre collaboration se termine ici et maintenant.

Les yeux de Crachin sont exorbités, sa petite bouche se tord et elle manque de s'étouffer devant l'ordre du directeur.

– Mais, je… mais, je… mais…

J'ajoute, en retenant un fou rire :

– Vous ?

Je passe ma main devant son regard vague et me tourne vers le directeur :

– Je crois qu'elle a buggé.

– Buggé ou pas, je ne vais pas me gêner pour la mettre dehors moi-même.

Il l'attrape par le bras et l'emmène avec lui dans les couloirs pendant que j'éclate de rire. J'ai juste le temps de lancer un « merci Monsieur Dubuis » auquel il répond par un geste de la main qu'Antho me rejoint dans le couloir :

– Ah, c'est là que tu es ! Tu vas bien ?

Je le fixe et mon fou rire s'intensifie. Je pleure maintenant de rire en essayant de mimer la scène invraisemblable qui vient de se dérouler sous mes yeux.

– Je…

Nouvelle crise. Je suis incapable de parler tellement je ris. Je suis pliée en deux et me tiens le ventre avec mes mains. Antho par mimétisme commence à rire lui aussi. Entre deux soubresauts, je parviens à lui dire en essuyant mes larmes :

– Crachin, pfuit !

– Hein ? Crachin, quoi ?

– Pfuit ! Virée !

– Quoi ? Virée où ?

– Antho, arrête de faire semblant que tu ne comprends rien !

– Tu te marres tellement que je ne comprends effectivement rien !

– Dubuis vient de renvoyer Crachin. Là, maintenant !

Je lui raconte tout.

– Nan, tu rigoles ?

– Même pas, c'était trop beau ! Tu aurais adoré !

– Je rate toujours les trucs les plus intéressants dans cette école ! Viens ma Pépite, on va aller fêter ça.

Après être passés aux toilettes, nous rejoignons les autres pour grignoter des petits fours et boire du champagne, pour danser et rire encore plus fort.

Le seul qui a à nouveau brillé par son absence ce soir-là, c'est Michaël.

Les vacances d'été battent dorénavant leur plein à Genève. Les badauds et les habitants de la ville ont envahi les rues et les quais. Les rires et la bonne humeur transpirent par toutes les pierres et tous les bâtiments du centre. Moi, j'ai beaucoup de mal avec cette euphorie que je ne partage pas. Le stress des examens et tous les projets que j'ai menés ces dernières semaines comblaient mon vide intérieur. Maintenant, j'ai l'impression qu'il n'y a plus rien. Cette inertie me perturbe, me transperce et me fait peur. J'oscille entre des envies contradictoires, entre mon besoin de repos et ma peur de ce « rien » qui s'installe. Je n'arrive pas à profiter de l'ambiance estivale, de cette période de l'année où je suis censée sortir avec des copines, boire des verres en terrasse et profiter de la vie en toute insouciance. Au contraire, je me sens plus seule que jamais.

Il y a toujours ma chaîne YouTube et la websérie sur laquelle nous devons travailler avec Aurélie mais les dernières remarques de Michaël et nos disputes incessantes m'ont laissée abîmée, démotivée.

Les tensions avec lui sont plus fortes que jamais. Son planning chargé pour les mois d'été à cause de son nouveau long-métrage ne nous aide pas à régler nos problèmes ni à retrouver notre complicité des débuts. Il est d'ailleurs parti en Sardaigne pour tourner plusieurs scènes depuis le début du mois de juillet et me donne de moins en moins de nouvelles. Nous jouons au chat et à la souris. Il passe des jours sans m'écrire puis revient comme s'il ne s'était rien passé. C'est perturbant. Et cruel.

Je ne sais plus où j'en suis, je me sens nulle. Il me fait me sentir comme une moins que rien, ne répond parfois même pas à mes messages.

Il me donne l'impression que je suis inexistante. Un fantôme dans sa vie. Puis il revient et me dit qu'il m'aime, qu'il ne veut pas me perdre. En fait, c'est moi qui me perds dans cette relation.

Je retrouve cette sensation de vide si nocive.

Cette sensation qui m'effraie puisqu'elle me fait disparaître.

La descente après l'euphorie du salon à Paris, des examens, de la fête pour la remise de diplôme est difficile à vivre. Je n'ai plus envie de rien et je me renferme.

Tout est noir.

Il n'y a plus aucune étoile.

Plus de lumière.

Plus d'envie.

Plus d'espoir ?

Je réalise que l'homme que j'aime me plonge dans de profonds abysses. Antho est toujours en pleine love story avec Sonia. Ma mère est toujours avec Robert.

Et moi ? Moi, je dépéris.

Je crois que ça fait trois semaines que je ne suis pas sortie, que je glande dans ma chambre en pyjama, que j'attends des nouvelles de Michaël. Je dors tout le temps. Je ne réponds plus à Antho qui tente désespérément de me joindre depuis plusieurs jours. Évidemment, il est au courant pour mon histoire d'amour foireuse, je lui ai tout raconté avant de me murer dans le silence.

Évidemment, ce qui devait arriver, arriva.

Un jour, alors que je suis pleinement occupée par l'observation attentive de mon pyjama, qui commence d'ailleurs à avoir beaucoup trop de taches de nourriture dessus pour être honnête, je suis dérangée par des bruits à l'extérieur de ma chambre. Toc, toc, toc. J'en déduis que quelqu'un frappe à ma porte. Je n'ai apparemment pas complètement perdu mon sens de déduction.

Tirée de mon occupation passionnante, j'hésite. Ouvrir ou pas ?

Finalement, je n'y vais pas.

Mauvais choix, la porte s'ouvre quand même. Après réflexion, je me dis que j'aurais dû la fermer à clé. Quand je vois Antho débouler dans ma petite chambre, je proteste mollement :

– Hey, je ne t'ai pas permis d'entrer ! J'ai besoin de rester seule. Avec moi et moi-même !

Il se dirige vers la fenêtre et ouvre mes rideaux, ce qui m'éblouit. Cela faisait des semaines que je les gardais fermés.

– Mais qu'est-ce que tu fous Angie ? J'ai cru que tu étais morte ! D'ailleurs, vu l'odeur de ta chambre, je pourrais croire que tu es en état de décomposition avancée si je ne te voyais pas debout devant moi ! Tu m'as fichu une trouille bleue !

– Je n'ai pas envie de sortir ces temps-ci.

– C'est l'été Angie. Tu fais n'importe quoi, merde !

J'ai rarement vu mon Antho aussi en colère. Pourtant, je n'ai pas la force de réagir, je me sens vide, sans force, sans vie. Je le regarde comme un zombie, sans lui répondre.

Évidemment, il me secoue. Au figuré hein, il ne me secoue pas vraiment.

– Cette fille-là, cette fille morne, triste et qui s'enferme de plus en plus, ce n'est pas toi Angie. La fille que tu deviens à cause de Michaël, ce n'est pas celle que tu es. Ce n'est pas la fille drôle, pétillante et pleine d'humour que je connais. Alors réagis, bordel ! Il est en train de t'éteindre.

– Tu ne le connais pas comme je le connais. Il n'est pas si mauvais.

Ah, comme quoi, je suis encore capable de réagir.

– Je ne parle pas de lui Angie, lui je m'en fous. Mais je te connais, toi. Et il faut que tu te sauves de cet enfer. Il t'a donné des nouvelles ces derniers jours ?

Mon air triste doit parler pour moi et je lui crache le seul argument que je trouve :

– Tu n'y connais rien Antho. Il m'aime ! Fous le camp !

– Il ne t'aime pas Angie. S'il t'aimait vraiment, il ne jouerait pas comme ça avec toi et avec tes sentiments. Il n'a pas le droit de te traiter comme ça. Putain, ne le laisse pas te traiter comme ça, tu ne mérites pas ça. Bon, tu ne me laisses pas le choix.

Je lève des yeux désespérés sur lui alors qu'il assène brutalement :

– Je t'interdis de me rappeler tant que tu es avec ce connard. Je ne veux plus te voir Angie, tu me rends dingue et ça me tue de te voir aussi malheureuse. Je me tire.

Il claque la porte et laisse un terrible silence derrière lui. J'éclate en sanglots dès qu'il a franchi le seuil et me prends la tête entre les mains. Je sais qu'il a raison. Je dois penser à moi. Me sauver. Dans un dernier élan et utilisant mon dernier souffle d'énergie, je saisis mon téléphone pour écrire à Michaël le message qui me tord le cœur :

Je n'en peux plus. C'est fini.

Malgré la tristesse, malgré mon cœur qui se déchire comme un verre que l'on fracasse, je suis persuadée que j'ai pris la bonne décision. Au plus profond de moi, je sais exactement ce que je souhaite faire de ma vie. J'ai trouvé un projet qui me tient à cœur et qui donne un sens à tout ce bordel, à tout ce chaos que représente l'existence. Je commence à comprendre ce que signifie « se respecter » et je me fais la promesse de ne plus oublier ce qui compte le plus pour moi. Pour personne. Je n'accepterai plus d'ignorer mes envies, mes besoins. Même si je doute encore beaucoup de moi, de mon talent et de mes capacités à réussir, j'ai pris conscience que j'ai le pouvoir de choisir ma vie. J'ai le pouvoir de tracer ma route comme je l'entends.

Pour me redonner des forces, je me connecte à ma chaîne « Le Monde d'Angie » et je passe en revue les derniers commentaires écrits par mes followers.

Tu es trop belle Angie
J'aimerais tellement te ressembler Angie
Tes vidéos sont trop géniales Angie
Tu es magnifique Angie
Tu es drôle Angie
Je t'adore Angie

Ils sont près de 110 000 à me suivre. Ils disent qu'ils m'aiment. Ils rient en regardant mes vidéos, ils s'amusent grâce à moi. Ils admirent mon travail.

Ils veulent des photos avec moi, ils veulent interagir avec moi, ils veulent un souvenir de moi, ils veulent mon attention. Un message. Un mot. Un smiley. Un cœur ou un sourire.

100 000 abonnées sur YouTube. 10 000 sur Instagram.

Et moi, je me sens plus seule que jamais.

FIN

Dépôt légal : mai 2019 – N° d'impression : 1903.0126
Achevé d'imprimer en France par Aubin Imprimeur